308
38

Carlos Fuentes

Nació en México, D. F., el 11 de noviembre de 1928.

Realizó sus estudios en Washington, Santiago de Chile, Buenos Aires y Ciudad de México. Graduado en Derecho en la Universidad Autónoma de México y en el Instituto de Altos Estudios Internacionales de Ginebra.

Ha sido delegado de México ante los organismos internacionales con sede en Ginebra, en el Centro de Información de la O.N.U., en México, en la Dirección de Difusión Cultural de la U.N.A.M., y en la Secretaría de Relaciones Exteriores.

Fue Embajador de México en Francia. Jefe de la Delegación de México en la Conferencia sobre Cooperación Económica Internacional (París, febrero de 1976).

Es colaborador de las más importantes revistas y publicaciones literarias de América Latina, Estados Unidos y Europa; participante en conferencias, mesas redondas y seminarios en Universidades latinoamericanas, de Estados Unidos y Europa; miembro de los jurados de los festivales internacionales de cine de Locarno y Venecia; jurado en el Festival Internacional del libro de Niza, Premio de los Embajadores (París).

Varias de sus obras han sido llevadas a la pantalla en Italia, Inglaterra y México, con su colaboración en el guión.

Es actualmente Catedrático de Literatura en la Universidad de Princeton, Nueva Jersey.

Obras publicadas:

LOS DIAS ENMASCARADOS (1964), cuentos
LA REGION MAS TRANSPARENTE (1958), novela
LAS BUENAS CONCIENCIAS (1959), novela
AURA (1962), novela corta
LA MUERTE DE ARTEMIO CRUZ (1962), novela
CANTAR DE CIEGOS (1964), cuentos
ZONA SAGRADA (1967), novela
CAMBIO DE PIEL (1967), novela
PARIS: LA REVOLUCION DE MAYO (1968), reportaje
LA NUEVA NOVELA HISPANOAMERICANA (1969), ensayo
CUMPLEAÑOS (1969), novela
CASA CON DOS PUERTAS (1970), ensayos
TIEMPO MEXICANO (1971), ensayo
CERVANTES O LA CRITICA DE LA LECTURA (1976), ensayo
LA CABEZA DE LA HIDRA (1978), novela

La cabeza de la hidra

Carlos Fuentes
La cabeza de la hidra

EDITORIAL ARGOS VERGARA, S. A.

Sobrecubierta
Depares & Ortiz

Copyright © 1966 y 1979, Carlos Fuentes

Editorial Argos Vergara, S. A.
Aragón, 390, Barcelona-13 (España)

ISBN: 84-7017-742-7

Depósito Legal: B-28.931-1979

Impreso en España - Printed in Spain

Impreso por Publicaciones Reunidas, S. A.,
Alfonso XII, s/n. Badalona (Barcelona)

A la memoria (por estricto orden de desaparición) de Conrad Veidt, Sydney Greenstreet, Peter Loore y Claude Rains.

La Renaudière, Margency, verano de 1977.

Une tête coupée en fait renaître mille

CORNEILLE, *Cinna,* iv, 2, 45.

PRIMERA PARTE

EL HUÉSPED DE SÍ MISMO

1

A las ocho en punto de la mañana, Félix Maldonado llegó al Sanborns de la Avenida Madero. Llevaba años sin poner un pie dentro del famoso Palacio de los Azulejos. Pasó de moda, como todo el viejo centro de la ciudad de México, trazado de mano propia por Hernán Cortés sobre las ruinas de la capital azteca. Félix pensó esto cuando empujó las puertas de madera y cristal de la entrada. Dio media vuelta y salió otra vez a la calle. Se sintió culpable. Iba a llegar tarde a la cita. Tenía fama de ser muy puntual. El funcionario más puntual de toda la burocracia mexicana. Fácil, decían algunos, no hay competencia. Dificilísimo, decía Ruth, la esposa de Félix, lo fácil es dejarse llevar por la corriente en un país gobernado por la ley del menor esfuerzo.

Esa mañana Félix no resistió la tentación de perder un par de minutos. Se detuvo en la acera de enfrente y admiró un buen rato el esplendor de la fachada azul y blanca del viejo palacio colonial, los balcones de madera y los remates churriguerescos de la azotea. Cruzó la calle y entró rápidamente al Sanborns. Atravesó el vestíbulo comercial y empujó la puerta de vidrios biselados que conduce al patio con techo de cristales opacos transformado en restaurante. Una de las mesas era ocupada por el doctor Bernstein.

Félix Maldonado asistía todas las mañanas a un desayuno político. Pretextos para cambiar impresiones, arreglar el mundo, tramar intrigas, conjurar peligros y organizar cábalas. Pequeñas masonerías matutinas que son, sobre todo, origen de la información que de otra manera nunca se sabría. Cuando Félix

divisó al doctor leyendo una revista política, se dijo que nadie
entendería los artículos y editoriales allí publicados si no era
asiduo concurrente a los centenares de desayunos políticos que
cada mañana se celebraban a lo largo de las cadenas de cafeterías de estilo americano Sanborns Wimpys Dennys Vips.

Saludó al doctor. Bernstein se incorporó ligeramente y luego dejó caer su corpulencia sobre el raquítico asiento. Dio la
mano suave y gorda a Félix y lo interrogó con la mirada mientras se guardaba la revista en la bolsa del saco. Con la otra
mano le tendió un sobre a Félix y le recordó que mañana tendría lugar la entrega anual de los premios nacionales de ciencias y artes en Palacio. El propio señor Presidente de la República, como rezaba en la invitación, distinguiría a los premiados. Félix felicitó al doctor Bernstein por recibir el premio
de economía y le agradeció la invitación.

—Por favor no faltes, Félix.

—Cómo se le ocurre, profesor. Antes muerto.

—No te pido tanto.

—No; además de ser su discípulo y amigo, soy funcionario
público. Una invitación del señor Presidente nomás no se re-
chaza. Qué suerte poder darle la mano.

—¿Lo conoces? — dijo Bernstein mirándose la piedra clara
como el agua que brillaba en el anillo de su dedo de salchicha.

—Hace un par de meses asistí a una reunión de trabajo
sobre reservas petroleras en Palacio. El señor Presidente asistió al final para conocer las conclusiones.

—¡Ah, las reservas mexicanas de petróleo! El gran misterio. ¿Por qué te saliste de Petróleos Mexicanos?

—Me cambiaron — respondió Félix —. Hay la idea de que
los funcionarios no se anquilosen en los puestos públicos.

—Pero tú hiciste toda tu carrera en Pemex, eres un espe-
cialista, qué tontería sacrificar tu experiencia. Sabes mucho
de reservas, ¿no?

Maldonado sonrió y dijo que era extraño encontrarse en
el Sanborns de Madero. En realidad quería cambiar de tema
y se culpó de haberlo evocado, incluso con alguien tan respe-
tado como su maestro de economía Bernstein. Dijo que ahora

casi nadie desayunaba aquí. Todos preferían las cafeterías de los barrios residenciales modernos. El doctor lo miró seriamente y estuvo de acuerdo con él. Le pidió que ordenara y la muchacha disfrazada de nativa apuntó jugo de naranja, waffles con miel de maple, café americano.

—Lo vi leyendo una revista — dijo Félix, considerando que el doctor Bernstein quería hablar de política.

Pero Bernstein no dijo nada.

—Ahora que entré — continuó Félix — se me ocurrió que nadie puede entender lo que dice la prensa mexicana si no concurre a desayunos políticos. No hay otra manera de ententender las alusiones, los ataques velados y los nombres impublicables insinuados por los periódicos.

—Ni enterarse de problemas importantes como el monto de nuestras reservas de petróleo. Es curioso. Las noticias sobre México aparecen primero en los periódicos extranjeros.

—Así es — dijo con un tono neutro Félix.

—Así funciona el sistema. De todos modos, ya no viste mucho venir a ese Sanborns — le contestó con el mismo tono el profesor.

—Pero uno viene a estos desayunos para ser visto por los demás, para dar a entender que uno y su grupo saben algo que nadie más conoce — sonrió Félix.

El doctor Bernstein tenía la costumbre de sopear sus huevos rancheros con un retazo de tortilla y luego sorber ruidosamente. A veces se manchaba los anteojos sin marco, dos cristales desnudos y densos que parecían suspendidos sobre los ojos invisibles del doctor.

—Éste no es un desayuno político — dijo Bernstein.

—¿Por eso me citó usted aquí? — dijo Félix.

—No importa. El caso es que hoy regresa Sara.

—¿Sara Klein?

—Sí. Por eso te cité. Hoy regresa Sara Klein. Quiero pedirte un gran favor.

—Cómo no, doctor.

—No quiero que la veas.

—Sabe usted que no nos hemos visto en doce años, desde que se fue a vivir a Israel.

—Precisamente. Temo que sientan muchas ganas de volverse a ver después de tanto tiempo.

—¿Por qué habla usted de temor? Sabe muy bien que nunca hubo nada entre ella y yo. Fue un amor platónico.

—Eso es lo que temo. Que deje de serlo.

La mesera disfrazada de india sirvió el desayuno frente a Félix. Él aprovechó y bajó la mirada para no ofender a Bernstein. Lo estaba odiando intensamente por meterse en asuntos privados. Además, sospechó que Bernstein le había hecho el favor de darle la invitación a Palacio para chantajearlo.

—Mire usted, doctor. Sara fue mi amor ideal. Usted lo sabe mejor que nadie. Pero quizás no lo entiende. Si Sara se hubiera casado sería otra historia. Pero ella sigue soltera. Sigue siendo mi ideal y no voy a destruir mi propia idea de lo bello. Pierda cuidado.

—Era una simple advertencia. Como van a coincidir en una cena esta noche, preferí que habláramos antes.

—Gracias. No se preocupe.

La resolana que se filtraba por los cristales del techo era muy fuerte. Dentro de pocos minutos, el patio encandilado de Sanborns sería un horno. Félix se despidió del doctor y salió a Madero. Vio la hora en el reloj de la Torre Latinoamericana. Era demasiado temprano para llegar a la Secretaría. En cambio, hacía años que no caminaba por Madero hasta la Plaza de la Constitución. Decía que igual que el país, la ciudad tenía partes desarrolladas y otras subdesarrolladas. Francamente, no le agradaban las segundas. El viejo centro era un caso especial. Si se mantenía la mirada alta, se evitaba el pulular desagradable de la gente de medio pelo y se podía seleccionar la belleza de ciertas fachadas y remates. Eran muy bellos el Templo de la Profesa, el Convento de San Francisco y el Palacio de Iturbide, rojas piedras volcánicas, portadas barrocas de marfil pálido. Félix se dijo que ésta era una ciudad diseñada para señores y esclavos, aztecas o españoles. No le iba esa mezcla indecisa de gente que había abandonado hace poco el traje blanco del campesino o la mezclilla azul del obrero y se vestía mal, remedando las modas de la clase media, pero de veras a medias nada más. Los indios, tan hermosos en sus lugares de origen, esbeltos, limpios, secretos, se volvían en la ciudad feos, sucios, inflados de gaseosas.

Madero es una avenida estrecha y encajonada que antiguamente se llamó Calle de Plateros. Al llegar al Zócalo, Félix Maldonado recordó esto porque lo deslumbró un sol opaco, brillante, duro, y lejanamente frío como la plata. El sol del Zócalo le cegó. Por eso no pudo ver lo que le rodeaba. Tuvo la sensación horrible del contacto inesperado e indeseado. Una lengua larga se le metió por el puño de la camisa y le lamió el reloj. Se acostumbró rápidamente a la luz y se vio rodeado de perros callejeros. Uno le lamía, los otros le miraban. Una vieja envuelta en trapos negros le pidió perdón.

—Dispense, señor, son juguetones nomás, no son malos, de veras, señor.

2

Félix Maldonado detuvo un pesero y se sentó solo en la parte de atrás. Era el primer cliente del taxi colectivo. Frente a la Catedral un hombre vestido de overol paseaba un largo tubo de aluminio sobre las baldosas. Le coronaban unos audífonos conectados al tubo y a un aparato de radio que le colgaba sobre el pecho, detenido por tirantes. Murmuraba algo. El chofer rió y le dijo vio usted al loco de Catedral, lleva años buscando el tesoro de Moctezuma.

Félix no contestó. No tenía ganas de hablar con un chofer de taxi. Quería llegar cuanto antes a su oficina en la Secretaría de Fomento Industrial, encerrarse en su cubículo y lavarse las manos. Se limpió la mano lamida por el perro con un pañuelo. El chofer rodó por la Avenida del 5 de Mayo con la mano asomada por la ventanilla y el dedo índice parado, anunciando así que el taxi sólo cobraba un peso y seguía una ruta fija, del Zócalo a Chapultepec. Anoche, Félix había dejado su auto encargado al portero del Hilton para no meterse al centro viejo con un Chevrolet que no había dónde estacionar.

En cada esquina se detuvo el taxi y tomó pasaje. Primero dos monjas se subieron en la esquina de Motolinia. Supo que eran monjas por el peinado restirado, de chongo, la ausencia de maquillaje, las ropas negras, las cuentas y los escapularios. Habían vuelto a encontrar un uniforme, porque la ley prohibía que anduvieran en la calle con sus hábitos. Prefirieron subir a la parte delantera, con el chofer. Éste las trató con gran familiaridad, como si las viera todos los días. Hola, hermanitas, qué se traen hoy, les dijo. Las monjas rieron ruborizadas, tapándose las bocas y una de ellas trató de pescar la mirada de Félix en el retrovisor.

Félix recogió las piernas cuando el taxi se detuvo en Gante para dar cabida a una muchacha vestida de blanco, una enfermera. Llevaba en las manos jeringas, tubos y ampolletas envueltas en celofán. Le pidió a Félix que se corriera. Él le contestó que no, se iba a bajar pronto. ¿Dónde? En la glorieta de Cuauhtémoc, frente al Hilton. Pues ella antes, frente al Hotel Reforma. Pronto, iba de prisa, tenía que inyectar a un turista, un turista gringo se estaba muriendo de tifoidea. La venganza de Moctezuma, dijo Félix. ¿Qué? No sea guasón, muévase para allá. Félix dijo que no, un caballero le cede el lugar a las damas. Bajó del taxi para que la enfermera subiese. Ella lo miró con sospecha y detrás del pesero los demás taxis en fila tocaron los claxons.

—Píquenle, ya me la mentaron — dijo el chofer.

Dicen que ya no quedan caballeros dijo la enfermera y le ofreció un Chiclet Adams a Félix, quien lo tomó para no ofender. Tampoco quería abusar de la muchacha. Respetó el espacio vacío entre los dos. No tardó en llenarse. Frente al Palacio de Bellas Artes una mujer prieta y gorda detuvo el taxi. Félix intentó bajar para probarle a la enfermera que era caballeroso lo mismo con las bonitas que con las feas pero la señora gorda traía prisa. Cargaba una canasta colmada y entró con ella al taxi. Cayó de bruces sobre las piernas de Félix y la cabeza pegó sin ruido contra el regazo de la enfermera. Las monjas rieron. La señora gorda abandonó su canasta sobre las rodillas de Félix mientras se acomodaba, quejándose. De la canasta salieron velozmente docenas de polluelos amarillos que se regaron alrededor de los pies de Félix, se le subieron a los hombros, piaron y Félix tuvo miedo de pisarlos.

La placera trató de incorporarse, abrazada a su canasta vacía. Cuando vio que los pollos se le habían salido, soltó con alboroto la canasta que fue a dar contra las cabezas de las monjas, se agarró del cuello de Félix y empezó a reunirlos incómodamente, logrando desparramar un plumaje semejante al bozo de la adolescencia sobre el rostro de Félix.

El taxi se detuvo para dar cabida a un nuevo pasajero, un estudiante con una pila de libros bajo el brazo que desde lejos hacía señas. Félix, tosiendo por la cantidad de plumitas que se le metieron por la nariz, protestó y la enfermera le secundó. No cabía más gente. El taxista dijo que sí, sí cabían. Atrás había cupo para cuatro. Adelante también, rió una de las monjas. La señora gorda gritó Dios nos coja confesados y una de las monjitas rió Dios nos coja punto. El chofer dijo que él se ganaba la vida como podía y al que no le gustara que se bajara y tomara un taxi para él solito, a dos cincuenta el puro banderazo.

El estudiante corrió hacia el taxi detenido, ligero con sus zapatos tennis, a pesar de la cantidad de libros. Corrió con los brazos cruzados sobre el pecho. Maldonado notó ese detalle curioso, chiflando. La muchacha con cabeza de rizos salió detrás de la estatua titulada «Malgré tout», agarró al estudiante de la mano y los dos subieron a la parte de atrás del taxi. Pidieron perdón pero pisotearon a varios pollitos. La placera volvió a gritar, le pegó al estudiante con la canasta y la novia del estudiante dijo que si era taxi o mercado sobre ruedas de la CEIMSA. Félix miró con ensueño la estatua que se alejaba, esa mujer de mármol en postura abyecta, desnuda, dispuesta a los ultrajes de la sodomía, «Malgré tout».

Los libros cayeron abiertos al piso, matando a más pollitos y el estudiante logró acomodarse sobre las rodillas de la enfermera. Ella no pareció molestarse. Félix dejó de mirar la estatua para mirar con sorna y rabia a la enfermera por el hueco del brazo de la placera gorda y jaló a la novia del estudiante, obligándola a sentarse en sus rodillas. La chica le dio una cachetada a Félix y luego le gritó al estudiante este cochino me anda metiendo mano, Emiliano. El estudiante aprovechó para voltearse, dándole la cara a la enfermera, guiñándole y acariciándole las corvas. Ahoritita nos bajamos, le dijo a Félix, ahorita nos damos un entre, usted lo quiso, no yo.

El estudiante hablaba con la voz gangosa y su novia lo animaba, dale en toditita la torre, Emiliano, no me toque a mi noviecita santa. Un vendedor de billetes de lotería metió una mano llena de papeles olorosos a tinta fresca, morados, negros, por la ventana abierta, frente a las narices de Félix. Aquí está el esperado, señor. Terminado en siete. Para que se pueda casar con la señorita. ¿Con cuál?, preguntó Félix con cara de inocencia. No me busque que me encuentra, gruñó el estudiante. Las monjas rieron y pidieron bajada. La novia vio que el estudiante miraba con cariño a la enfermera y dijo vámonos al frente, Emiliano.

Al mismo tiempo que descendieron las monjas, el estudiante se bajó por el lado derecho para evitar rozarse con Félix y el chofer le dijo no le hagas, pinche baboso, la multa me la ponen a mí y la novia con la cabecita de borrego negro le pellizcó una rodilla a Félix antes de bajar. Sólo Félix se dio cuenta en medio de la confusión de que las monjitas se habían detenido junto a la estatua de un prócer en el Paseo de la Reforma y reían. Una de ellas se levantó las faldas y movió una pierna como si bailara el cancán. El taxi arrancó y el estudiante y su novia se agarraron a cachetadas en plena calle, luego él recordó los libros, gritó los libros y corrió detrás del taxi pero ya no lo alcanzó.

—Se bajaron sin pagar —le dijo Félix al chofer con un absurdo rubor por meterse en lo que no le importaba.

—Yo no les pedí que se subieran —contestó el taxista.

—¿Piensa cobrarse con los libros? —insistió Félix.

—Usted me oyó: les pedí que no se subieran —dijo de manera terminante el taxista.

—Eso no es cierto — dijo con escándalo Félix —, usted quería que se subieran, los que protestamos fuimos la señorita enfermera y yo...

—Me llamo Licha y trabajo en el Hospital de Jesús — dijo la enfermera tamborileando con un dedo sobre el hombro del chofer y descendió frente al Hotel Reforma.

Félix tomó nota mental pero la gorda le dio un nuevo canastazo en la cabeza y le dijo usted es el culpable, no se haga el inocente, no ponga cara de menso, si nomás se hubiera corrido tantito, pero no, cómo iba a correrse si lo que quería era tentarles las posaderas a todas las viejas al subirse y al bajarse, conozco a los léperos como este individuo. Lo acusó de matarle a sus pollitos pero Félix no le hizo caso. Había pollos muertos en el piso y sobre los asientos y algunos embarrados contra los vidrios y libros regados, abiertos y pisoteados, con huella negras de zapato sobre las huellas negras de la tinta.

—Me van a multar a mí, señor — dijo el chofer —. Así no se vale.

—Aquí tiene mi tarjeta — dijo Félix, entregándosela al chofer.

Bajó en Insurgentes y miró al taxi alejarse con la gorda asomando la cara y el puño por la ventanilla, amenazándole como la estatua de Cuauhtémoc ·parecía amenazar a la ciudad vencida con su lanza en alto. Llegó a la puerta del Hilton y el portero lo saludó llevándose la mano a la visera del gorro militar azul polvo como su uniforme. Le entregó a Félix las llaves del Chevrolet y Félix le dio un billete de cincuenta pesos. La silueta recortada en cartón del viejo señor Hilton pedía detrás de la puerta de cristales, Sea mi huésped.

3

En la oficina sólo estaba la señorita Malena y al principio no vio llegar a Félix Maldonado. La señorita Malena tenía un poco más de cuarenta años pero su peculiaridad consistía en fingir que era niña. No simplemente joven, sino verdaderamente infantil. Usaba fleco y trenzas, trajes floridos de muñeca, calcetines blancos y zapatitos de charol. Era bien sabido en el Ministerio que de esta manera la señorita Malena daba gusto a su mamá, que desde pequeñita le había dicho Ojalá que siempre te quedes así, ruego a Dios que nunca crezcas.

La oración fue escuchada pero ello no impedía que la señorita Malena fuese una eficaz secretaria. Ahora estaba doblando un pañuelito de encaje sobre la mesa y Maldonado tosió para anunciarse y no sorprenderla. Pero no pudo evitarlo. La señorita Malena levantó la mirada y dejó de doblar el pañuelo, abriendo tamaños ojos de muñeca.

—¡Ay! — gritó.

—Perdón — dijo Maldonado —, ya sé que es demasiado temprano, pero pensé que podríamos adelantar algunos asuntos.

—Qué gusto volverlo a ver — logró murmurar la señorita Malena.

—Lo dice usted como si me hubiera ido hace mucho — rió Maldonado, dirigiéndose a la puerta del cancel que decía con letras negras Departamento de Análisis de Precios Jefe Lic. Félix Maldonado.

Malena se incorporó nerviosamente, estrujando el pañuelo, adelantando un brazo como si quisiera detener a Maldonado. El Jefe del Departamento de Análisis de Precios notó ese movimiento, le pareció curioso pero no le prestó importancia. Abrió la puerta y sintió el ligero desfallecimiento de la secretaria. La señorita suspiró como si se rindiera ante lo inevitable.

Maldonado prendió las luces neón de su cubículo sin ventanas, se quitó el saco, lo colgó de una percha y se sentó en la silla giratoria de cuero frente a su mesa de trabajo. Cada uno de estos actos fue acompañado por un movimiento nervioso de parte de Malena, como si quisiera impedirlos y luego, al no poder hacerlo, se sintiese obligada a ruborizarse.

—Si quiere usted traerse su bloque de taquigrafía — dijo Maldonado mirando con creciente curiosidad a la señorita Malena —, y su lápiz, señorita.

—Perdón —tartamudeó Malena, acariciándose nerviosamente los bucles de tirabuzón—, ¿qué asunto vamos a tratar?

Maldonado estuvo a punto de decirle, ¿qué le importa?, pero era un hombre cortés: El programa integrado y la indexación internacional de precios de materias primas.

El rostro de Malena se iluminó de alegría. Ese expediente lo tiene el Señor Subsecretario, dijo. Maldonado se encogió de hombros. Entonces las importaciones de papel del Canadá. Ese expediente está bajo llave, suspiró con alivio Malena. La verdad, concluyó la secretaria, es que llegó usted demasiado temprano, señor licenciado, todavía no dan las diez. El archivista no está aquí y dejó todo bajo llave. ¿Por qué no sale a tomarse un café, señor licenciado, se lo ruego, por favor, señor licenciado?

Entonces la simpática e infantil Malena estaba protegiendo al archivista en retraso y eso lo explicaba todo. Él tenía la culpa, se dijo Maldonado mientras se ponía el saco, por llegar antes que nadie.

—Comuníqueme con mi esposa, señorita.

Malena lo miró con espanto, petrificada en el dintel de la puerta.

—¿No me oyó?

—Perdón, señor licenciado, ¿puede darme el número?

Esta vez Félix Maldonado no pudo contenerse. Rojo de cólera le dijo, señorita Malena, yo sé su número de teléfono de memoria, ¿cómo es posible que usted no sepa el mío?, lleva seis meses, la doceava parte de un sexenio, comunicándome dos o tres veces al día con mi esposa, ¿sufre usted de amnesia súbita?

Malena se soltó llorando, se cubrió la cara con el pañuelo y salió rápidamente del cubículo de Maldonado. El jefe de la oficina suspiró, se sentó junto al teléfono y compuso él mismo el número.

—¿Ruth? Llegué hoy temprano de Monterrey en el primer vuelo. Tuve que irme directamente a un desayuno político. Perdona que hasta ahora te avise que llegué bien. ¿Tú estás bien, amor?

—Sí. ¿A qué horas nos vemos?

—Tengo una comida a las dos. Luego recuerda que vamos a cenar a casa de los Rossetti.

—Cuántas comidas.

—Te prometo ponerme a dieta la semana entrante.

—No te preocupes. Nunca engordarás. Eres demasiado nervioso.

—Paso a cambiarme como a las ocho. Por favor, está lista.

—No voy a ir a la cena, Félix.

—¿Por qué?

—Porque va a estar allí Sara Klein.

—¿Quién te dijo?

—Ah, ¿es un secreto? Angélica Rossetti, cuando nadamos juntas hoy en la mañana en el Deportivo.

—Me acabo de enterar en el desayuno. Además, hace doce años que no la veo.

—Escoge. Te quedas conmigo en casa o vas a ver a tu gran amor.

—Ruth, Rossetti es el secretario privado del Director General, ¿recuerdas?

—Adiós.

Se quedó con la bocina hueca en la mano. Apretó un timbre del aparato sin colgarla y oyó la voz de Malena en la extensión.

—...creo que sí, alguna vez lo vi, lo recuerdo vagamente, pero la mera verdad no sé quién es, señor licenciado, si usted quisiera pasar a ver, me pide expedientes reservados, se comporta como si fuera el dueño de la oficina, si usted quisiera...

Maldonado colgó, salió al vestíbulo y miró fijamente a la secretaria. Malena se llevó una mano a la boca y colgó el teléfono. Maldonado se acercó, plantó los puños sobre la funda de la máquina de escribir y dijo en voz muy baja:

—¿Quién soy, señorita?

—El jefe, señor...

—No, ¿cómo me llamo?

—Este... el señor licenciado.

—¿El señor licenciado qué?

—Este... nomás, el señor licenciado... igual que todos...

Se soltó llorando inconteniblemente, pidiendo la presencia inmediata de su mami y volvió a esconder el rostro en el pañuelito de encaje, que tenía polluelos amarillos bordados alrededor de la inicial, M.

4

Durante más de una hora, Félix Maldonado caminó sin rumbo, confuso. Lo malo de la Secretaría es que estaba en una parte tan fea de la ciudad, la Colonia de los Doctores. Un conjunto decrépito de edificios chatos de principios de siglo y una concentración minuciosa de olores de cocinas públicas. Los escasos edificios altos parecían muelas de vidrio descomunalmente hinchadas en una boca llena de caries y extracciones mal cicatrizadas.

Se fue hasta Doctor Claudio Bernard tratando de ordenar sus impresiones. Lo distrajeron demasiado esos olores de merenderos baratos abiertos sobre las calles. Dio la vuelta para regresar a la Secretaría. Se topó con un puesto de peroles hirvientes donde se cocinaban elotes al vapor. Se abrió paso entre las multitudes de la avenida llena de vendedores ambulantes. Se rebanaban jícamas rociadas de limón y polvos de chile. Se surtían raspados de nieve picada que absorbían como secante los jarabes de grosella y chocolate.

Más que nada, sintió que su voluntad desfallecía. Respiró hondo pero los olores lo ofendieron. Se metió por Doctor Lucio y una cuadra antes de llegar a la Secretaría vio a una mendiga sentada en la banqueta con un niño en brazos. Era demasiado tarde para darles la espalda. Sintió que los ojos negros de la limosnera lo observaban y lo juzgaban. Era lo malo de caminar a pie por la ciudad de México. Mendigos, desempleados, quizás criminales, por todos lados. Por eso era indispensable tener un auto, para ir directamente de las casas privadas bien protegidas a las oficinas altas sitiadas por los ejércitos del hambre.

Reflexionó y se dijo que en cualquier otra ocasión habría hecho una de dos cosas. Seguir adelante, imperturbable, sin mirar siquiera a la mujer con la mano adelantada y el niño en brazos. O darles la espalda y regresar por donde había venido. Pero esta mañana sólo se atrevió a cruzar a la acera de enfrente. Sin duda, la solución más cobarde y menos digna. ¿Qué le costaba pasar frente a la triste pareja y darles veinte centavos?

Desde la acera de enfrente, vio que la mujer era una niña indígena, de no más de doce años. Descalza, morena, tiñosita, con el bebé en brazos, tapadito por el rebozo.

¿Es suyo, se preguntó Félix Maldonado, es su hijo o es sólo su hermanito?

¿Es suyo?, repitió, como si alguien le hiciese la pregunta a él y él dijo en voz baja:

—No, señor, no es mío.

La niña lo miró intensamente, con la mano extendida. Félix tenía que regresar con urgencia a la oficina para aclarar las cosas. Redobló el paso hasta llegar a la Avenida Cuauhtémoc. Volteó una vez más, sin poder impedirlo, para ver a la pareja de la niña madre y del niño hermano. Dos monjas se inclinaban junto a la pareja de desvalidos. Las reconoció por las faldas negras, el peinado restirado, de chongo. Una de ellas levantó la mirada y Félix creyó reconocer a una de las religiosas que viajaron con él en el taxi esa misma mañana. La monja le dio la espalda, tapándose la cara con un velo, tomó a su compañera del brazo y las dos se alejaron de prisa, sin voltear a mirarlo.

5

Entró a la Secretaría y se dirigió al ascensor. Con suerte encontraría a un amigo al subir. El elevadorista lo conocía, claro. Perdón, el elevadorista está ausente, se ruega al respetable público usar el automático de la izquierda. Félix recordó al elevadorista, lo recordó nítidamente. Un hombrecito sin edad, muy moreno, con pómulos altos y ojos llorosos, un bigote muy ralo y uniforme gris con botonadura de cobre y unas iniciales bordadas sobre el pecho, S.F.I. Si él recordaba al elevadorista, se dijo Félix mientras ascendía rodeado de desconocidos, lo lógico era que el elevadorista lo reconociera a él.

Generalmente, la señorita Malena le cobraba su quincena en la pagaduría y él se limitaba a firmar la nómina. Hoy decidió ir personalmente. Salió del ascensor y se acercó a la ventanilla. Había cola. Se unió a ella, sin hacer valer sus prerrogativas de funcionario. Le precedían dos muchachas de hablar nervioso e inmediatamente detrás de él se colocó el elevadorista, su conocido, el hombre moreno. Félix le sonrió pero el hombrecito estaba absorto en la contemplación de una moneda.

—¿Cómo le va? ¿Qué mira usted? — le dijo Félix.

—Este peso de plata — dijo el elevadorista sin levantar la mirada —, ¿no ve usted?

—Sí, claro — contestó Félix, deseando que el elevadorista lo mirara —, ¿qué le llama tanto la atención?, ¿nunca ha visto una moneda de a peso antes?

—L'águila y la serpiente — dijo el elevadorista —, estoy mirando l'aguilita y la serpiente de la moneda.

Félix se encogió de hombros:

—Es el escudo nacional, hombre. Está en todas partes. ¿Qué tiene de raro?

El elevadorista meneó la cabeza sin dejar de mirar la moneda de plata ennegrecida:

—Nada de raro. Nomás es muy bonito. Una águila sobre un nopal, devorando una serpiente. Me gusta más que el valor.

—¿Cómo dice?

—Que no me importa el valor de la pieza. Me gusta el dibujito.

—Ah. Ya veo. Oiga, ¿no quiere verme?

El elevadorista levantó por fin la mirada y observó a Félix con los ojos llorosos y una sonrisa de piedra.

—Todos los días subo a mi oficina en el elevador que usted maneja — dijo abruptamente Félix.

—Sube tanta gente. Si usted supiera.

—Pero yo soy un alto funcionario, el jefe de...

Exasperado, Félix dejó la frase en el aire.

—Yo soy el que no se mueve. Todos me miran, yo no miro a nadie — dijo el elevadorista y siguió observando su moneda.

Félix tuvo que prestar atención a lo que decían las dos secretarias para no quedarse allí como bobo, mirando al elevadorista que miraba el águila y la serpiente. Ya estaban cerca de la ventanilla de cobros.

—Si tú misma no te das a respetar, ¿quién?

—Tienes toda la razón. Además, todos parejos. Ay sí.

—Ojalá. Pero como ella es su preferida, de plano.

—No es nada democrático. Yo se lo dije. Ay sí.

—¿De veras? ¿Te atreviste?

—¿No me crees? Me canso, ganso. Ay sí. Usted le da trato distinto a Chayo, a la legua se ve. Eso le dije. Ay sí.

—En cambio, ¿se dignó venir a nuestra posada el año pasado? No, ¿verdad? Perdóname, pero eso se llama discriminación.

—¿Eso le dijiste?

—Pues casi casi. Me dieron ganas. Mangos Méndez de Manila. Ay sí.

—Dispénsame, pero yo sí que se lo hubiera dicho, todas tenemos nuestra dignidad. Nomás porque nos ve usted más humilditas no es razón para ofendernos, señor licenciado.

—Ay, si lo que pasa es que la Chayito se siente la divina garza. No es culpa de ella, hasta eso el lic Maldonado es bastante gente...

Cobraron, firmaron y se fueron contando los billetes en sus sobres de papel manila. Félix dudó entre seguirlas o cobrar. El empleado de la ventanilla lo miró con impaciencia.

—¿Diga?

—Maldonado — dijo Félix—, Análisis de Precios.

—Perdón, pero nunca lo he visto antes. ¿Tiene con qué identificarse?

—No. Mire, mi secretaria viene siempre a cobrar por mí.

—Lo siento, señor. Necesita identificarse.

—Sólo traigo mi tarjeta de crédito. Tome.

—¿Se llama usted American Express? No hay nadie en la nómina que se llame así.

—¿No basta mi firma? Puede compararla con la de todas las quincenas.

El empleado negó severamente y Félix abandonó la ventanilla decidido a buscar su permiso de manejar, su pasaporte, su credencial del Partido Revolucionario Institucional, su acta de nacimiento si necesario. ¿Cómo era posible que Malena cobrara en nombre suyo cada quince días sin ningún problema y él, el titular del puesto, necesitase identificarse? Caminó enojado hasta la puerta del ascensor. Buscó inútilmente a las dos secretarias que hablaron de él. ¿No había otro licenciado Maldonado en la Secretaría? ¿Por qué no? No era un nombre tan raro.

6

Dentro del ascensor automático, rodeado de desconocidos, se dijo que lo más sencillo era enviar a Malena, como siempre, Malenita, dese una vuelta por la pagaduría, ¿quiere? Salió en el piso de su oficina contrariado porque ya nunca traía encima nada que lo identificara. Caminó por el pasillo estrecho y atestado de gente apremiada, miró los techos bajos y planos de la Colonia de los Doctores, llenos de tinacos de agua.

Su vida era tan previsible, se dijo, tan ordenada, sólo iba a lugares donde le conocían, le daban trato especial, los bares y restaurantes donde le bastaba firmar su tarjeta de crédito del American Express, con eso bastaba y suelto para las propinas. Pero ese idiota cajero pedía lo que nadie le pedía en el Hilton o el Jacarandas: una foto que lo identificara.

—Puro subdesarrollo, murmuró al entrar a su oficina, ese cajero idiota todavía no se entera de la existencia de las tarjetas de crédito, le han de pagar con cuentas de cristal, pendejo.

Frente a la puerta de su privado, estaban reunidas con las cabecitas pegadas Malena y las dos secretarias que cobraron delante de él. Parecía un conciliábulo de futbol americano. Tosió y Malena se estremeció, las tres se separaron nerviosamente, las dos jóvenes de prisa diciendo ahí nos vemos, Male, dile a tu mami que te deje ir a la charreada del domingo y Malena no se contuvo y gritó:

—¡No sean de a tiro! ¡No me dejen solita!

Sollozó y se sentó frente a la máquina de escribir, protegida por el bulto de la Underwood vieja.

—¿Por qué no se pone de capuchón la funda de la máquina, bruja? —le dijo brutalmente Félix.

Malena se tranquilizó súbitamente, se arregló los moños de seda en la cabeza, tomó el teléfono, marcó un número corto y dijo sin resabio de llanto pero con una mueca que Félix notó, de niña vengativa y chismosa:

—Ya está aquí. Ya regresó.

Félix Maldonado entró a su oficina privada, prendió la luz neón y sacó automáticamente el plumón de fieltro para firmar los oficios y correogramas de esta mañana. De costumbre, la eficaz Malena le tenía la firma lista pasadita la una. Pero esta vez, con la pluma en la mano, Félix vio que no estaba frente a él la carpeta de firma.

Iba a sonar la chicharra para llamar a la secretaria. En vez, entró sin pedir permiso un hombre menudo, rubio, uno de esos güeritos chaparros que se sienten muy salsas y nada acomplejados nomás porque son blanquitos y bonitos. Estos muñecos convierten su pequeñez en arma de agresión, como si ser enano autorizara todos los excesos y exigiera todos los respetos, se dijo Félix. Pero este particular petiso agredía más que nada por su olor, un perfume penetrante de clavo que emanaba del pañuelo que le colgaba de la bolsa en el pecho del saco. Le hubiera gustado decirle todo esto de entrada al impertinente.

—¿Qué se le ofrece?

—Perdón. ¿Puedo sentarme?

—¿Más?

—¿Cómo dice?

—Cómo no, sírvase — dijo Félix, al cabo contento —, si me pide permiso reconoce que está en mi oficina.

—Me presento, Ayub, Personal, Simón. Este... ¿cómo le diré? — tosió.

—Diga nomás — dijo fríamente Félix y pensó Ayub, qué raro un siriolibanés rubio, si oía el nombre sin ver a su dueño se hubiera imaginado a un bigotón color aceituna.

—Sucede... ¿señor licenciado...? — dijo Ayub con tono de interrogación prudente —, sucede que hemos constatado una anomalía en las tarjetas de entrada y salida de personal.

—Usted dirá, señor Ayub. Yo soy funcionario. No poncho.

—El hecho... señor licenciado... es que desde esta mañana buscamos desesperadamente a un señor que... normalmente... trabaja en esta dependencia... inútilmente...

—Exprésese con claridad. ¿Trabaja inútilmente o lo buscan sin éxito?

—Esto es, señor licenciado, esto es.

—¿Qué?

—No lo encontramos.

—¿Cómo se llama?

—Félix Maldonado.

—Soy yo.

El güerito miró a Félix con desesperación. Tragó varias veces antes de hablar.

—No le conviene, créame, ¿señor licenciado?

—¿No me conviene ser yo mismo? — interrogó Félix, disfrazando su desconcierto con un puñetazo sobre la mesa que rajó el cristal protector.

—No me malinterprete — dijo entre tosidos Ayub —, estamos tratando de contemplar el caso globalmente.

Félix miró con irritación la vena verdosa del vidrio roto
que corría como una cicatriz sobre la foto de Ruth, su mujer.

—Tendrá usted que pagar desperfectos causados a bienes
de la Nación — dijo con la voz más neutra del mundo Ayub,
mirando la rajada sobre la mesa del funcionario.

Félix consideró indigno dar respuesta.

—El Director General le ruega que lo vea hoy a las
seis de la tarde — dijo para terminar Ayub, se levantó y salió
excusándose, desparramando olor a clavo —, buenas tardes,
buen provecho.

Esto le recordó a Félix que debía llegar a una comida
en el Restaurante Arroyo por el rumbo de Tlalpam y con el
tráfico se tardaría una buena hora en llegar. Miró su reloj:
era la una y media. Cuando salió al vestíbulo, la señorita
Malena ya se había ido. La máquina estaba perfectamente cubierta, una violeta respiraba dentro de una flauta de cristal y
un osito de peluche viejo se sentaba en la silla secretarial de
Malenita.

El resto de la Secretaría de Fomento Industrial parecía
funcionar como un reloj, suavemente, en silencio. La hora
normal de salida era entre dos y media y tres de la tarde.

7

Tardó un poco más de la hora prevista en llegar manejando su Chevrolet a Tlalpam. Era viernes y mucha gente se
iba de fin de semana largo a Cuernavaca. Pasó muchos minutos perdidos, detenido en medio del tráfico estrangulado y
una vez hasta se quedó dormido y lo despertó el concierto
de cláxones furiosos.

Desde la carretera se oían los mariachis del Arroyo. Trató
de recordar el motivo de la comida mientras estacionaba y
tuvo un escalofrío. No podía darse el lujo de olvidar nada,
de olvidar a nadie, él menos que nadie.

Agresivo, rozagante, con las patillas canas y el bigote negro, el rostro burdo, feo, coloradote, Félix lo saludó y sólo

pudo retener una impresión: era un hombre feo con manos
hermosas. Y ella estaba a su lado, recibiendo a los invitados.

—Hola, Félix.

—Hola, Mary.

Su aturdimiento era natural, se dijo cuando logró soltar
la mano de la mujer y encaminarse hacia las mesas donde estaban las botanas. No sólo había tocado la mano y mirado los
ojos de la mujer que más le gustaba tocar y mirar del mundo. Además, esa mujer lo había reconocido, le había dicho con
toda naturalidad hola Félix. Claro, se empinó el vasito de tequila añejo, el hombre de la cara fea y las manos hermosas
era su marido. Jamás lo hubiera reconocido solo, sin ella,
¿quién iba a recordar al dueño de una cadena de supermercados? La presencia de Mary era indispensable para situarlo.
Eso era todo. No es que lo hubiera, verdaderamente, olvidado. El marido de Mary, a pesar de su aspecto florido y sus
ademanes agresivos, carecía de personalidad. Eso era todo, se
repitió cuando Mary se acercó a él y le dijo que la comida
era muy informal, cada quien se sirve, cada quien se sienta
donde más le guste y con quien más le guste.

—Además, los mariachis son ideales para disfrazar las conversaciones íntimas, ¿no? — dijo Mary velando un poco más
sus ojos violeta como la solitaria flor en el escritorio de la
señorita Malena.

Ojos violeta con destellos dorados, reconstruyó Félix co-
miendo botanas, totopos con guacamole, una hermosísima muchacha judía de pelo negro y escotes profundos que se untaba
lubricante entre los senos para que brillara mucho la línea que
los separaba.

La siguió de lejos cuando pasaron las quesadillas de huit-
lacoche y los mariachis berreaban en la distancia pero lo invadían todo. Ella sabía que los ojos de Félix no la dejaban sola
un instante. Se movía como una pantera, negra, lúbrica y perseguida, hermosa porque se sabe perseguida y lo demuestra:
Mary.

Félix miró de reojo la hora. Las tres y media y aún no
empezaba la comida. Tequila y antojitos nada más. Le exas-

peraban estas comidas mexicanas de cuatro o cinco horas de duración. A las seis en punto lo esperaba el Director General. Mary le guiñó desde lejos cuando los meseros entraron con las cazuelas de barro llenas de mole, arroz hervido, chiles en nogada y los platos de tortillas humeantes y chiles variados, chipotles, piquines, serranos, jalapeños.

Se sirvió un plato colmado y se acercó a Mary. La señora de ojos violeta le sonrió y le ofreció una cerveza. Se alejaron juntos de la mesa, balanceando los platos y los vasos de cerveza, hablando con las voces apagadas por el estruendo de los mariachis, en medio de los invitados que Mary seguía saludando.

—¿Cuál es el motivo de la fiesta? — preguntó Félix.

—Mi décimo aniversario de bodas — rió Mary.

—¿Tanto?

—Es muy poco.

—Es el mismo tiempo que llevamos sin vernos. Es mucho.

—Pero si a cada rato nos encontramos en cocteles, bodas y entierros.

—Quiero decir sin tocarnos, Mary, como antes.

—Eso es fácil de remediar.

—Sabes que sólo me gusta tocarte, ¿verdad?

—¿Quieres decir que nunca me amaste? Lo sé muy bien. Yo tampoco.

—Algo más. Nunca te deseé.

—Ah. Eso es novedad.

—Sólo puedo tocarte sin desearte. Tocarte mucho, besarte, cogerte pero sin deseo. ¿Lo entiendes?

—No, pero me basta. Y me excita. Me gusta cómo me tocas. Diez años es mucho tiempo. Mira. Vete al hotel de paso que está aquí al lado. Deja tu coche afuera del bungalow para que pueda ver dónde te pusieron. Así yo entro al garaje con mi auto y corro la cortina. Espérame allí.

—Tengo una cita muy importante a las seis.

—No, si al rato me desaparezco. Abby ni se da cuenta. Míralo.

Félix no quiso mirar a un hombre del que jamás se acordaba y apretó el brazo de Mary.

—Y oye Félix —dijo Mary fingiendo desparpajo—, ya no soy la misma de antes, he tenido cuatro hijos.

Félix no dijo nada; se alejó de ella y Abby anunció con gestos agresivos e ilusorios pases por alto que se iban a torear cuatro vaquillas como fin de fiesta. Se rasuraba mal; tenía varias pequeñas cortadas en el mentón.

Cuando todos se fueron hacia el ruedo taurino junto al restaurante, Félix salió y condujo su auto hasta el hotelito vecino. Siguió las indicaciones de Mary y se instaló en una recámara de sábanas mojadas y olor de desinfectantes. Seguramente se durmió un rato. Lo despertaron las agruras y los pálpitos. Momentáneamente se imaginó a la orilla del mar, lejos de la altura de la ciudad de México, dirigiendo normalmente en un paraíso imposible de comidas breves, sencillas y a horas fijas.

Por la ventana del bungalow entraron los olés de la placita de toros. Imaginó a Abby toreando con gestos agresivos, cara colorada y hermosas manos escondidas por un trapo rojo. Sin duda era el primer torero judío. Poca gente sabe que México recibió a muchos fugitivos de la Europa hitleriana que se asimilaron sin dificultad a las costumbres e incluso a los ritos hispanomexicanos, como si sintieran nostalgia de la expulsión de España. Rió. Un judío en un ruedo, frente a un burel bufante, era la venganza sefardita contra Isabel la Católica.

También imaginó a Mary sentada en las gradas, mirando los desplantes absurdos de su marido. No la deseó. Necesitaba verla para tocarla cuanto antes. La relación física con Mary no toleraba ni el tiempo de un sueño ni el espacio de una separación. No toleraba el deseo.

8

El aguacero comenzó cuando Félix Maldonado, eructando dolorosamente, manejaba su auto por la Avenida Universidad. Era una lluvia vespertina de trópico alto, un chubasco reser-

vado para la selva virgen y que sólo gracias a una perversidad
del relieve venía a azotar una friolenta meseta de más de dos
mil metros de altura.

Ningún clima templado vería jamás una cortina de agua
como la que esa tarde, parda y humeante, azotó los parabrisas
del Chevrolet de Félix. Los limpiadores se negaron a funcionar. Félix tuvo que bajar para ponerlos en marcha con la
mano, bajo la lluvia. Mientras se empapaba, rió un poco pensando en Abby aguado, las vaquillas mojadas, la corrida frus-
trada y Mary inmóvil bajo la lluvia mirando las montañas
violetas como sus ojos.

Consultó nerviosamente su Rolex cuando estacionó el auto
en el sótano de la Secretaría. Las seis y diez, diez minutos de
retraso, se repitió cuando tomó el ascensor manejado por el
hombrecito que lo saludó amablemente, como si lo reconociera. No; simplemente reconocía a todo el mundo, era su
obligación cuando manejaba el ascensor. Fuera de las horas
de servicio, les correspondía a los demás reconocerlo.

Félix salió del elevador y llegó caminando de prisa, mojado y sin aliento a la antesala del Director General. La secretaria era una rubia oxigenada, opulenta, de busto alto y nalga
apretada. Se pintaba de negro los lunares rojos de la cara.

—Qué tal, licenciado.

Félix cerró los ojos. Con un gran esfuerzo recordó, esta es
Chayo, la presumida, de la que hablaban dos secretarias en-
vidiosas esta mañana, frente a la ventanilla de pagos.

—Quihubo, Chayo.

Esperó la reacción de la secretaria. No hubo ninguna. Era
imposible saber si lo reconocía o no.

—Tengo cita con el Director General.

Chayo afirmó con la cabeza:

—¿Gusta sentarse y esperar tantito?

—El vicio latino de llegar tarde me enferma, Chayito
— dijo Maldonado cuando se sentó —, me molesta a mí mucho más que a las personas a las que yo hago esperar, ¿me
entiende usted?

Chayo volvió a decir que sí con la cabeza y siguió tecleando al ritmo del chicle que mascaba o viceversa. Se escuchó un timbre y la señorita Chayo se levantó meneando el busto en vez de las caderas que la faltaban y le dijo a Félix si gusta pasar. Maldonado la siguió por un largo corredor forrado de cedro y adornado con fotos de los antiguos presidentes de la República a partir de Ávila Camacho.

Chayo apretó tres veces un botón rojo opaco junto a una puerta. El botón se iluminó y la secretaria empujó suavemente la puerta. Félix entró al despacho de luces bajas del Director General. Chayo desapareció y la puerta se cerró.

Félix tuvo dificultad en ubicar al Director General en la vasta penumbra del despacho sin ventanas, voluntariamente sombrío, donde los escasos focos parecían dispuestos para deslumbrar al visitante y proteger al Director General, cuya fotofobia era bien conocida.

Al cabo, Félix pudo distinguir el reflejo de los anteojos ahumados, unos *pince-nez* que sólo el Director General se atrevía a usar. Como que habían sido el *trademark* del villano número uno de la historia moderna de México, Victoriano Huerta. Pero el Director General tenía la excusa de sufrir fotofobia.

La voz de su anfitrión lo guió; también otro fulgor, el de un anillo matrimonial de oro. La mano pálida lo invitó, tome asiento, licenciado, se lo ruego, aquí mismo, frente a mí, en la mesa.

Félix buscó atropelladamente el lugar indicado por el Director General y dijo también de manera precipitada:

—Le ruego que me perdone. La falta de puntualidad me vuelve loco. Me imagino en el lugar del que me espera y me odio como odio a los que me hacen desesperar esperando.

El Director General rió huecamente. Tenía una risa seca, que se detenía repentinamente en el punto más alto del regocijo. Una vez más, el Director General pasó sin transición de la risa a la severidad:

—Sabemos que es usted muy puntual, licenciado Maldonado. Es usted un hombre de muchas virtudes. Algunos dicen que demasiadas.

—¿De cuándo acá eso es un defecto? — preguntó Félix, hablando por hablar, porque en realidad hubiera querido hincarse ante el Director General para besarle el anillo como a un pontífice: por primera vez en ese día, una persona del Ministerio le había dado su nombre, Maldonado.

El Director General giró apenas y ello bastó para que la luz de la lámpara de mesa erizara como una bola de alfileres la cabeza redonda. El alto funcionario se cortaba el pelo a la alemana, como un puercoespín blanco. Consultó una tarjeta azul.

—También tiene usted demasiadas existencias, señor licenciado. Lo sabemos economista muy distinguido, burócrata eficiente y puntual, ¿cómo?, hombre afortunado en amores y varón de cóleras repentinas, ¿sí?, miembro disciplinado del sector popular del P.R.I., asiduo a varios desayunos políticos, amigo de gente distinguida, converso al judaísmo, marido y...

—No hemos tenido hijos — interrumpió Félix, temeroso del calificativo que merecería su vida conyugal, irritado por las repetidas faltas de respeto a su personalidad privada que este día le reservaba, pero esperamos tenerlos pronto.

—En cuanto alcance usted una situación económica y oficial más sólida, ¿verdad? — sonrió el Director General.

—Eso es — afirmó nerviosamente Félix—, y mi mujer nunca se hubiera casado conmigo si no me convierto...

—Qué vida tan variada. Refleja bien su personalidad, a la vez fría y apasionada, ágil y nerviosa.

—¿Cree conocerme tan bien, señor Director?

—Cómo no — meneó varias veces la cabeza el Director General y acabó por apoyar el mentón sobre las manos unidas—. Se da usted el lujo de serlo todo, Maquiavelo y Don Juan, un poquito Al Jolson y otro poquito Otelo...

—¿Al Jolson? Usted bromea — rió débilmente Félix.

—Un judío disfrazado de negro, un mexicano disfrazado de judío, ¿qué más da? Es usted un hombre divertido y que divierte, licenciado, cortesano y politiquero, a gusto en los salones de lujo y en...

—Todos tenemos varias existencias — volvió a interrumpir Maldonado, ahora con irritación abierta —, ¿usted no?

—Licenciado — dijo glacialmente el hombre peinado a la bross —, yo no estoy siendo juzgado.

—¿Yo sí? — replicó Félix con agilidad.

—Usted tampoco. Usted ya es culpable.

El Director General miró la cara de Félix y emitió la risa alta, aguda, abruptamente suspendida:

—No se altere. No lo tome tan a pecho.

—¿Cómo quiere que lo tome? — dijo Félix tragando agrio y espeso.

—Mire usted. Póngame mucha atención.

—La que usted se merece, señor.

—Está bien. Supongamos que un funcionario superior le ordena a un funcionario subordinado que invite, y si ello es necesario, obligue a un tercer funcionario, inferior al segundo, a cometer un crimen.

—Si usted gusta, lo supongo, pero no entiendo nada. ¿Para qué tanta tramoya?

—Para evitar una serie de inconvenientes.

—Sigo sin entender.

—Es preferible obtener los resultados deseados sin necesidad de procedimientos dilatados, interrogatorios engorrosos y hasta crueles a veces, ¿cómo?

—¿Y si el segundo funcionario no persuade al tercero, ni puede obligarlo?

—Entonces el segundo funcionario será culpable de no haber sabido persuadir ni obligar.

—En ese caso, ¿queda eximido de culpa el tercer funcionario?

—No.

—¿Se necesita a fuerza un culpable?

—No. Se necesita un crimen. Entienda claramente esto. No hay nada personal contra usted.

—Qué tal si lo hubiera.

—No intente ironías. Comprenda que queremos ayudarlo.

—¿Para alcanzar una posición económica y social más sólida, como dijo usted hace rato?

—Por qué no. Le repito: comprenda que queremos ayudarlo. Déjese desconocer.

—Señor Director, no entiendo una palabra de lo que me dice. Es como si le hablara usted a otra persona, de plano.

—Es que usted *es* otra persona. No se queje, hombre. Tiene tantas personalidades. Pierda una y quédese con las demás. ¿Qué más le da?

—No entiendo, señor Director. Lo que me inquieta de todo este asunto es sólo esto, que usted me habla como si yo fuese otro.

—¿No recuerda usted el tema mismo de esta entrevista? ¿No será que usted ha olvidado de qué le estoy hablando?

—¿Eso sería grave?

—Sumamente.

—¿Qué me recomienda?

—No haga nada. Estése tranquilo. Las situaciones se presentarán. Si usted es inteligente, se dará cuenta y obrará en consecuencia.

El Director General se incorporó, perdiéndose en las alturas de la sombra. Las luces sólo iluminaron su vientre flaco y la mano en reposo cordial sobre los botones del chaleco.

—Y recuerde bien esto. No nos interesa usted. Nos interesa su nombre. Su nombre, no usted, es el criminal. Buenas noches, señor licenciado...

—Félix Maldonado —dijo agresivamente Félix.

—Cuidadito, cuidadito — se fue apagando la voz hueca del Director General.

Félix se detuvo con la mano en la perilla bronceada de la puerta y preguntó sin voltear a ver a su superior:

—Ya se me andaba olvidando. ¿Qué crimen se le invita o se le obliga a cometer al tercero en jerarquía?

—Eso le toca averiguarlo al interesado — dijo la voz hueca, lejana, como de grabación, del Director General.

En seguida añadió:

—No manipule la perilla. Es sólo de adorno.

Apretó un botón y la puerta se entreabrió electrónicamente. Ni esa libertad me dejó, ni la puerta pude abrir, me tenebroseó de a feo, como títere se sintió Félix y se fue sin mirar a los ojos de la señorita Chayo.

9

Manejó rendido por la fatiga de la Secretaría a su apartamento en la Colonia Polanco. Quiso recordar la conversación con el Director General, era fundamental no olvidar un solo detalle, reconstruir fielmente cada una de las palabras pronunciadas por el superior. Aletargado, Félix se asustó, se pellizcó un muslo como para mantenerse despierto y evitar un accidente. Debería tomar un café antes de salir a la cena. Volvió a pellizcarse. ¿Con quién acababa de hablar? ¿Qué le había dicho? Abrió apresuradamente la ventanilla. Entró el aire barrido y frío de las primeras horas después de la lluvia.

Tocó tres veces el claxon para anunciarle su llegada a Ruth. Era una vieja y cariñosa costumbre. Estacionó frente al condominio de doce pisos. Subió al noveno. Quizás debería contar las veces que subía y bajaba diariamente en un elevador. Quizá le haría falta un uniforme de lana gris con botonadura de bronce y las iniciales bordadas sobre el pecho, S.F.I. Quizá sólo así lo reconocerían en la oficina de ahora en adelante.

Dijo varias veces en voz alta, Ruth, Ruth, al entrar al apartamento. ¿Por qué necesitaba anunciarse desde la calle y ahora al entrar, si sabía perfectamente que Ruth estaba enojada, metida en la cama, esperándolo, fingiendo que no, hojeando una revista, con la televisión prendida sin ruido, vestida con camisón y mañanita de seda, como si se dispusiera a dormir temprano pero no era cierto, no se había quitado el maquillaje, no se había embarrado las cremas, estaba disponible, la podía persuadir aún de que la acompañara a casa de los Rossetti?

Antes de abrir la puerta de la recámara, miró la reproducción tamaño natural del autorretrato de Velázquez que colgaba en el vestíbulo. Era una broma privada que tenían él y Ruth. Cuando vieron el original en el Museo del Prado, los dos rieron de esa manera nerviosa con que se rompe la solemnidad de los museos y no se atrevieron a decir que Félix era el doble del pintor. «No, Velázquez es tu doble», dijo Ruth y a la salida se compraron la reproducción. Abrió la puerta de la recámara. Ruth estaba acostada mirando la televisión. Pero no se había peinado y se desmaquillaba con kleenex. Esto desconcertó a Félix. La saludó, hola Ruth, pero ella no contestó y Félix se fue directamente a la sala de baño. Desde allí le dijo en voz alta disfrazada por los grifos abiertos y la máquina de afeitar:

—Son las ocho, Ruth, la invitación es a las nueve. No vas a estar lista.

Miró su cara en el espejo y recordó el parecido con Velázquez, los ojos negros rasgados, la frente alta y aceitunada, la nariz corta y curva, árabe pero también judía, un español hijo de todos los pueblos que pasaron por la península, celtas, griegos, fenicios, romanos, hebreos, musulmanes, godos, Félix Maldonado, una cara del Mediterráneo, pómulos altos y marcados, boca llena y sensual, comisuras hondas, pelo negro, espeso, ondulado, cejas separadas pero gruesas, ojos negros que serían redondos, casi sin blanco, si la forma de avellana no los orientalizara, bigote negro. Pero Félix no tenía la sonrisa de Velázquez, la satisfacción de esos labios que acaban de masticar ciruelas y naranjas.

—No vas a estar lista, repitió en voz alta. Yo nada más me rasuro, me doy un regaderazo y me cambio de ropa. A ti te toma más tiempo. Ya sabes que no me gusta llegar con retraso.

Pasaron varios segundos y Ruth no contestó. Félix cerró los grifos y desconectó la máquina. Paciencia y piedad, les había pedido el rabino que los casó, ahora recordó esas dos palabras y las estuvo repitiendo bajo la ducha. Paciencia y piedad, mientras se frotaba vigorosamente con la toalla, se rociaba abundantemente con Royall Lyme, se untaba Right

Guard bajo los brazos y se pesaba la taleguilla de los testículos, veía el tamaño del miembro, no de arriba abajo porque
así siempre se ve chiquito, sino de lado, de perfil ante el espejo de cuerpo entero, ese es el tamaño que ven las mujeres.
Sara, Sara Klein.

Salió desnudo a propósito a la recámara, fingiendo que se
secaba las orejas con la toalla y repitió lo que antes había
gritado, ¿no me oíste, Ruth?

—Sí te oí. Qué bueno que te bañaste y te perfumaste,
Félix. Es tan desagradable cuando vas a las cenas con el sudor
de todo el día, los olores de tu oficina y los calzoncillos sucios. A mí me toca recogerlos.

—Sabes que a veces no hay tiempo. Me gusta ser puntual.

—Sabes que no voy a ir. Por eso te bañas y te perfumas.

—No digas tonterías y apúrate. Vamos a llegar tarde.

Ruth le arrojó con furia el ejemplar de Vogue que había
estado hojeando. Félix lo esquivó; recordó las hojas abiertas
de los libros del estudiante en el taxi, como navajas, matando
a los pollitos.

—¡Tarde, tarde! Es todo lo que te preocupa, sabes muy
bien que si llegamos a la hora no habrá nadie en casa de los
Rossetti, él no habrá llegado de la oficina y ella se estará pren-
diendo los chinos. ¿A quién engañas? Cómo me irritas. Sabes
perfectamente que si nos invitan a las nueve es para que
lleguemos a las diez y media. Sólo los extranjeros ignorantes
de nuestras costumbres llegan puntuales y embarazan a todo
el mundo.

—Abochornan o ponen en aprietos, pochita — dijo con li-
gereza Félix.

—¡Deja de pasearte encuerado, como si me llamara la
atención tu pajarito arrugado! — gritó Ruth y Félix rió:

—Se veía más grande antes de que me obligaras a la cir-
cuncisión, mira que circuncidarme a los veintiocho años, sólo
para darte gusto.

Empezó a vestirse con furia, se le acabó la paciencia, así
era siempre, primero mucho humor, luego abruptamente una
cólera verdadera, no fingida como la de Ruth, sólo por ti,

cambié de religión, de dieta, de prepucio y me casé con un pinche gorrito puesto.

Ella lo observó:

—Estaba pensando...

—¿Tú?

—Te vas a arrancar los botones, Félix.

—Llámame Pilón.

—No te hagas el gracioso. Ven, siéntate aquí junto a mí. Déjame ponerte bien las mancuernas. Nunca le atinas. No sé qué harías sin mí. Estaba pensando que desde hace varios meses sólo seguimos unidos como enemigos, como para convencernos de que debemos separarnos.

—Es probable. La vida que hacemos es el mejor argumento para separarnos.

—Te ausentas tanto. ¿Qué quieres que piense?

—Es mi trabajo. Respétalo.

—Perdóname, Félix. Es que tengo miedo.

Ruth se abrazó a su marido y el corazón de Félix dio un vuelco. Estuvo a punto de preguntarle, ¿sabes algo, entiendes algo de lo que está pasando? Ella se adelantó a disipar la duda:

—Félix, yo entiendo muy bien cuál ha sido mi papel en tu vida.

—Yo te amo, Ruth. Debes sentirlo.

—Espera. Entiendo muy bien por qué me escogiste a mí por encima de Sara y de Mary.

—Oye, ¿por qué dices por encima, como si fueras inferior a ellas?

—Es que lo era. No soy tan inteligente como Sara ni tan guapa como Mary. Me pasé el día pensándolo. A Sara siempre la quisiste de lejos. Con Mary te acostabas. Pero para ti un amor puro y hasta intelectual o el puro sexo sin amor, no resuelve nada. Tú necesitas una mujer como yo, que te resuelva problemas prácticos, de tu carrera y tu vida social, y si las cosas diarias caminan bien, entonces puedes amar y coger a gusto con la misma mujer, a una sola mujer, que soy yo. Yo puedo ser tu ideal intocable por momentos, tu puta a veces, pero siempre la mujer que te tiene listo el desayuno, planchados los trajes, hechas las maletas, todo, las cenas para los jefes, todo. ¿Tengo razón?

—Me parece muy complicado. Pero me he pasado el día oyendo interpretaciones sobre mí que me parecen referirse a un desconocido.

—No, si es rete simple. Yo no era ni tu ideal puro como Sara ni tu culo cachondo como Mary. Soy las dos a medias. Ese es el problema, ¿ves?

—Ruth, no importa que Sara Klein esté en casa de los Rossetti, hace siglos que no la veo. Lo importante es ir contigo, que nos vean juntos y felices, Ruth.

—Conmigo tienes lo que te daban cada una por su lado Sara Klein y Mary Benjamin.

—Claro, claro, por eso te preferí. No insistas.

—A mí me amas idealmente, como a tu Sara, y a mí me tocas físicamente, como a Mary.

—¿Hay quejas? ¿Qué tiene de malo?

—Nada más que ahora ellas son tu ideal, las dos se volvieron lo que antes sólo era Sara Klein, a las dos las puedes adorar de lejos, el equilibrio está a punto de romperse, me lo dice mi intuición, Félix, si ves esta noche a Sara no vas a resistir la tentación, vas a darle otra vez su lugar. Me lo vas a quitar a mí, mi lugar, mi seguridad.

—¿Tu lugar ideal o tu seguridad sexual, Ruth? Aclárame eso, ya que pareces saber más que yo.

—No sé. Depende. ¿Lograste acostarte hoy con Mary?

—Ruth, yo no he visto hoy a Mary.

—Ella misma llamó para preguntar si estaba enferma, por qué no fui contigo a su aniversario de bodas en el Arroyo.

—¿A qué horas te llamó?

—A eso de las seis de la tarde.

—Pero tú ya estabas enojada desde que te llamé en la mañana.

—Por Sara Klein. Había olvidado a Mary. Mary se encargó de que me acordara de las dos. Ahora ya no estoy enojada. Estoy segura de que me has partido por la mitad,

Félix. Prefieres tener por separado lo que yo quise darte unido en mí. Como si desde hoy quisieras ser joven otra vez.

—Cabrona Mary — murmuró Félix.

Ruth miró a su marido y frunció la nariz:

—No lo hagas, Félix. Todavía eres joven.

—¿Sabes que estás hablando como una mamá judía a su hijo?

—No te burles de mí. Acepta que vivimos juntos y nos hacemos viejos y vamos a morirnos juntos.

Félix tomó con fuerza a Ruth de los brazos y la sacudió:

—No juegues conmigo a la mamá judía, no lo soporto, no soporto tus sabias advertencias de mamacita judía. Yo voy a ir a casa de los Rossetti porque Mauricio es el secretario privado del Director General y Sanseacabó. Sara Klein no tiene nada que ver y tus teorías me parecen totalmente idiotas.

—No vayas, por favor, Félix. Quédate conmigo. Te lo digo así, tranquila, sin hacer tangos. Quédate. No te expongas.

10

La mirada de Ruth lo persiguió de Polanco a San Ángel por el Periférico. Nunca lo había mirado así, con los ojos llenos de lágrimas y ternura, meneando lentamente la cabeza, frunciendo el entrecejo, advirtiéndole, como si por una vez supiera la verdad y no quisiera ofenderlo diciéndosela. Manejó pensando que acaso todas las palabras de Ruth eran el disfraz de la verdad, una mentira para darle a entender, sin herirlo, que sospechaba la gravedad de las cosas.

Nunca había usado de pretexto a Sara o a Mary. Ruth conocía a la superioridad de su simple presencia sobre cualquier aspecto del pasado de Félix, se dijo Félix habituándose a hablar de sí mismo como de un extraño, Ruth es la mujer de Félix, al estacionarse con dificultades cerca del estrecho Callejón del Santísimo, Ruth es pecosilla, se disfraza las pecas con maquillaje, igual que la señorita Chayo sus lunares rojos, las gotas de sudor se le juntan en la puntita de la nariz a Ruth, la señora Maldonado es una chica judía bonita, graciosa, activa, una geisha hebraica, Madame Butterfly con el decálogo del Sinaí en brazos en vez de un hijo, Madame Cio Cio Stein, una canasta vacía en el río. La odió, a fuerza de ridiculizarla, al entrar a la casa colonial, encalada, de los Rossetti, es cierto, Ruth me tiene las camisas planchadas y me pone las mancuernas.

De pie en el centro mismo de una alfombra blanca, con una copa entre las manos, parecía esperarlo Sara Klein. Con el fuego de la chimenea encendida a sus espaldas, nimbándola, y el enorme cuadro de Ricardo Martínez colgando como fondo. Sara Klein, suspendida dentro de una gota luminosa, en el centro del mundo, doce años después.

Temió romper la burbuja dorada. Cerró los ojos y comparó los rostros.

Vio todas las películas en el Museo de Arte Moderno cuando estudió economía en la Universidad de Columbia. Se escapaba a la hora del almuerzo, dejaba de comer a veces, para ver viejas películas en la Calle 53. El cine se convirtió para Félix Maldonado en el contrapunto y némesis de la economía. Una ciencia abstracta, triste y finalmente inocua cuando revelaba su verdadera naturaleza: la economía es la opinión personal convertida en norma dogmática, la única opinión que se sirve de números para imponerse. Y el cine es un arte concreto, alegre y finalmente engañoso cuando demuestra ser todo menos arte: un simple catálogo de rostros, gestos y cosas absolutamente individuales, nunca genéricas.

Se puso a pensar todo esto como para prolongar un coito, no venirse antes de tiempo. Todavía no. Se negó a mirar de nuevo a Sara Klein, no quiso, aún, acercarse a ella. Ruth le había implorado no vayas a esa fiesta como Mary Astor en la escena final del *Halcón Maltés,* incrédula, lista a transformar la mentira de su amor en la verdad de su vida si Humphrey Bogart la salvaba de ir a la silla eléctrica. Sólo que la pobre Ruth no abogó por la vida de Ruth sino, oscuramente, por la de Félix. Y ahora, aquí, Sara tan enigmática como Louise Brooks en *La caja de Pandora,* tan parecida, fleco y corte de paje, pelo de cuervo, diamantes helados en la mirada, disponibilidad fatal en el cuerpo. Pero la Lulú interpretada por Louise Brooks era la advertencia clara, sin engaño posible, de toda la miseria que para un hombre significa amar a una mujer promíscua. Y Sara Klein era el ideal de Félix, la intocada.

Abrió los ojos para verla como siempre. El joven Napoleón en el Puente de Arcola, una tarjeta postal del Louvre, Sara Klein peinada como Bonaparte, el mismo perfil, los mismos abrigos y trajes sastre de estilo militar. Sara Klein aguileña y trigueña. Le divertían todas esas eñes españolas.

—México es una equis — le dijo Félix cuando eran muy jóvenes —, España es una eñe, no se entiende a esos dos países sin esas letras que les pertenecen a ellos.

Y Sara la joven hebrea, la única que llegó tarde a México, aprendió tarde el español, creció en Europa, no como Ruth y Mary que nacieron aquí y eran segunda generación de judíos mexicanos. Se preguntó si Sara lo miraba. Y comprendió que algo incomprensible había pasado. El ritmo no sólo del día sino de su vida se rompió cuando entró a casa de los Rossetti y miró inmóvil, de pie sobre un tapete blanco, a Sara Klein.

En ese momento Félix Maldonado dejó de ser como había sido durante mucho tiempo. Pensó distinto, invocó asociaciones olvidadas, referencias al cine, la historia, la actualidad, todo lo que era Sara Klein, la mujer esencial, la intocada e intocable, pero al mismo tiempo la más herida por la historia, la muchacha europea, la que conoció el sufrimiento que ni siquiera adivinaron Ruth y Mary. Auschwitz quería decir algo para Sara. Por eso nunca la pudo tocar. Temió siempre añadir más dolor a su dolor, lastimarla de alguna manera.

—No fue lo que nos hacían a cada uno por separado. Fue lo que nos hacían a todos juntos. Lo que sólo le pasa a una persona tiene importancia para todos. El exterminio en masa deja de ser importante, es sólo un problema estadístico. Ellos lo sabían, por eso ocultaban el sufrimiento individual y glorificaban el sufrimiento colectivo. Finalmente, la víctima más importante es Anna Frank, porque conocemos su vida, su domicilio, su familia. No la pudieron convertir en una simple cifra. Ella es el testimonio más terrible del holocausto, Félix. Una niña habla por todos. Un hoyo con cincuenta cadáveres es mudo. Perdona lo que te voy a decir. Envidio a Anna Frank. Yo sólo fui una cifra en Auschwitz, otra niña judía sin nombre. Sobreviví. Mis padres murieron.

La burbuja se rompió cuando la figura alta y obesa del doctor Bernstein se acercó a Sara.

Mauricio y Sara Rossetti, los anfitriones, saludaron a Félix, disimulando la extrañeza de que el huésped no los saludase.

—Nos veremos mañana en Palacio para el premio al profesor Bernstein, ¿no es cierto? — dijo Rossetti con su voz engolada, pero Félix sólo miraba a Sara Klein.

Los Rossetti lo presentaron con Sara, ya conocía al doctor Bernstein, que lástima que Ruth se sintió mal.

Lo presentaron con Sara Klein y quiso reír, frunció la nariz para decir muchas eñes y ella lo recordó y lo comprendió, esa broma de la juventud, araña, mañana, reseña, enseña, nuño, niño, ñoño, ñaña, ñandú, rieron juntos, moño, coño, retoño.

Félix tomó la mano de Sara y le dijo que por fortuna tenían muchas horas por delante, ¿no había olvidado los terribles horarios mexicanos? y ella dijo con la voz ronca:

—Recuerdo que todo es muy tarde, muy excitante, no como los horarios americanos. ¿Qué horas son?

—Apenas las diez y media. No cenaremos antes de las doce. Primero hay que beberse muchos whiskys para agarrar presión. Si no la fiesta es un fracaso.

—¿Y luego? — sonrió Sara.

—Hay que quedarse hasta las cinco de la mañana para que la fiesta pueda considerarse un éxito y se sabe de anfitriones que se han tragado la llave para que nadie pueda irse — dijo Félix abriendo el círculo para incluir a Bernstein —, ¿verdad, doctor?

—Cómo no — dijo Bernstein mirando a la pareja con atención, achicando los ojos detrás de los vidrios gruesos de los anteojos —, los mexicanos tenemos el genio de la fiesta, la música y el color. En cambio carecemos totalmente de talento para dos cosas fundamentales en el mundo de hoy: el cine y el periodismo. Tenías razón esta mañana cuando desayunamos juntos, Félix. Es imposible entender lo que dice un periódico mexicano si antes no se cuenta con información confidencial.

—Quién sabe. Es el punto de vista de un judío, no de un mexicano — dijo con rudeza Félix, que se largara Bernstein, que lo dejara solo con Sara, ¿iba a pasarse la noche vigilándolos?

—Tú has de saber — replicó Bernstein —, estás casado con una judía y enamorado de otra.

Sin reflexionar un instante, Félix Maldonado alargó la mano y le arrancó los anteojos sin marco, los dos cristales desnudos y densos que parecían suspendidos sobre los ojos invisibles del doctor.

—Parece mentira — dijo Félix mirando los anteojos —. Todavía tienen manchas de la salsa de jitomate del desayuno.

Los ojos desnudos del doctor Bernstein siguieron nadando asombrados en el fondo de un océano personal y luego saltaron nerviosamente sobre cubierta como dos peces asfixiados. Maldonado arrojó con desdén los anteojos al fuego. Sara gritó y Mauricio Rossetti corrió a la chimenea a salvar los anteojos. Varios invitados se reunieron, divertidos o alarmados, mientras Mauricio pescaba los anteojos con unas tenazas y Sara miraba a Félix con los ojos de diamante frío y todas las contradicciones de la complicidad; Félix sólo miró a Sara para descifrar y luego intentar la imposible separación de rechazo y atracción, desprecio, homenaje, ganas de reír, pureza perversa, se dijo Félix mirando a Sara mientras los pinches anteojos de Bernstein eran salvados por Mauricio de las llamas que todo lo purifican, conjuntivitis, legañas y manchas de salsa. Félix acercó los labios al oído de Sara:

—Mi amor, debemos arriesgarnos a otra cosa.

—No duraría mucho — le contestó Sara ocultándole la oreja a Félix bajo el ala de cuervo de su peinado —. Ya tienes lo que yo no te doy con otras. Déjame seguir siendo la de siempre, por favor.

—¿Me juras que tu relación conmigo no es distinta de tu relación con los demás hombres? — Félix pronunció mal esto, le estaba mordisqueando el lóbulo de la oreja a Sara.

Sara se apartó riendo gravemente, era su especialidad.

—Nuestra relación es única, ¿no? ¿Cómo quieres que yo sea la misma con todos si contigo soy totalmente distinta? ¿Te das cuenta de lo que me pides?

Mauricio le ordenó a un mozo que pusiera a enfriar los anteojos del doctor Bernstein y se interpuso groseramente entre Sara y Félix:

—Voy a rogarle que se retire, licenciado Maldonado. Su mala educación no tiene límites. Está usted en mi casa, no en la suya.

—¿Qué pasó? — dijo Félix con asombro burlón —. ¿No me dice usted siempre que su casa es mi casa?

—No me explico su conducta — dijo fríamente Mauricio —. Quizá el Director General sepa explicármela mañana, cuando le cuente lo ocurrido.

Félix se rió en la cara de Rossetti:

—¿Te atreves a amenazarme, pinche gondolero?

—Le ruego que recapacite y se comporte, licenciado.

—Pinche lambiscón.

—¿Quién me ayuda a sacar a este infeliz? — preguntó Rossetti a la reunión en general, los invitados curiosos pero lejanos, un poco amedrentados.

Cómo cambiaba la cara de Bernstein sin los anteojos. El doctor se interpuso entre Maldonado y Rossetti. Sin lentes y sin sorpresa la cara normalmente sospechosa y tensa adquiría una bonhomía navideña. Bernstein parecía un carpintero amable que se quedó ciego tallando juguetes para los niños. Le dijo a Mauricio que él era el agraviado y le rogó que olvidara el incidente. Rossetti dijo que no, había agraviado a todos, hay que darle una lección a este majadero, doctor.

—Se lo ruego yo. Por favor.

Rossetti se resignó con un movimiento despreciativo de

hombros y le dijo a Félix es la última vez que viene usted aquí, Maldonado.

—Ya lo sé. Está bien. Perdón — dijo Félix.

Un criado le devolvió los anteojos a Bernstein y con ellos regresó el rostro perdido del doctor. Palmeó paternalmente el hombro de Félix. El anillo con la piedra blanca como el agua lanzaba fulgores de cabezas de alfiler desde el dedo gordo del profesor.

—Nuestro anfitrión es muy italiano, aunque lleve cuatro generaciones en México. Los italianos no entienden ni lo nuevo ni lo viejo, sólo lo eterno. Los accidentes históricos les son indiferentes y hasta risibles. No entienden que los judíos somos parricidas y los mexicanos filicidas. En Cristo quisimos matar al padre, nos aterró la encarnación del Mesías en un usurpador, sobre todo si tomas en cuenta que cada vez que se aparece el redentor nuestra destrucción es aplazada. En cambio ustedes quieren matar al hijo, es la descendencia lo que les duele. La descendencia en todas sus formas es para ustedes degeneración y prueba de bastardía. No, Mauricio no sabe esto. Ignora tantas cosas. Mi figura es demasiado paternal, ¿verdad, Sara?

—Eres mi amante — dijo con voz esterilizada Sara —. ¿Qué quieres que diga?

Bernstein miró de frente, sin sonrojo pero sin victoria, a Félix.

—Tú jamás matarías a tu padre, Félix, eso es lo que no entiende el pobrecito de Mauricio. Tú sólo matarías a tus hijos, ¿verdad?

Félix miró con desolación a Sara y luego, para evitar la mirada de la mujer, se quedó observando el cuadro de Ricardo Martínez encima de la chimenea, los grandes bultos de los indios sentados en cuclillas en medio de un páramo frío y brumoso que devoraba sus contornos humanos.

Al cabo dijo:

—Entonces ya tengo los mismos derechos de todos.

—Pobre Félix — dijo Sara —. De joven no eras vulgar.

Bernstein dejó de palmear protectoramente a Maldonado y

sin dejar de sonreír acercó peligrosamente el rostro al de Sara.

—Te advertí que no vinieras —le dijo a Félix el hombre gordo con el anillo acuoso como su mirada.

—Pobre Félix —repitió Sara y tocó la mano de su admirador—. Entiende que ahora soy igual a tus otras mujeres. Pobre Félix.

—Qué cosa más chispa —empezó a reír repentinamente Félix, terminó doblándose de carcajadas y fue a apoyarse contra la repisa de la chimenea adornada con pequeñas reproducciones de figuras de Jaina—. Pero qué cosa más chistosa, ahora Mary resulta la única que no he tocado, por lo menos en diez años, toda una vida, ¿no? Mary la cachonda tendrá que tomar desde ahora el lugar de mi mujer ideal, juro que jamás me acostaré con Mary...

—Está loco —perdió la compostura Sara—, le pidió al doctor, Bernstein haz algo, dile a este imbécil que él nunca me ha tocado ni me tocará, va a salir por ahí repitiendo eso, que Mary es la única que no ha tocado en los últimos diez años.

—Llevo cinco minutos de fornicación mental contigo —le dijo Félix a Sara—, ¿por qué, Sara, y por qué con Bernstein, *of all people?*

—¿Puedo decirle, Bernstein? —Sara miró al doctor para pedirle permiso y el doctor asintió, pero Félix se sintió ofendido y estuvo a punto de arrancarle otra vez los anteojos a su viejo profesor.

—No me traten como si no supiera nada —dijo Félix a la pareja Klein-Bernstein, tenía que acostumbrarse a verlos como pareja, qué asco, qué ridículo, pensar que había tratado de ridiculizar a su pobre Ruth tan leal tan noble.

—Como los periódicos... —trató de interponer el doctor.

—Sí, cómo no —cortó Félix—, llevamos diez años de desayunos políticos, doctor, antes fue usted mi maestro de historia de las doctrinas económicas en la UNAM, ¿cómo no voy a saber?

—La verdad no viene en las páginas del Gide et Rist
— humoreó débilmente Bernstein.

—Ato cabos. Usted ha servido la causa de los que ubican
a los criminales de guerra escondidos, eso lo sé, los que sacan
a los nazis de sus madrigueras en Paraguay y luego los juzgan
dentro de una jaula de cristal. Y Sara se fue a vivir a Israel
hace doce años. Usted viaja allá dos veces al año. ¿Okey? Me
parece perfecto. ¿Cuál misterio?

—La palabra misterio, mi querido Félix, tiene muchos sinó-
nimos — dijo con perfecta compostura el doctor Berstein.

Hubo una especie de silencio que pareció más largo de lo
que realmente fue. Félix notó el mohín de Sara, el ruego silencioso de Bernstein, dejemos allí las cosas, que Maldonado crea
esto, que crea lo que quiera, ¿qué importancia tiene Félix Maldonado? Sara tiró de la manga de Bernstein, pero el doctor le
apartó cariñosamente la mano. Angélica Rossetti decidió apre-
surar las cosas e invitó a todo mundo a pasar a la mesa. Miró
con franco desagrado a Félix, como a una cucaracha indigna de
comer los cannelloni dispuestos en la mesa del buffet.

—¿Quieres pasar, Sara?

Bernstein entró al comedor colonial con la dueña de casa
y Sara Klein se cruzó de brazos recargada contra la repisa de
la chimenea. Maldonado se dio cuenta de que era la primera
vez, desde que él llegó a esta casa, que la mujer se movía de
lugar. Una humedad opresiva ascendía de los pisos del salón
a pesar de las buenas intenciones de la chimenea. El homenaje
a la piedra fría en planta baja, la inmediatez del jardín que
se trataba de meter a la casa por las puertas de cristal, el lodo
después de la lluvia, las plantas del desierto hinchadas de tormenta, una monstruosidad.

Sara Klein acarició la mano de su viejo amigo y Félix sintió que le devolvía el calor y la vida. No se atrevió a mirarla,
pero supo una vez más que la amaba de verdad a ella y la
amaría siempre, lejana o cercana, limpia o sucia. Durante toda
su vida, lo entendió ahora, había falsificado el problema Sara
Klein. La verdad consistía en admitir que la amaba sin im-

portarle quién la poseyera. El problema dejó de ser Félix o nadie.

Sara vio lo que pasaba por los ojos de su amigo. Por eso le dijo, Félix, ¿recuerdas cuando celebramos juntos tus veinte años?

Félix asintió débilmente. Sara le acarició las mejillas y luego detuvo entre las manos la cabeza de Félix, rizada, morena, delgada, viril, embigotada, morisca.

Entonces Sara Klein dijo que todas las ceremonias son tristes, porque ella recordaba muy pocas que realmente pudieron ocurrir y luego muchas que no pudieron celebrarse porque sólo había fechas pero ya no había gente.

—Tú estabas triste ese día de tu cumpleaños. Salimos a bailar. Era catorce años después de la guerra. Tú te dedicabas a enseñarme todo lo que me había perdido. Películas y libros. Canciones y modas. Bailes y automóviles. Me perdí todo eso en Alemania de niña. Entonces la orquesta comenzó a tocar Kurt Weill, la canción tema de la *Dreigroschenoper*. La había puesto otra vez de moda Louis Armstrong, ¿te acuerdas? Pasó algo muy misterioso. Tus veinte años, mi niñez en Alemania, esa canción que nos unió mágicamente como nada nos había unido antes.

—La canción de Mackie, recuerdo.

—Tú me hablabas de una canción de moda en 56 y yo recordaba que mis padres la tarareaban, tenían un disco cantado por Lotte Lenya, antes de la guerra, antes de la persecución, un disco rayado. Todo se juntó para que tu melancolía fuese verdadera. Esa noche nos contagiamos la tristeza. Me dijiste una cosa, ¿recuerdas?

—Cómo no, Sara. La muerte de todos empieza a los veinte años.

—Y yo te dije que era una frase muy romántica, pero para mí muy falsa, porque para mí la muerte nunca había empezado y nunca acabaría. Te dije que para mí la muerte no tiene edad. Félix, esa noche supimos por qué no podíamos casarnos. Tú eras un adolescente mexicano melancólico. Yo era una triste judía alemana sin edad. Sufrimos mucho. Es un hecho.

No tiene nada que ver con nuestro sexo, nuestro país o nuestra edad.

—Lo sé. Por eso te amo y no quiero ser causa de más dolor.

Sara Klein apartó sus labios de los de Félix Maldonado, lo apartó a él y los ojos de la mujer dejaron de ser diamantes fríos. Eran ahora el fondo turbio de una laguna artifical y poco profunda, removida violenta e inútilmente. Se apartó cada vez más hasta sólo tocar la mano, los dedos extendidos de Félix.

—Entonces, si de verdad no quieres que sufra más, deja de quererme, Félix.

—Me cuesta mucho. Ya ves, ahora sé que eres la amante de Bernstein y no dejo de quererte.

Los músculos tensos de la cara de la mujer, el brillo turbio de los ojos, como Bonaparte en Arcola.

—No pido eso.

—Entonces, ¿cómo quieres que deje de quererte, Sara?

—Ayudándome.

—No te entiendo.

—Sí. Debes ayudarme a justificar lo que hago.

—¿Lo que hacen tú y Bernstein?

—Sí. Lo que realmente nos une, no el sexo.

—¿Tampoco con él te acuestas?

—Sí. A veces.

—Menos mal. Sería el colmo que también fueras la virgen de Bernstein.

—No. Ayúdame a justificar que las víctimas de ayer seamos los verdugos de hoy.

Maldonado intentó acercarse a la mujer que se descomponía ante su mirada, Sara Klein que perdía la imagen de su admirador recordaba y aparecía bajo una luz inédita, cruda, yerma.

—La venganza no es una virtud — dijo Félix —, pero es explicable.

—Dime cómo disfrazar la verdad, Félix.

—Está claro. Las antiguas víctimas son ahora los verdugos de sus antiguos victimarios. Te entiendo. Lo acepto. Ésa es la verdad. ¿Para qué quieres disfrazarla? Sólo que acostarse con Bernstein me parece un precio muy alto para la verdad y para la venganza.

—No, Félix — dijo abruptamente Sara, igual que cuando eran estudiantes juntos, discípulos de Bernstein, discutiendo una de las teorías económicas expuestas en los volúmenes de Gide y Rist —, no, Félix...

Maldonado dejó caer la mano de Sara Klein.

—No, Félix, eso se acabó. Ya encontramos y juzgamos a todos los que fueron nuestros verdugos. Ahora somos nuevos verdugos de nuevas víctimas.

—Eso querían los verdugos de ustedes — dijo con la voz más plana del mundo Félix.

—Creo que sí — contestó Sara.

—Tú eres muy inteligente. Sabes que sí.

—Qué pena, Félix.

—Sí. Quiere decir que los verdugos de ustedes acabaron por vencerlos, como querían, aunque sea desde la tumba — dijo Félix y le dio la espalda a Sara Klein.

Salió de la casa de los Rossetti y caminó a lo largo del Callejón de Santísimo atestado de autos hasta el fin del empedrado, donde comenzaba el fango de las calles de San Ángel, el lodo de muchísimas calles de la ciudad de México después de la lluvia, como si fuera campo.

De la bruma de la medianoche vecina surgieron los bultos inmóviles sobre el lodo, como las figuras del cuadro de Ricardo Martínez. Félix se preguntó si esos bultos eran realmente personas, indios, seres humanos sentados en cuclillas en el centro de la noche, desgarrados por una niebla de colmillos azules, envueltos en sus sarapes color de crepúsculo.

No lo pudo saber porque nunca antes había visto algo igual y no lo pudo descubrir porque no se atrevió a acercarse a esas figuras de miseria, compasión y horror.

11

Paciencia y piedad, paciencia y piedad les pidió el rabino que los casó. Félix manejó velozmente por el Periférico hasta la Fuente de Petróleos y allí salió como de un vórtice de cemento al Auditorio Nacional agigantado por el cielo dormido y siguió por la Reforma fresca, lavada, perfumada de eucalipto húmedo, inventando frases sin sentido, sueños de la razón, Sara, Sara Klein, de jóvenes creímos que la pureza nos salvaría del mal porque ignoramos que puede haber un mal de la pureza alimentado por la pureza del mal; ésa era la complicidad entre Félix y Sara.

Estacionó frente al Hilton, le entregó las llaves del Chevrolet al portero, él ya sabía, entró al vestíbulo, pidió su llave y el recepcionista le entregó una tarjeta, la propia tarjeta de Félix Maldonado, Jefe, Departamento de Análisis de Precios, Secretaría de Fomento Industrial. Félix interrogó al recepcionista en silencio.

—Se la dejó una señora, señor Maldonado.

—¿Mary… Sara… Ruth? —dijo Félix con incredulidad primero, luego con alarma.

—¿Perdón? Una señora gorda con una canasta.

—¿Qué dijo? —preguntó, ahora con esperanza, Félix.

—Que de plano no le ponía pleito porque luego luego se veía que usted era un gallón muy influyente, eso dijo.

—¿Eso dijo? ¿Cómo supo que tengo un cuarto aquí?

—Preguntó. Dijo que lo vio bajarse de un taxi y entrar aquí.

Félix Maldonado asintió y se guardó la tarjeta en la bolsa.

Caminó por el vestíbulo de tono verde eléctrico hacia el ascensor. Un periódico cayó abierto sobre las rodillas de su pequeño lector, sentado en un sofá del lobby. Félix lo olió; lavanda de clavo, penetrante.

El señor Simón Ayub se levantó, comedido, para saludar a Félix.

—Buenas noches, qué gusto, ¿puedo invitarle una copa?

—No — dijo Félix —, estoy rendido, gracias.

—Si quiere lo llevo a su casa — dijo tranquilamente Ayub.

—Gracias — contestó secamente Félix —, pero tengo que tratar un asunto aquí en el hotel.

—Cómo no, señor licenciado, ya entiendo — dijo Ayub con su pequeño aire de superioridad.

—No entiende usted un carajo — dijo Félix con los dientes apretados y en seguida reaccionó, iba a acabar peleado con el mundo entero —: Perdone. Piense lo que quiera.

—¿Nos vemos mañana, señor licenciado? — inquirió con cautela Ayub.

—Ah sí. ¿Por qué?

—El señor Presidente entrega los premios nacionales en Palacio, ¿no recuerda?

—Claro que recuerdo. Buenas noches.

Félix estuvo a punto de dar media vuelta, pero Ayub hizo lo imperdonable: lo detuvo del brazo. Félix miró con asombro y rabia los dedos manicurados, las uñas esmaltadas, los anillos con cimitarras labradas en topacio y el aroma repugnante de clavo le insultó la nariz.

—¿Qué carajos? — exclamó enrojecido Félix.

—No vaya a· la ceremonia — dijo con tono meloso Ayub, entrecerrando de una manera muy mexicana y muy árabe los ojos, velando cualquier intento de amenaza —, por su bien se lo digo.

Félix lanzó una carcajada en la que el desprecio le ganaba a la rabia:

—Palabra que éste ha sido mi día. Nomás faltaba que tú también me dijeras lo que debo hacer, enano jacarandoso.

—Palabra que no le conviene, señor licenciado.

Félix se zafó violentamente de la mano delicada de Ayub.

En el ascensor un anuncio con la figura del viejo Hilton le decía Sea mi huésped. Félix Maldonado apretó la llave de la recámara en la mano olorosa a clavo después del contacto con Ayub, hay gentes que sólo son huéspedes de sí mismas, nunca de los demás, le dijo en silencio a Mr. Hilton, sólo el cuerpo hastiado de tales huéspedes puede acabar por expulsarlos con todo y chivas, resentimientos, nostalgias, ambiciones, cobardías, todas las chivas de la vida, el bagaje del alma, carajo.

Entró al cuarto. No tuvo que prender la luz. Las lámparas neón del tocador iluminaban el desorden de la habitación. Iba a llamar a la administración para protestar. Olió la lavanda de clavo. Las cerraduras de los cajones transformados en archiveros habían sido forzadas. Los papeles estaban en desorden, regados sobre la alfombra.

Cayó rendido en la cama tamaño real, llamó al servicio de cuarto y pidió que le subieran el desayuno a las ocho en punto. Se durmió sin desvestirse ni apagar la luz.

12

Bebió el jugo de naranja y dos tazas de café y bajó a las ocho y media con un traje limpio y planchado, uno de los muchos que tenía colgados en el closet de su recámara del Hilton. Pidió a servicio de valet que le lavaran en seco el traje con el que asistió a la cena de los Rossetti; las valencianas estaban enlodadas.

Esperó a la entrada del Hotel hasta que el portero uniformado se detuviese con el Chevrolet frente a él. El portero le entregó las llaves.

—¿Esta mañana no toma usted un taxi, señor licenciado? El tránsito está pesado, como siempre, a esta hora.

—No, necesito el coche más tarde, gracias — dijo Félix y le entregó un billete al portero.

Avanzó lentamente por Reforma y la Avenida Juárez, aún más lentamente por Madero y volteó en Palma para dejar el automóvil en un estacionamiento de cinco pisos. De allí se fue caminando por Tacuba hasta el Monte de Piedad, en la Plaza de la Constitución.

Apretó el paso. La gigantesca plaza le convocaba con su naciente animación matinal, su espacio desnudo, sus antiquísimas memorias de imperios indígenas y virreinatos españoles, sus tesoros perdidos en el fondo de una laguna evaporada, este escenario de levantamientos y crímenes, fiestas, engaños y duelos. Una vieja le echaba tortillas secas a una jauría de perros hambrientos frente a Catedral. Félix Maldonado entró por una de las puertas de Palacio. Mostró su invitación primero a los soldados de guardia, piel y uniforme color oliva y luego a un ujier que le pidió que subiera al Salón del Perdón, allí era la ceremonia.

Ya había muchísima gente reunida en la gran sala de brocado y nogal dominada por el cuadro histórico del insurgente Nicolás Bravo perdonando a los prisioneros españoles. Félix ubicó rápidamente los rostros que le interesaban. Simón Ayub menudo y rubio, paseándose solo. Félix no necesitó acercarse para oler el perfume de clavo, podía olerlo de lejos, como si la loción de Ayub fuese una indecente carta de amor. Más lejos, más alto, Bernstein cegatón, era uno de los premiados. Félix trató de ver si Sara Klein lo acompañaba, pero distrajo su atención la presencia del Director General con las gafas violeta, sufriendo visiblemente a causa de la luz diurna y los fogonazos de los fotógrafos de prensa y los reflectores de la televisión y Mauricio Rossetti junto a él, con cara de desvelado, hablándole al oído, mirando a Félix. Luego hubo un momento de susurro intenso seguido de un silencio impresionante.

El señor Presidente de la República entró al salón. Avanzó entre los invitados, saludando afablemente, seguramente haciendo bromas, apretando ciertos brazos, evitando otros, dando la mano efusivamente a unos, fríamente a otros, reconociendo a éste, ignorando a aquél, iluminado por la luz pareja y cortante de los reflectores, despojado intermitentemente de sombra por los flashes fotográficos. Reconociendo, ignorando.

Se acercaba.

Félix preparó la sonrisa, la mano, el nudo de la corbata.

Si el señor Presidente de la República lo saludaba esta mañana, no habría duda de que él era él, Félix Maldonado. El señor Presidente de la República no saludaba a personas que no eran quienes decían ser. Qué lección para los que quisieron arrebatarle su identidad, aunque sólo fuese la identidad de su nombre. La pesadilla de ayer pasaría para siempre, estaba en una ceremonia de entrega de los premios nacionales de ciencias y artes y allí estaban todos los que dudaban de él o le pedían que renunciara a ser él. El señor Presidente no, lo saludaría, lo reconocería, le diría qué hay Maldonado, qué dicen esos precios. Maldonado evitaría contestar con una broma ligera, preciosos, señor Presidente, sube que sube, señor Presidente, para limitarse a inclinar la cabeza en señal de honra recibida: a sus órdenes, señor Presidente, gracias por reconocerme.

Félix trató de fijar los rasgos físicos del señor Presidente, recordar su cara. No pudo. No era posible. Y no sólo a causa de la ceguera blanca impuesta por reflectores y flashes. El señor Presidente sufría del mismo mal que Félix Maldonado, no tenía cara, era sólo un nombre, un título. Era la banda presidencial, la aureola, el poder, no era una cara ni un nombre propio, era una mano protectora, dispensadora, reconocedora. Maldonado miró rápidamente al conjunto de los asistentes, buscó inútilmente a los rostros dispersados por el tumulto, obnubilados por la oscuridad blanca que rodeaba al Señor Presidente. No pudo ver a Bernstein, Ayub, Rossetti o el Director General.

El señor Presidente estaba a unos cuantos metros de Félix Maldonado.

SEGUNDA PARTE

EL AGENTE MEXICANO

13

Tardó mucho en despertar. Pensó vagamente, como suele ocurrir en el sueño, que estaba muerto. Luego que dormía para siempre, lo que viene a ser lo mismo y sólo después que estaba dormido vivo pero en estado vegetal; al fin que el largo tiempo que le tomaba despertar no era nada comparado con el tiempo que estuvo dormido.

La mirada se le extravió a lo largo de dos túneles blancos. Debía mantenerla fija, siguiendo más o menos el norte imaginario de la punta de la nariz, para vencer la longitud de los túneles gemelos. El campo normal de visión le era vedado. Apenas movía los ojos hacia la derecha o la izquierda, se topaba con muros negros. Pero si miraba rectamente sólo veía un espacio blanco de ondulaciones inciertas.

No veía nada pero la nada que veía era algo pequeñísimo, distante, la visión bifocal a corta vista que todo lo minimiza. Las voces también le llegaban de lejos y reducidas, como a través de muros blandos, de algodón, blancos como la mirada. Cuando se estaba acostumbrando a la conjunción de lo que lograba ver y escuchar, las voces neutras y el espacio blanco, ambos se volvieron a desconectar y Félix Maldonado se quedó solo.

Volvió a hundirse en un sueño sin sueño, sin quererlo, sin contar borregos, repitiéndose nada más la misteriosa información de que la lengua española no distingue entre el hecho de dormir y el hecho de soñar, argumentando contra un enemigo sin rostro que era Félix Maldonado: a cambio de esa aparente pobreza, es la única lengua que diferencia el verbo ser del verbo estar, eso es distinto, pero no el sueño, el sueño es único, el sueño es todo, el sueño es idéntico a sí mismo.

Despertó más tarde, con sobresalto. Ahora no veía nada, nada, por más que intentara perforar la oscuridad de los túneles. Hizo girar febrilmente los ojos en las órbitas secas. Tuvo la horrible sensación de que los globos de la mirada raspaban el lecho de nervios, tejidos y sangre en el que normalmente reposaban, deshebrándose como queso parmesano sobre una lijadura de metal.

Estuvo a punto de hundirse otra vez en ese sueño pesado y sin escapatoria que le acosaba desde siempre y para evitarlo se preguntó o más bien le preguntó a Félix Maldonado si era o estaba, si esto que acontecía ellos, los dos, lo actuaban o lo padecían. Para evadirse del sueño, intentó cerciorarse de su integridad física. Estaba inmóvil. Era inmóvil.

Trató sin éxito de levantar los brazos. Las articulaciones de todos los miembros le pesaban como una montaña de plomo. Apeló a sus nervios y a sus músculos. Invocó pacientemente un temblor en la punta de los dedos de la mano derecha, un espasmo latente en la boca del estómago, una cosquilla en la planta de un pie, una contracción del esfínter, una sensación de savia fluyente en los testículos. Estaba completo. Era único. Estaba acostado.

Mucho tiempo después, se sintió con fuerzas para incorporarse. La tiniebla no cedía una pulgada. Recorrió a tientas el espacio que le rodeaba. Las manos no le comunicaron sensación alguna. Movió las piernas hasta saber que caían. Buscó con los pies un piso. Cuando lo encontró, permaneció un rato sentado al filo de lo que imaginó ser una cama. Se decidió a levantarse.

Los pies no tenían base real de sustento. Eran como dos ruedas de piedra. Sintió que giraba, que caía, extendió los brazos pesados y fue a chocar, de pie pero tambaleante, contra una superficie plana. Se detuvo como pudo, arañando ese espacio liso y gruñó con una extraña alegría. La enorme cabeza de algodón silencioso que era la de Félix Maldonado le devolvió, apoyada contra la cosa fría y lisa, una prueba de vida, un vaho, una humedad.

Ciñó con los brazos abiertos el contorno del objeto que le mantenía de pie y respiraba con él, contra él, al mismo tiempo que él. Temió que fuese algo vivo, otro ser que lo abrazaba y lo detenía para que no cayera muerto.

Las luces se encendieron y Félix miró el reflejo de una momia, envuelta en vendajes, sin más ventanas que los hoyos de los ojos, la nariz y la boca.

14

Ahora lo despertaron los rumores minuciosos de vidrio y metal, chocando entre sí, ruidos conocidos e inconfundibles, el líquido de una botella que se vacía, una cucharilla removiendo el contenido de un vaso, pisadas ligeras, como de zapatos tennis, pisadas de gato que chirrean sobre un piso de material plástico.

Luego sintió una punzada terrible en el interior del antebrazo y escuchó una voz de mujer:

—No se mueva. Por favor estése tranquilo. No mueva el brazo. Le hace falta su suero. Lleva cuarenta y ocho horas sin comer.

Movió el otro brazo y se tocó el cuerpo. Una sábana le cubría de vientre para abajo y una bata de mangas cortas arriba. Se tocó la cabeza y se dio cuenta de que estaba envuelta en trapos.

—Le digo que se esté quieto. No le encuentro la vena. Como no puede apretar el puño, es difícil.

Félix Maldonado respiró hondo y sólo ubicó la neutralidad aséptica del algodón mojado en alcohol y una lejana sospecha de cloroformo que parecía colgar del techo como una bruma matinal que al huir se encuentra con un cielo recalcitrante.

Repentinamente se unió a esos olores el de lavanda de clavo.

Félix giró desesperadamente los ojos dentro de las cuencas irritadas. No había nadie en su campo visual.

—Déjanos solos, Lichita — dijo la voz de Simón Ayub.

—Está muy delicado. Que no vaya a mover el brazo.

—Nosotros nos ocupamos de él. Es él quien no sabe ocuparse de sí mismo, rió una voz tajante y hueca.

La risa se suspendió abruptamente, a la mitad, cortada como un hilo. Félix movió la cabeza vendada y por los túneles de los ojos vio al Director General sentado frente a él.

—Tengan cuidado, por favor — dijo la voz femenina.

Félix la quiso reconocer, alguna vez la había escuchado, pero lo agotó el esfuerzo y no le importaba; seguramente esa mujer era una enfermera y lo estuvo atendiendo durante las cuarenta y ocho horas a las que hizo alusión antes.

No importaba, sobre todo, porque ahora sabía perfectamente quiénes estaban allí: Simón Ayub, fuera de su visión pero presente por el aroma de clavo y el Director General, inverosímil en el claustro reverberante de una sala de enfermo, acaso un hospital: los lentes ahumados no domarían el brillo de esmaltes blancos que hería los ojos del alto funcionario, obligado una y otra vez a quitarse los *pince nez* con el pulgar y el índice de la mano izquierda y a frotarse los ojos resecos, privados de sombra bienhechora.

—Baja las persianas, Ayub — dijo el Director General —, corre las cortinas.

Félix escuchó estos movimientos. El Director General volvió a montar los lentes color violeta en el caballete de la nariz y miró inquisitivamente a Félix.

—Por el momento, usted no puede hablar — dijo el Director General cuando Ayub logró ensombrecer el cuarto —. Mejor. Así no hará preguntas innecesarias. Recuerdo su bufonería displicente cuando lo recibí en mi despacho. Se sentía usted muy gallo. Quizás ahora escuche razón. Repito que lo que hacemos es por su bien.

Félix intentó hablar; sólo logró emitir un sonido camuflado semejante al estertor de un moribundo. Aceptó, amedrentado, su posición pasiva y Simón Ayub rió discretamente.

El Director General, con un gesto violento que Félix sólo vio concluir, atrapó del nudo de la corbata a Simón Ayub y lo acercó grotescamente, como a una marioneta. Félix pudo ver al fin al pequeño siriolibanés, con la boca abierta y casi de rodillas frente a su jefe.

—No te burles de nuestro amigo — dijo el Director General con un tono ecuánime que contrastaba con la violencia del acto —. Nos ha servido y vamos a demostrarle que lo queremos mucho.

Soltó a Ayub y volvió a mirar fijamente a Félix.

—Sí, nos ha servido, aunque no con la discreción que hubiésemos deseado. ¿No le molesta que fume?

El Director General extrajo un cigarrillo inglés con filtro de corcho de un estuche de plata labrada.

—El día que me visitó, le pedí prestado su nombre. Nada más. Usted se sintió obligado a interponer su persona física en un asunto que no le concernía. Pero ese es un mal secundario y reparable. Por eso está usted aquí: para reparar el mal. Todo estaba preparado, ¿sí?, para que sólo su nombre fuese culpable. Usted entendería lo sucedido y aceptaría el trato que le ofreceríamos, sin necesidad de todas estas complicaciones. Se lo dije en mi despacho. No me gustan los procedimientos engorrosos, los trámites prolongados, el *red tape,* en suma. Voy a decirle exactamente lo que pasó, ¿cómo? Ni más ni menos. Los hechos. Si usted se propone averiguar más, lo hará por su cuenta y riesgo. Se lo advierto una vez más, ¿sí? Usted no es culpable de nada. Pero su nombre sí.

—Usted es el culpable — interjectó con rabia Simón Ayub —, usted no impidió que este tipo fuera a la ceremonia en Palacio.

—Es que el licenciado, en el fondo, es muy sensiblero — sonrió el Director General —. Creímos con Rossetti que el inevitable pleito en su casa con Bernstein bastaría para que nuestro amigo se abstuviera, ¿cómo?, por decencia, orgullo o coraje, de asistir a la premiación del doctor. Qué barbaridad. Pudieron más su gratitud y su nostalgia de antiguo alumno de Bernstein.

—Está usted tarolas — rió Ayub —. Fue por puritita vanidad. Quería saludar al señor Presidente.

—Y sin duda — continuó el Director General pasando por alto la impertinencia —, en este instante nuestro amigo se pregunta si en efecto el Primer Magistrado de la Nación lo reconoció y le dio la mano, ¿cómo?

—Lo que se ha de estar preguntando es por qué siempre le dice usted nuestro amigo y no su nombre — dijo con sarcasmo Ayub.

El Director General arrojó una bocanada de humo directamente a la cara de Félix. El humo se coló por los hoyos del vendaje y Félix comenzó a toser dolorosamente.

—No sea de a tiro — dijo Ayub sofocando la risa con un tono de seriedad burlona —, ¿qué nos dijo la enfermera?, está muy delicado.

—Pues bien, mi amigo — prosiguió el Director General —, no hubo tiempo. El señor Presidente no llegó hasta usted. ¿Cómo le diré? Hubo un accidente. Un instante antes de llegar a usted, sonó un disparo. Los guaruras del Primer Mandatario lo cubrieron con sus cuerpos, obligándolo a caer de rodillas. Espectáculo nunca visto, si me permite usted manifestar mi asombro, ¿sí? En la confusión que siguió, todos los ojos estaban puestos en el señor Presidente, quien en seguida se incorporó con dignidad, librándose del celo de los guardaespaldas y murmuró alguna frase de cajón, muero por México o pueden matarme a mí pero a la patria no, algo de esa índole, ¿cómo? Imagino que todos los jefes de Estado tienen una frase célebre lista para el momento fatal.

El Director General rió huecamente, con su risa seca que se detuvo en el punto más alto del regocijo.

—¿Me oye usted bien, mi amigo? Afirme con la cabeza. ¿No le duele?

Félix asintió mecánicamente, luego negó, luego admitió pasivamente que era algo peor que un prisionero de estos dos hombres: era una lombriz con la que jugaban cruelmente, cortándola en pedacitos y picándola con una vara para ver si seguía moviéndose.

—Sigue vivo y nos oye — dijo Ayub pasándose el pañuelo perfumado por la nariz —. Aquí apesta todavía a cloroformo.

—¡Cuántas medidas drásticas e innecesarias! — suspiró el Director General —. Si sólo nos hubiese permitido actuar, haciéndose ojo de hormiga.

—Le advertí que era muy contreras, muy altanero y celoso de su dignidad — olfateó con desdén el pequeño Simón Ayub.

—¡Como si eso importase en estos casos! — levantó las manos, como un sacerdote egipcio ultrajado por la presencia de un monoteísta, el Director General.

Dejó que la calidad de su ultraje trascendiera y adornó su discurso en francés:

—*Passons. Bref*, la pistola estaba en manos de usted, mi amigo, y lo único que nadie se explica es que habiendo podido asesinar al señor Presidente de la República a tan corta distancia, a quemarropa como se dice, su bala se haya desviado para ir a atravesarle un hombre al señor doctor Bernstein, miembro del Colegio Nacional, profesor de la UNAM y premio nacional de economía...

—Y agente a sueldo del Estado de Israel, lagrimeó en son de farsa el diminuto Ayub.

—¿No hay un cenicero? — dijo fríamente el Director General y aplastó la colilla encendida contra la solapa de Simón Ayub.

—¡Mi mejor Cardin! — exclamó con cólera Ayub.

—No sé por qué soporto a un asistente tan inútil y tan alzado — rió huecamente el Director General.

—¡Lo sabe muy bien! — chilló Ayub —, ¡porque me tiene agarrado de las pelotas!

—Decididamente — continuó sin perturbarse el Director General —, ha de ser que tengo un lugarcito débil en mi corazón para ti. Imbécil. La culpa es mía. ¿Cómo se me pudo ocurrir que una cucaracha como tú iba a disuadir a nuestro amigo de asistir a la ceremonia? Pero prefiero la disuasión a la violencia.

Félix pudo ver a Simón Ayub cuando se acercó peligrosamente al Director General, amenazándolo con el puño delicado, las uñas manicuradas, los anillos de topacio y cimitarra.

—Me estoy hartando — gritó histéricamente —, ayer este Romeo de barrio me llamó enano del carajo y ahora usted me trata de imbécil, un día no voy a aguantar, D. G., un día voy a estallar...

—Cálmate, Simón, siéntate quietecito. Sabes muy bien que no vas a hacer nada por el estilo. Lo acabas de decir muy gráficamente.

—Un día...

—Un día vas a amanecer huerfanito, ¿sí? — dijo con afabilidad el Director General y volvió a mirar a Félix —: Al grano, señor licenciado. Tal y como se lo advertí durante nuestra cordial entrevista, usted no es responsable del conato de magnicidio, pero su nombre sí. Y su nombre, señor licenciado, ha dejado de existir.

—Dígale el nombre, dígaselo — gimió Ayub como un perro castigado.

El Director General suspiró con alivio:

—Al fin. Félix Maldonado.

Rió; cortó la risa en su punto más alto.

—Déjeme saborear las sílabas, como un buen coñac, mejor como un Margaux. Fé-lix-Mal-do-na-do. Aaaaah. Sólo un nombre. ¿Cómo? El hombre detrás del nombre ya no existe. Simón, rápido, recuerda la recomendación de la enfermera. No se sobresalte, mi amigo. Mire que con esos movimientos bruscos se le zafa la aguja. Ensártesela de vuelta, Simón.

Ayub se acercó con fruición al cuerpo yacente de Félix y Félix concentró todas sus fuerzas para voltearle un golpe con la mano. Ayub lo recibió en pleno pecho, cayó, se levantó tosiendo y se arrojó sobre Félix, quien apretó los dientes para soportar el dolor de la jeringa zafada. El Director General alargó una pierna y Ayub, de un traspiés, fue a dar contra el filo metálico de la cama de hospital.

Se levantó gimiendo, buscando el pañuelo de estampados Liberty que le asomaba por la bolsa del pecho del saco.

—No sé a cuál de los dos odio más — dijo secándose con el pañuelo perfumado la sangre que le escurría .de la boca.

—No tiene la menor importancia — dijo el Director General, pero si te reconforta saberlo, a nuestro amigo le dolió más que a ti. En fin. Déjese colocar la jeringa, licenciado. No queremos que se nos muera de inanición.

El siriolibanés se acercó con delectación a Félix. En la mano de Ayub, la aguja parecía una más de las cimitarras que adornaban los anillos de topacio.

—Además, continuó el Director General, su calvario dista de haber concluido. Debe usted recuperar fuerzas para resistir lo que le espera aún. Estábamos diciendo, ¿cómo?, su presencia en la ceremonia complicó nuestros planes, pero al cabo todo salió bien. Félix Maldonado, el presunto magnicida, intentó escapar anteayer en la noche del Campo Militar Número Uno, donde fue encarcelado para mayor seguridad y en vista de la naturaleza de su crimen. Como suele suceder en estos caso, se le aplicó la ley de fuga, ¿sí?

El Director General se quitó los espejuelos morados y miró con los párpados entrecerrados a su prisionero.

—Tres balazos bien puestos en la espalda y la vida oficial y privada de Félix Maldonado concluyó. El entierro tuvo lugar ayer a las diez de la mañana, con la discreción del caso. No se trata de sobreexcitar a la opinión pública, ¿cómo? Bastantes teorías se elaboran sobre el frustrado intento de matar al Presidente. Mire cómo son las cosas. Existe un mito internacional según el cual un presidente mexicano nunca muere en su cama. En realidad, Obregón es el último mandatario asesinado, y eso pasó en 1928. En cambio en un país tan civilizado, ¿sí?, como los Estados Unidos, los presidentes caen como moscas y sus familiares y partidarios también. Mitos, mitos.

Ayub terminó de reintroducir la jeringa en la vena de Félix. El suero volvió a fluir.

—Detenle el brazo, Simón. Nuestro paciente es muy emotivo. ¿Qué estará pensando de todo esto? Lástima que no nos lo pueda decir. Yo quiero tranquilizarlo y contarle que los familiares y amigos del licenciado Félix Maldonado, en grupo reducido, asistieron a la ceremonia en el Panteón Jardín. La esposa del difunto, la señora Ruth Maldonado, en primer lugar. Muy digna en su dolor, ¿cómo? Y algunas mujeres interesantes, la señora Mary Benjamín por ejemplo y la señorita Sara Klein, recién llegada de Israel, creo que también concurrió a la cita con el polvo, ¿sí? Mi propio secretario, Mauricio Rossetti y Angélica su esposa, que le perdonaron a Maldonado sus horribles groserías de la otra noche. Se siguió el rito hebraico, claro está.

El Director General cruzó las manos flacas sobre el chaleco y se permitió el lujo de una sonrisa satisfecha, sin emitir su acostumbrado ruido hueco y cortado.

—La duda permanecerá siempre, mi amigo. ¿Quiso Félix Maldonado vengarse del profesor Bernstein porque le aventajó en los favores de la señorita Klein? ¿O fue todo parte de una conspiración contra la vida del señor Presidente? Supongamos, ¿cómo?, supongamos simplemente que tanto el gobierno como la opinión prefieran la segunda hipótesis. Se lo digo, señor licenciado, para que trate de entender lo que se jugaba. Ponga una crisis política interna de repercusión internacional en un platillo de la balanza y en la otra su miserable vida de tenorio de pacotilla y burócrata de segunda. Usted, un judío convertido, un hombre inestable, como lo prueban sus actos recientes, un loco que lo mismo puede arrojar al fuego los anteojos de su maestro, provocar escandalosas escenas de celos, insultar inopinadamente a todo mundo, vengarse de Bernstein... o cubrir con estas actitudes irracionales un propósito frío y calculado de magnicidio. Pero al cabo, ¿cómo?, la duda persiste, nadie sabe a ciencia cierta si a última hora el deseo de venganza venció al propósito político, se apoderó de Félix Maldonado una como esquizofrenia límite, quiso matar al mismo tiempo a Bernstein y al Presidente. Misterios que nunca se aclararán, porque Félix Maldonado está muerto y enterrado.

El Director General sonrió y se miró las uñas:

—*Tiens,* esa frase me salió en verso. Verso de corrido, el corrido de Félix Maldonado.

Dejó de sonreír, se incorporó con rapidez y le ordenó con energía a Ayub que llamara a la enfermera y se quedara con ella mientras le retiraban el vendaje al paciente.

—Todo hubiera salido como a mí me gusta, limpiamente ejecutado, si usted no se entromete. Lástima — dijo el Director General —, y adiós para siempre, señor licenciado.

15

Durante unos quince minutos Félix Maldonado se supo solo sin más guardián que el pequeño siriolibanés. Quién sabe qué era peor, quedarse allí impotente, vendado de cabeza, sin nadie que lo cuidara, o ser atendido por un enano humillado y vengativo. De todos modos, cualquier extravagancia cruel de Simón Ayub era mejor que lo que el Director General le había obligado a soportar.

«Nunca me volverá a pasar esto», se dijo Félix Maldonado, «nunca más permitiré que alguien me obligue a tragar impunemente las palabras ajenas sin que pueda contestarlas».

—¿Viste todo lo que me tuve que tragar por tu culpa? — le preguntó con insolencia Ayub como si le leyese el pensamiento. Pues ahora vamos a ver cuánto eres capaz de tragar tú, pendejo. A ver, Licha, quítale las vendas.

—Es demasiado pronto, va a quedar desfigurado — dijo la voz femenina.

—Pícale, cabrona — dijo Ayub con una voz que pretendía ser autoritaria, imitando la del Director General, pero le salía demasiado tipluda para dar órdenes.

Félix escuchó los movimientos, los pasos rápidos y nerviosos de la mujer llamada Licha, las cortinas apartadas bruscamente. La luz prohibida por el fotofóbico funcionario inundó la pieza y la mujer exclamó, no seas salvaje, Simón, no le puedo quitar las vendas con ese luzarrón y Ayub dijo que sólo al jefe le molestaba la luz, que los demás se jodieran.

—Puede dañarle la vista — protestó la mujer.

—Para lo que ha de ver — contestó Ayub.

Licha apareció por fin dentro del limitado campo visual de Félix cuando se sentó junto a él en la cama para colocar correctamente la jeringa que Ayub ensartó sin pericia. El brazo de Félix se veía morado.

Si en vez de corazón Félix Maldonado hubiera tenido un canguro guardado en el pecho, no habría saltado más lejos que en el momento de ver y reconocer a la misma muchacha que subió al taxi en la esquina de Gante cargada de jeringas y ampolletas envueltas en celofán.

«Me llamo Licha y trabajo en el Hospital de Jesús», había dicho al bajarse frente al Hotel Reforma; iba a inyectar a un turista yanqui enfermo de tifoidea.

Quizás ahora ella pudo penetrar hasta el fondo de la mirada de Félix perdida en los túneles blancos del vendaje; quizás sólo sintió el pulso acelerado de su paciente. Levantó los ojos de su tarea y miró a Félix suplicándole que no la reconociera, ahora no, enfrente de Ayub no.

Licha le apretó la muñeca cuando terminó y dijo que iba bastante bien.

Ayub se frotó con la palma abierta de una mano los anillos de topacio de la otra, como si se entrenara para boxear.

—Ese golpe bajo me lo debe, palabra que me lo debe — dijo —. Apúrate, Lichita, quiero que le quites las vendas de la cabeza.

Licha dijo que primero debía vendarle bien el brazo hinchado, pero Ayub la hizo a un lado y él mismo comenzó a arrancarle las vendas de la cabeza a Maldonado. Félix trató de cerrar los puños y sintió que se iba a desmayar de dolor.

—No seas bruto — gritó la enfermera —, déjame a mí, hay que zafar los alfileres de seguridad primero.

Félix cerró los ojos. Junto con su dolor, se alejó el aroma de Ayub, clavo fresco y transpiración agria acompañando un jadeo entrecortado.

—Mira en la que te metiste por pendejo — dijo Ayub

mientras Licha retiraba cuidadosamente las vendas —, todo estaba tan bien planeado por el jefe, tú no tenías que estar allí ni meterte en nada, en el rebumbio después del tiro nadie se iba a fijar más que en el Presi, todos hubieran creído que el criminal logró escaparse con todo y arma, no se habría encontrado ni al asesino ni a la pistola y a estas horas todos los servicios seguirían buscando al prófugo Maldonado, te teníamos todo listo para que te salvaras y nomás nos dejaras tu nombre, toditito listo, el pasaporte, los pasajes, la lana, para ti y para tu vieja, todo, ¿para qué te metiste?, ¿quién te puso la pistola en la mano?, trata de recordar eso al menos, a ver si nos enterneces, pendejo porque ahora te quedaste sin nada, sin lana, sin pasaporte, sin pasajes, sin esposa, sin nombre, sin nada...

Ayub, con un movimiento brusco y nervioso como sus palabras, colocó un espejo de hospital ovalado, enmarcado en un ribete plomizo que poco a poco perdía su baño de platino, frente al rostro develado de Félix.

Él se llamaba Félix Maldonado. El rostro reflejado en el espejo necesariamente tenía otro nombre porque no era el rostro de su nombre. Sin bigote, con el pelo rizado cortado al rape y exterminado en ciertos lugares, una lisura herida en las sienes, unas entradas ralas en la frente, como si su cabeza fuese un campo de trasplantes e injertos. El rostro estaba dañado en algunas partes que no acababan de cicatrizar, estirado en otras y sostenido como una máscara desechable por grapas detrás de las orejas. Los ojos hinchados tenían un aire oriental. Una costura invisible le paralizaba la boca.

Félix Maldonado miró la máscara que le ofrecía Simón Ayub con un sentimiento de fascinación ciega. No pudo mantener abiertos los párpados demasiado tiempo y oyó a Licha decirle a Ayub, a ver si no le estropeaste los ojos, baboso, lárgate de una vez.

Ayub preguntó:

—¿Cuándo crees que pueda hablar?

Licha no contestó, Ayub dijo avísanos en cuanto pueda hablar y salió dando un portazo.

16

—No te preocupes, ya verás — le dijo Licha mientras le curaba las heridas del rostro—, en cuanto se te baje la hinchazón se verán mejor tus facciones, poquito a poquito te acostumbrarás, acabarás por reconocerte...

Luego le cambió los algodones de los ojos y le dijo que esa misma tarde le quitaría las grapas. Fue un buen trabajo, añadió, no trajeron a uno de esos carniceros, sino a un buen cirujano, no hay que juzgar por los primeros días, después te acostumbras y hasta te dices que así has sido siempre, hay cosas que no cambian, como la mirada por ejemplo.

Se quedó con la mano de Félix entre las suyas, sentada al lado de la cama.

—¿No te importa que te hable de tú, verdad?

Félix negó con la cabeza y Licha sonrió. La describió. Era lo que se llamaba una chaparrita cuerpo de uva, pequeña pero bien formada, todo en su lugar, torneadita. Intentaba atenuar la oscuridad de la piel con el pelo pintado de rubio ceniza, pero sólo lograba el efecto contrario, se veía bien morenita. No había ido en algún tiempo al salón de belleza y las raíces negras le invadían un buen tramo de la raya que separaba la mitad de la cabellera. Era discreta en el maquillaje, como si en la escuela le hubieran advertido que una enfermera pintarrajeada no inspira confianza.

Sonrió satisfecha de que Félix aceptara el tuteo. Pero en seguida se separó de él, nerviosa, sin saber qué decir después de haber roto el turrón. Fue y vino sin propósito, fingiendo que se ocupaba de pequeños detalles de la curación, en realidad buscando palabras para reanudar la plática.

Finalmente, de espaldas a Félix le dijo que seguramente él se preguntaba qué había pasado en realidad y podía andarse creyendo que ella estaba enterada. Pues no. No sabía más de lo que le había contado a él Simón Ayub. Simón la contactó para este trabajo, pidió licencia en el Hospital de Jesús donde trabajaba habitualmente y siguió al pie de la letra las instrucciones de Ayub.

—Más vale que lo sepas cuanto antes —dijo volteándose a mirar a Félix como si se impusiera una penitencia religiosa—, fui amante de Simón, pero de eso hace mucho tiempo.

Se detuvo esperando una mirada o un comentario de Félix hasta darse cuenta de que ni una ni otro iban a serle devueltos.

—Bueno, como un año —continuó—. Es muy tenorio y con esa cara de gente decente y sus trajes elegantiosos engatuza fácil. Y como es guapito y chaparrito, le saca a una la ternura. Sólo después se entera una de cómo es en realidad. Primero habla muy bonito pero después que agarra confianza se vuelve muy lépero. De todos modos, no me quejo. Fue como quien dice una experiencia y hasta le guardé cariño porque la verdad me dio buenos momentos.

Hizo una mueca contradictoria, entre pedir perdón y decir que le importaba madre, con un chasquido de la lengua contra el paladar. Parecía indicar que confesado lo anterior, pasaba a hablar de cosas serias.

—Cuando me pidió que lo ayudara en este asunto, me pareció fácil. Subirme a un taxi y luego atender a un operado de cirugía facial. Simón nunca me explicó nada y sé lo mismo que tú. Me pareció una manera fácil de ganar bastante lana en poco tiempo. En el Hospital donde trabajo no pagan muy bien que digamos. Pero es seguro y tengo mi póliza y luego va una acumulando horas extras y antigüedad. No está mal, aunque sea un hospital de beneficencia pública y se vea allí mucha pobreza, mucha gente bien amolada que nomás va a morirse allí porque para curarse no tienen tiempo ni lana. Por lo menos para morirse todos tienen tiempo, qué va. Esta clínica es otra cosa. Hay muy pocos cuartos, todos individuales con tele y todo. Hay mucha seguridad. Nadie puede entrar sin un pase especial y hasta hay guardias abajo. Ha de costar un ojo de la cara. Perdón. No debí decir eso. ¿Te sientes bien?

Félix volvió a afirmar con la cabeza, impotente, con las preguntas en la punta de la lengua inmóvil.

—Qué bueno. No te preocupes, yo te curo bien y no me separo de ti ni un momento. La verdad, no me dejan salir. Me contrataron para que me quedara a dormir aquí mientras tú estés malo.

Ahora Licha se ocupó de sus trabajos con alegría, como si el tuteo se hubiera justificado por la confesión que hizo de sus amores con Simón Ayub y luego por la seriedad directa con que le explicó a Félix su situación profesional.

—No sabía que no estabas de acuerdo con todo este relajo, te lo juro — dijo sin darle la cara mientras se ocupaba de poner en orden vendas, algodones y botellas de alcohol sobre una repisa —. Supuse que tú mismo habías pedido la cirugía facial, aunque me pregunté por qué. Con lo mono que eres.

Le ha de haber parecido cobarde decir esto sin darle la cara. Dejó sus quehaceres y lo miró.

—Palabra que me gustaste desde que te vi por primera vez en el taxi. Palabra que me pudo tu manera de ser, tu tipo, toditito.

Félix aprovechó que la enfermera lo miraba para hacer una mímica con las manos. Extendió los brazos y Licha lo entendió como una invitación. Se fue acercando poco a poco con una mezcla de timidez y coquetería, pero Félix movía las manos como quien hojea un periódico. Licha se detuvo desconcertada. Félix insistió en la mímica de lector inquieto, pasando rápidamente las hojas invisibles, escudriñando columnas y señalando, a todo lo ancho, los ilusorios encabezados.

—¿Qué te pasa? ¿Qué quieres? ¿No oíste lo que dije? — dijo Licha con otra de sus actitudes mezcladas, esta vez de curiosidad y resentimiento —, ¿no me pelas o qué?, oye, ¿me estás haciendo el feo o qué?, ah, ¿quieres que te lea?, ¿quieres leer algo?, no, te haría daño, ¿quieres que te lea algo?, ¿una revista?

Licha rió y los pómulos morenos se le encendieron con un

color alto y perdido de campesina india, color de manzana y madrugada fría en la sierra.

Fue hasta la ventana para cerciorarse de que estaba bien cerrada, corrió aún más, inútilmente, las cortinas cerradas y fue a sentarse al lado de Félix Maldonado. Lo tomó de las caderas.

—Has de querer averiguar algo que no viene en los periódicos. No te preocupes de tu cara. Te digo que vas a quedar bien. Yo te voy a cuidar mucho, mucho. ¿No quieres averiguar mejor si todavía eres macho?

17

En la tarde, Licha le quitó las grapas y las puntadas a Félix. Alternó su actividad profesional con caricias, ternuras súbitas, acurrucándose contra el pecho de Félix, temerosa de herirle, buscando las partes intocadas de su cuerpo, todo menos la cabeza, preguntándole, ¿a poco no fue bonito?, ¿a poco no estuvo padre?

La enfermera dormitó un rato, recostada contra el pecho de Félix. Luego levantó la cabeza y lo miró con ojos de ternera amarrada, suplicando extrañamente un amor que la liberara, eso vio Félix en la mirada de la chaparrita cuerpo de uva, ámame o voy a ser siempre una esclava.

—Al rato vas a poder hablar — le dijo —. Ya no te repetí la inyección de novocaína. ¿No sientes que mueves mejor la lengua? Mira, antes de que puedas hablar óyeme tantito. Dirás que no soy muy valiente de aprovecharme, pero prefiero que me oigas y no me digas nada ahorita. Luego si me dices que sí qué bueno y si no me dices nada te entiendo.

Volvió a esconder la cara contra el pecho de Félix y le acarició lentamente una tetilla.

—¿Te gustó? ¿A poco no estuvo bonito?

Félix tocó la cabeza teñida de Licha.

—¿Sí? — dijo la muchacha —, ¿me oyes? Mira, pensé que ahora que eres otro, como dijo Simón... y no tienes a nadie ni eres nada... pensé que puedes quererme tantito... y vivir conmigo aunque sea un rato, mientras te compones... y si te gusta, puede que...

Levantó la cara y miró a Félix con miedo y deseo.

—Soy rete ofrecida, ¿verdad? Pero palabra que me puedes, nunca he conocido a nadie como tú, quién te manda, ¿por qué me tomaste de esa manera?, ¿quién te enseñó así?

Félix movió la lengua pastosa y seca, retraída lejos de los labios heridos.

—Ah...ah...uda...me...

—¿Qué quieres? — dijo con ansias Licha, pegando la nariz al cuello de Félix —, lo que tú quieras, amorcito.

Con un gesto de desesperación, Félix la alejó tomándola de los hombros y agitándola, ya sabes, le dijo con la lengua trabada, un periódico. Licha se levantó, sin enojo, casi contenta de que Félix la tratara así, con familiaridad violenta, se arregló con las manos el pelo y le dijo que había órdenes estrictas de que no entrara ni saliera nada del cuarto de Félix, estaba aislado por ser un caso muy particular.

Mira, le dijo Licha sonando el timbre junto a la cama del enfermo, está desconectado, mira, dijo apartando con una violencia similar a la de Félix las cortinas y abriendo las ventanas, este cuarto está en el tercer piso y es el único con barrotes, es el que reservan para casos particulares, loquitos, perdón, enfermos mentales.

Sacó un chicle de la bolsa del uniforme y se quedó pensativa. Ya estuvo, dijo de repente, a las seis pasan las afanadoras a limpiar los cuartos, van dejando en el pasillo las cubetas de basura, seguro que echan allí los periódicos viejos.

Hizo tiempo recostada otra vez contra Félix, repitiendo qué bonito, ¿quién te enseñó?, sin manos ni nada, sin tocar, nomás mirando, palabra que nunca antes un hombre se vino nomás de verme desnuda, nunca, ¿quién te enseñó?, se siente rete bonito, palabra que se siente una rete halagada.

—Eres muy linda y muy tierna — dijo Félix pronunciando claramente las sílabas y Licha se le arrojó llorando al cuello, se enroscó como culebra y le besó la nuca muchas veces.

Regresó como a las seis y media con un ejemplar arrugado
y manchado de huevo de las *Últimas Noticias* del mediodía.
Félix miró con desesperación y desaliento los encabezados
principales. No había una sola referencia a lo que buscaba. Ni
una palabra sobre un atentado al Presidente de la República
o sus secuelas, ni un comentario editorial, nada, mucho menos, sobre la suerte del presunto magnicida Félix Maldonado,
nada, nada.

Tragó espeso y con un gesto desolado dobló el periódico.
Recordó la conversación en Sanborns con Bernstein. Los hechos políticos reales nunca aparecen en la prensa mexicana.
Pero esto era demasiado, absolutamente increíble. No se podía controlar la prensa al grado de impedir que se supiera la
noticia de un atentado contra el Jefe del Estado en el Salón
del Perdón del Palacio Nacional de México, durante una ceremonia oficial y enfrente de varias decenas de testigos, fotógrafos y cámaras de televisión.

La cabeza le dio vueltas. No podía dar crédito a sus ojos
ardientes, no estaba ciego, no deliraba, checó varias veces la
fecha del periódico, la ceremonia en Palacio fue un 10 de
agosto, el periódico estaba fechado el 12 de agosto, no cabía
duda, pero no había ni la más mínima referencia a los hechos
de hace apenas tres días, sólo había habido dos atentados antes, uno contra Ortiz Rubio y otro contra Ávila Camacho, eso
se supo, se publicó, no era posible. Licha lo miró con alarma
y se acercó a él.

—No te excites — le dijo —, no te hace bien, no te levantes. ¿Quieres que mejor te lea yo? Déjame leerte la nota
roja, es siempre lo más entretenido del periódico.

Félix se recostó exhausto. Licha comenzó a leer con una
voz monótona, titubeante, con una tendencia a convertir las
palabras desconocidas en esdrújulas, pasándose a la torera la
puntuación y resistiéndose como una yegua joven ante los
obstáculos de los diptongos. Enumeró fastidiosamente un es-
tupro, un robo en la Colonia San Rafael, un asalto a la sucursal Masaryk del Banco de Comercio, leyó un crimen particularmente brutal, esta mañana a primera hora fue descubierto

el cadáver brutalmente degollado de una mujer en una suite
de las calles de Génova.

La víctima había pedido la noche anterior que el
portero la despertara a las seis de la mañana dado que
debía tomar un avión a primera hora. Gracias a ello,
el portero, inquieto de que la víctima no contestara a
sus repetidos llamados, entró con la llave maestra y encontró sobre la cama el cadáver desnudo, degollado de
oreja a oreja. Se excluye la hipótesis del suicidio toda
vez que no se encontró arma punzocortante alguna cerca de la occisa, aunque los encargados de la investi-
gación no excluyen que el arma haya sido retirada con
posterioridad al suicidio por persona o personas ani-
madas por motivos que se desconocen para hacer creer
en un crimen alevoso. La hora de la muerte fue situa-
da por el médico legista entre las doce de la noche y
la una de la madrugada de ayer. Otro hecho que arroja
duda sobre el caso es que la occisa había empacado
perfectamente todas sus prendas y objetos personales,
lo cual indica claramente su voluntad de llevar a cabo
el viaje anunciado. Sólo se encontraron en la suite
ocupada por la presunta suicida los enseres propios del
servicio de hotelería, una pasta de dientes a medio
usar, una caja nueva de servilletas sanitarias femeni-
nas, la televisión, el tocadiscos y la colección de discos
de 45 r.p.m. que según dicho del portero son de la
propiedad del edificio. La revisión del contenido de
las maletas no arrojó luz alguna sobre las circunstancias de la muerte. Los únicos documentos personales
encontrados en la bolsa de viaje fueron un talonario
de cheques de viajero, un boleto de avión ida y vuelta
Tel Aviv-México-Tel Aviv usado en el trayecto de ve-
nida y confirmado para el regreso hoy vía Eastern Air
Lines a Nueva York y vía El Al de la urbe de hierro
a Roma y Tel Aviv. El pasaporte de la occisa la decla-
ra de nacionalidad israelita, nacida en Heidelberg, Ale-

mania, contando con treinta y cinco años de edad y de nombre Sara Klein aunque la Embajada de Israel en ésta, interrogada a temprana hora por nuestro reportero en la persona de un segundo secretario, no quiso hacer comentario alguno y se negó a establecer la identidad de la desaparecida...

Licha leyó embájada, nuévayor, y Félix se dijo Sara no estuvo en mi entierro, ya estaba muerta, todos me están mintiendo, pero suprimió la emoción lo mismo por fuera que por dentro; se dijo que no debía dilapidarla ni en este ni en muchos momentos, sino reunirla para un solo instante, ahora no sabía cuál, ya vendría. Eso merecía Sara Klein, su amor por Sara Klein, un solo acto final que consagrara la emoción de haberla conocido, perdido una primera vez, reencontrado una noche en casa de los Rossetti antes de perderla para siempre.

Tampoco quiso hacer conjeturas sobre las razones o circunstancias de la muerte de la muchacha judía con la que salió a bailar una noche a un cabaret de moda de la época, ¿en dónde? el Versalles del Hotel del Prado. Bailaron para celebrar los veinte años de Félix Maldonado. La orquesta tocaba la Balada de Mackie. La había vuelto a poner de moda Louis Armstrong.

Le pidió a Licha que lo ayudara a salir del hospital. La enfermera le dijo que iba a ser difícil. Lo miró con sospecha, como si temiera que Félix ya la quería botar. Desechó la idea y repitió va a ser difícil, además piensa en mí, Ayub no me lo va a perdonar y Ayub me da miedo.

—¿No me crees capaz de protegerte contra ese renacuajo? — dijo Félix besando la mejilla de Licha.

Licha dijo que sí acariciando la mano de Félix.

—¿Cómo se puede salir de aquí, Lichita?

—No hay cómo, palabra. Te digo que es un lugar rete exclusivo. En la puerta hay guardias.

—¿Dónde está mi ropa?

—Se la llevaron.

—¿Hay elevadores?

—Sí, hay dos. Uno de tres personas y otro más grande para camillas y sillas de ruedas.

—¿Son automáticos?

—No. Los manejan unos tipos bien doblados.

—¿Hay montacargas?

—Sí. Recorre los tres pisos. La cocina está en el primero.

—¿Hay alguien de noche en la cocina?

—No. A partir de las diez las enfermeras preparan algo si hace falta.

—¿No hay salida de la cocina a la calle?

—No. Hay que pasar por la entrada principal. Nadie entra o sale sin vigilancia. Se necesitan tarjetas y los guardias llevan una lista de entradas y salidas del personal, los enfermos, las visitas, los mensajeros, todo mundo.

—¿Dónde está situado el hospital?

—En la calle de Tonalá, entre Durango y Colima.

—¿Qué clase de enfermos hay aquí?

—Turcos casi todos, está casi reservada a ellos, es de la beneficencia de los árabes.

—No, enfermos de qué...

—Hay muchas parturientas en el segundo piso, el primero está reservado para accidentes, acá arriba los casos graves, corazón, cáncer, de todo...

—¿No puedes sacarme vendado, diciendo que soy otro?

—Me conocen. Saben que sólo puedo cuidarte a ti, a nadie más.

—¿Nadie se muere? ¿No puedo salir en lugar de un muerto?

Licha rió mucho.

—Se necesita un certificado. No derrapes. Te verían la cara y te resucitarían veloz con un pellizco bien dado. Cómo serás vacilador.

—Entonces no hay más que una manera.

—Tú mandas.

—Si no puedo salir como el Conde de Montecristo, vamos a hacerles creer que el Conde de Montecristo ya no está aquí.

—Palabra que no ligo, corazón.

—¿Puedes robarte unos pantalones y unos zapatos de hombre?

—Veré si hay algún paciente dormido y trato. ¿Cuál es la onda, tú?

—Como no puedo salir de aquí solo, Lichita, voy a salir con todo el mundo: pacientes, enfermeras y guardias.

—De plano no te adivino.

—Tú haz lo que te digo. Por favor.

—Ya sabes cómo me gustas. Y además me cae de varie' 'ıd darle una puñalada trapera al malcriado de Simón, sobre todo ahora que sé lo que te hizo. Anda, dime qué debo hacer, pero no estés triste. Vale lo que te dije, de veras. Si quieres estar conmigo después, suave. Si no, no te sientas privado.

—Lichita, eres a todo dar. No sé si estoy a tu altura, palabra de honor.

—Estás triste, amorcito, eso cualquiera lo ve.

—No te preocupes. Me cuesta dejar a una mujer.

—¿A cualquier mujer, corazón?

—Sí —sonrió un poco forzadamente Félix—. A veces me las arrebatan. Pero yo las arrastro a todas, vivas o muertas, como un caracol con su concha, toda la vida.

—Suave.

18

Licha cumplió su cometido a la perfección. Félix Maldonado miró el incendio de la clínica privada de la calle de Tonalá desde la banqueta de enfrente, perdido entre los enfermos, algunos tirados inconscientes en la calle, otros presas del shock, muy pocos de pie pero muy pocos también encamillados o en silla de ruedas, algunas mujeres llorando, los niños recién nacidos protegidos mal que bien por las enfermeras, envueltos en colchas, chillando, una enfermera gritando que el niño se moría fuera de la incubadora, un hombre quejándose lúgubremente del dolor cardíaco en el brazo, las enfermeras nerviosas y confundidas que mantenían en alto las botellas de suero que lograron salvar del terror súbito, la mujer anunciando a gritos el parto precipitado por el miedo, algunos asfixiados a medias por el humo y un hombre amarillo, prácticamente evacuado de la vida, sonriente, divertido, agarrado a un arbolito raquítico, el mismo que sostenía a Félix Maldonado, silencioso, vendado, indistinguible en el remolino humano del pánico.

Licha lloraba histéricamente, alegando con uno de los guardias masculinos de la clínica, señalando hacia la izquierda y luego hacia la derecha, confusa, el pañuelo agitado entre los dedos.

—Pero por qué no lo buscan, no sean tarados, no puede haberse ido muy lejos, en el estado que estaba, ¿cómo?

—Cállate mensa, ésta fue una operación bien planeada — le contestó con espuma en los labios el guardia, vas a tener que responder de esto, me lleva...

—Ay, si yo solo fui al baño un minuto, ¿que ni pipí puede una hacer?, si él no podía moverse...

—Claro, lo sacaron sus cómplices, ¿pero cómo?

Félix se calzó y se puso los pantalones. Licha lo llevó hasta el montacargas en el tercer piso y allí se escondió como sardina Félix, rogando que nadie llamara a esa hora el aparato. Licha reunió los papeles, periódicos, kleenex, que encontró en botes de basura y dispensarios, junto con las sábanas sucias, las fundas de almohada, las toallas, lo reunió todo en la pieza de Félix encima del colchón y le vació las botellas de alcohol, lo encendió con un cerillo y salió gritando por los pasillos, fuego, fuego, apretó el botón del montacargas para que descendiera al primer piso, las pacientes y las enfermeras empezaron a correr, oliendo el humo que venía de la pieza de Félix. Licha bajó corriendo por la escalera al primer piso, se metió a la cocina, abrió el montacargas y llegó gritando a la puerta:

—Se escapó el del 33, fui a hacer pipí y al regresar ya no estaba.

—Por aquí no ha salido — dijo uno de los guardias.

—Tiene que estar en el edificio — dijo otro —, vente — y

salió corriendo escaleras arriba a cerciorarse, pero el tropel de enfermeras bajó gritando fuego y el guardia trató de detenerlas:

—Bola de irresponsables, regresen con los enfermos.

—¡El elevador está lleno de humo! —gritó una enfermera.

El guardia que quedaba en la entrada lanzó un carajo y corrió a los ascensores; lo arrollaron los enfermos que podían moverse solos y que buscaban aterrados la salida.

Félix salió de la cocina y se unió, vendado, gritando, a los grupos de enfermos y el guardia de la puerta regresó al teléfono para llamar a los bomberos.

Tardaban en llegar; los guardias y las enfermeras seguían sacando enfermos y Licha prolongaba su escena de histeria hasta que el guardia se hartó, la llamó pendeja, por eso estamos como estamos.

—Pero vas a pagar caro tu irresponsabilidad, prietita, en ningún hospital te volverán a dar chamba, ya párale de gritar, sirve para algo, por lo menos atiende a la clientela, esto nos va a arruinar.

Félix permaneció un rato entre los enfermos, invisible en la confusión.

Se fue separando poco a poco, mezclándose con los curiosos que habían salido de las casas vecinas.

A ver si esto tampoco sale en los periódicos, murmuró secamente y caminó sin prisa rumbo a la Plaza Río de Janeiro. Tomó por Colima que era una callecita tranquila y oscura. Se quitó las vendas de la cara y las arrojó dentro de una cubeta gris conserve limpia su ciudad suciedad.

Atravesó la plaza desierta y se dirigió a la esquina de Durango. Vio de lejos el edificio de ladrillo, la primera casa de apartamentos construida en la ciudad a principios de siglo, una monstruosidad roja con torreones feudales y techos de pizarra con forma de cucurucho de bruja: un castillo de cuatro pisos, construido para resistir las ventiscas invernales de la costa normanda.

Esta anomalía arquitectónica trasplantada a la meseta tropical había descendido socialmente hasta convertirse en lo que ahora era: una casa de vecindad para gente de muy pocos recursos. Aquí le dijo Licha que viniera y escribió a lápiz un mensaje en los bordes de la edición de las *Últimas Noticias* que Félix guardaba, doblada en cuatro, en la bolsa trasera del pantalón robado a un paciente dormido.

Apartó la reja de fierro oxidado y entró al pasaje oscuro y húmedo. La segunda puerta de la derecha, le dijo Licha, en la planta baja. Félix tocó una vez con los nudillos. Un dolor insoportable le recorrió los brazos.

Pegó lastimosamente con el periódico sobre la puerta, pero era apenas como un rasguño de gato herido. Así se sintió; un enorme cansancio le cayó sobre las espaldas y se le instaló para siempre en la nuca. Golpeó fuerte con la mano y una voz dijo desde el otro lado de la puerta, voy, voy, no coman ansias.

La puerta se abrió y un hombre en camiseta, con los tirantes colgándole hasta las rodillas y los pantalones flojos le preguntó:

—¿Qué se le ofrece?

Félix cinéfilo de la Calle 53 recordó a Raimu en *La mujer del panadero.* Era el chófer del taxi colectivo que lo condujo en el trayecto entre el Zócalo y el Hilton. Miró con sospecha a Félix y Félix olvidó a Raimu y recordó que él podía reconocer al chofer pero el chofer no reconocería la nueva cara de Félix.

—Me manda Licha — dijo sin ánimo Félix y le tendió el periódico doblado al chofer.

El taxista leyó el mensaje y se rascó el hombro peludo.

—Esa vieja es una hermanita de la caridad — gruñó.

Le dio la espalda a Félix, haciendo un gesto con la mano.

—Pásele. ¿Qué le pasó en la careta? ¿Dónde se hirió? No, no me diga nada. Mi esposa cree que todas las casas son hospitales. La muy mensa dice que tiene vocación de curar, que el dolor le duele. Más le valdría ocuparse de su hogar. Mire nomás el desorden. Dispense, ¿eh?

El cuarto tenía una cama deshecha y arrugada, una mesa con patas de tubo y un par de sillas de hulespuma. Félix buscó el teléfono; Licha le aseguró que había uno. El chofer señaló hacia un calentador eléctrico con dos parrillas y una portavianda.

—Allí hay unos frijoles refritos en el sartén y tortillas en el portavianda. Están fríos pero sabrosos. Queda una botella de Delaware a medias. Sírvase mientras le busco la ropa. Ah que mi Lichita, si no estuviera tan buena...

—¿No me devuelve el periódico? — dijo Félix.

—Ahí te va.

El chofer se lo aventó sobre la mesa y Félix volvió a leer la noticia de la muerte de Sara Klein mientras devoraba los frijoles y las tortillas. Pasó las hojas hasta encontrar la página de anuncios de decesos. Allí estaba la información que buscaba.

El taxista le dio una camisa limpia, calcetines y un saco. Lo miró curiosamente a los ojos cuando le entregó las prendas.

—Oye, ¿qué te pasó en los ojos? No, ni me digas. Parecen huevos fritos. Mira, ponte estos anteojos negros. Se me hace que hasta la luna te hace parpadear.

Félix se vistió, se puso las gafas oscuras, pensó en el Director General fotofóbico y pidió permiso para telefonear, ¿tenía teléfono, verdad?

—Imagínese un chofer de taxi sin teléfono — rió —. Me costó un huevo obtenerlo y la mitad de otro pagar las cuentas. Es mi lujo.

Levantó una almohada. El aparato estaba debajo, como un pato negro celosamente incubado. Félix se sintió como un hombre obligado a saltar de la cubierta de un barco en llamas al mar. Midió visualmente las fuerzas del chofer; era corpulento pero no macizo, tenía un cuerpo de masa floja, horas sentado manejando, demasiadas gaseosas y frijoles. Se arrojó al mar.

—¿Puedo usarlo?

—Sírvase.

Marcó el número y le contestó la telefonista del Hilton.

—Páseme la administración... Bueno. Habla Maldonado, del 906...

Vio el gesto del taxista: se detuvo súbitamente, se le paró la cuerda. En seguida reaccionó y se dirigió a la mesa. Tomó la botella de Delaware Punch que Félix no había probado.

—Sí. Cómo le va. Mire, no tengo tiempo. Estoy en el aeropuerto.

Mientras hablaba, iba pensando qué era más dura, una botella de refresco o una bocina telefónica, con cuál de las dos se sorrajaba mejor la cabeza. El taxista empinó la botella hasta vaciarla.

—Al rato va a pasar un enviado mío. Lleva una nota escrita por mí con mis instrucciones. Que reúna en una maleta lo que quiera. Claro que es grave. Despierte al gerente. Gracias.

El taxista colocó la botella vacía sobre la mesa. Miró con una especie de sorna humilde a Félix. Félix colgó la bocina.

—No hay que meterse con los muertos, ¿verdad? — dijo el chofer.

—No, es mejor dejarlos en paz.

—A uno le pagan y ya, ¿verdad?

—A ti te van a pagar el doble, prometido.

Félix salió dándole las gracias al chofer.

—De nada, jefecito. No te cases nunca. Si no estuviera tan buena la Lichita.

20

Mostró la nota escrita en la clínica sobre un papel salvado por Licha de los botes de basura. El encargado nocturno de la administración del Hilton reconoció la letra. El licenciado Félix Maldonado era un viejo cliente. El gerente había sido avisado y bajaría en un instante.

El encargado lo acompañó al 906 y Félix reunió en una maleta ligera algunas prendas de vestir, objetos de aseo personal y cheques de viaje. Folleteó éstos; todos estaban firmados en la parte superior izquierda por Félix Maldonado. Luego marcó un número de teléfono. Al escuchar mi voz Félix dijo:

—*When shall we two meet again?* [1]

—*When the battle's lost and won,* [2] — le contesté.

—*I have but little gold of late, brave Timon,* [3] — me dijo Félix.

—*Wherefore art thou?* [4] — le pregunté.

At my lodgings [5] — respondió.

—*All is well ended if this suit be won* [6] — le dije para concluir y colgué la bocina.

Al bajar, el gerente estaba allí, con la cabeza plateada, impecable como si fuesen las diez de la mañana y le dijo que tenían que estar seguros, él comprendía, que dispensara, era para proteger los intereses del propio señor Maldonado, tan buen cliente, pero la letra de la carta parecía, bien estudiada, un poco insegura y el papel de calidad muy extraña. ¿Podía ofrecer mayores seguridades?, le preguntó al hombre mal vestido, con gafas oscuras, la cabeza rapada y herida, una barba de varios días y la maleta de Félix Maldonado en la mano.

—No tardan en llamar — dijo Félix.

El gerente mostró una desazón evidente al escuchar la voz de Félix. En seguida le avisaron que había una llamada telefónica urgente y alargó con alarde de seguridad el brazo, mostrando, como era su intención, las mancuernas de rubíes.

Escuchó mis instrucciones con atención.

—Cómo no, señor, no faltaba más, como usted mande — me dijo el gerente y colgó.

Félix recorrió a pie el corto trecho que separa el Hilton de la funeraria Gayosso en la calle de Sullivan. La maleta era muy ligera y no le importó el dolor del brazo. Necesitaba

1. ¿Cuándo nos volveremos a encontrar los dos? *Macbeth,* i, 1, 1.
2. Cuando la batalla haya sido perdida y ganada. Ibíd., i, 1, 4.
3. Carezco de oro, valiente Timón. *Timón de Atenas,* iv, 3, 90.
4. ¿Dónde estás? *Romeo y Julieta,* ii, 2, 33.
5. Donde me alojo. *Otelo,* ii, 1, 381.
6. Todo terminará bien si gana nuestra pretensión. *All's Well that Ends Well,* epílogo, 2.

toda la fuerza de su alma para llegar a Gayosso, más que la de su pobre cuerpo vencido. El fajo de billetes que le entregó el gerente se sentía confortable, cálido, dentro de la bolsa del pantalón.

Llegó a la puerta principal del edificio construido como un mausoleo de tres pisos de piedra gris y mármol negro. La agencia Gayosso es una simple avanzada de los cementerios dentro de la dura geografía de esta ciudad donde hasta los parques, como el que se extendía aquí entre Melchor Ocampo y Ramón Guzmán, parecían fabricados de cemento. Subió las escaleras de piedra porosa y buscó el nombre en el tablero, SARA KLEIN, SEGUNDO PISO. Un guardián uniformado de gris oscuro dormitaba, con cara de pequeño simio simpático, en la conserjería del inmueble.

La mujer estaba tendida en la capilla neutra. Desde la contigua llegaban murmullos de avemarías y poderosos olores de corona fúnebre. Aquí no había ofrendas de amistades, socios o familia. Sólo un menorah con las velas encendidas. Félix se acercó al féretro abierto. El rostro y el cuerpo de Sara estaban cubiertos por una sábana húmeda aún. El ritual del cuerpo lavado fue cumplido por alguien, ¿por quién?, se preguntó Félix al depositar la maleta al lado de la caja de plomo gris.

Sólo los pies de Sara Klein estaban descubiertos. Félix supo lo que debía hacer. Tocó los dedos desnudos de Sara, los apretó y sintió que poseía por primera y única vez el cuerpo que la vida y la muerte, en esto hermanas, le vedaron.

Con la mano apretando el pie de Sara, le pidió perdón. Era el rito. Para Félix significaba mucho más, aunque el sentido de un rito es resolver un gesto personal más que conocer las actitudes ajenas. La humedad del cuerpo lavado permitía distinguir las formas de Sara Klein como un palimpsesto sobre la sábana pegada a la carne. Miró las facciones perdidas detrás de la máscara blanca. Nunca había visto ese cuerpo desnudo. Sintió una atracción irresistible y develó el cadáver de la mujer.

El rostro era el mismo pero lo separaba del resto del

cuerpo una gruesa venda alrededor del cuello. Recordó que
en la clínica se prometió a sí mismo reservar toda su emoción
para un solo instante. Era éste en el que descubría por primera vez el misterio de un cuerpo amado. Pero no era distinto de otros. Había mirado muchas veces a muchas mujeres
desnudas, recostadas, dormidas. Pocas cosas le excitaban tanto
como mirar largo tiempo a una mujer poseída por el sueño,
desnuda, sin defensa. Esta situación las despojaba de algo más
que la ropa, que es parte de la convención amatoria conscien-
te. Para Félix, el sueño arrebataba a una mujer todos los hábitos de la lucha contra el hombre, reticencias fingidas, pudor,
invitación coqueta o descarada, negación o afirmación del cuerpo. Una mujer inconsciente, dormida, era suya por la mirada;
el contrincante de Félix era igual a la situación misma de la
mujer abandonada a la conquista del sueño. El sueño era entonces el rival de su pasión. Ahora ese sueño, su rival, se
llamaba la muerte y Félix estuvo a punto de cubrir el cuerpo
de Sara: existía, después de todo, un objeto que se entrometía
entre la identidad del sueño y de la muerte, una gruesa venda
que separaba la cabeza del tronco, un collar que debió ser
sangriento. Lulú había sido asesinada por Jack el Destripador.

Miró el rostro de Sara. No se parecía ni al sueño ni a la
muerte que deberían habitarlo. Se parecía a otra cosa y Félix
tuvo que repetir las palabras que le obligaban a entrar al rito
que de esa manera dejaba de ser espectáculo ajeno para convertirse en un gesto que él no miraba sino del cual partici-
paba. Se dijo en casa de los Rossetti que la amaría siempre,
lejana o cercana, limpia o sucia. Ahora debería añadir: viva o
muerta.

—Viva o muerta —murmuró y vio en el rostro de Sara
lo que la distinguía del sueño mortal de cualquier otra mujer, viva o muerta. El rostro inmóvil de Sara Klein era el
rostro de la memoria, una memoria fatigada que ni en la
muerte encontraba el reposo del olvido.

Félix había venido aquí a concentrar y consagrar su amor.
Entró dispuesto a darle eso a una mujer a la que quiso mucho.

En cambio, era ella quien le daba algo, una luz del rostro lavado, sin maquillaje, con los ojos cerrados, el misterio de un rostro que en vida hubiese aceptado la muerte a fin de ganar el olvido prometido y que en la muerte parecía fijado para siempre con el rictus de una memoria dolorosa.

Cubrió desoladamente el cuerpo con la sábana, deja ya de recordar, le dijo nerviosamente, olvida tu niñez perseguida y huérfana, las penitencias de tu vida de mujer, Sara, y escuchó los pasos detrás de él. Las velas del candelabro judío se consumían. Seguramente el solitario guardián del cuerpo de Sara Klein entraba a cambiar los cirios. Volteó esperando encontrar a un empleado de la funeraria y miró la figura de la chaparrita cuerpo de uva, Licha.

La enfermera, tensa, tímida, se acercó a él. Félix la miró con rabia y notó que había tenido tiempo de cambiarse. Traía puesta una minifalda negra y una blusa oscura también y escotada. En vez de los zapatos blancos de suela de goma, se había encaramado en unas monstruosidades de charol negro, plataforma y tacón repiqueteante. Una bolsa acharolada le colgaba del brazo.

—¿Qué haces aquí? —le dijo Félix con la voz apagada que imponen los lugares de la muerte.

—Me imaginé que estarías aquí —contestó Licha.

—¿Cómo sabes?, ¿cómo te atreves? —dijo Félix vencido por la ruptura del momento único, detestando a Licha por la profanación del instante perfecto y en realidad fatigado físicamente por el traslado inconcluso de la memoria de Sara Klein a la suya, un traslado interrumpido como un coito que al no consumarse acumula todo el cansancio del mundo sobre los pobres cuerpos aplazados.

—Perdón, corazoncito, ya te dije que soy muy cobarde.

—¿De qué hablas? —dijo con impaciencia Félix, apartando la mirada de los pies desnudos de Sara Klein.

—No te pude decir antes lo de don Memo, no me atreví.

—¿Quién carajos es don Memo?

—Mi viejo, pues, el chofer donde te mandé. Mejor que averigüe solo —me dije—, si me quiere me perdona y si no, pues ya te lo dije, ni modo. Ya veo que te encabronaste mucho.

Félix sofocó una risa impúdica:

—¿Crees que por eso...?

Licha tomó actitudes de niña enfurruñada, juntando las puntas de los zapatos y remoliendo el tacón sobre el piso de mármol.

—No digas nada, óyeme. Memo es un hombre muy bueno, es como mi papá más que mi marido. Tú no sabes, amorcito. De la calle del Peñón nadie sale a recibirse de enfermera. Sales de huila, criada o placera. Don Memito me dio su protección y me hizo sentirme segura. Me pagó los estudios y si no me aparezco varias noches seguidas dice que es porque cuido enfermos. No me pide explicaciones. Le basta saber que soy su vieja por lo civil, con eso se conforma. Yo le vivo agradecida, ¿me entiendes?

—Está bien, no me importa — dijo Félix.

Licha se acercó de puntitas:

—¿De veras? ¿Entonces juega?

Se prendió cariñosamente al cuello de Félix; él la apartó para mirarle los ojos. Pero no bastó la mirada; a esta mujercita había que formularle explícitamente las preguntas, sacarle las respuestas con tirabuzón.

—¿Qué quieres decir?

—Corazón, nunca he estado con un hombre como tú. Sólo por ti dejaría para siempre a don Memo a quien tanto le debo.

Félix había mirado la memoria dolorosa en los ojos cerrados para siempre de Sara; en los ojos bien abiertos de Licha vio una amenaza sonriente. No pudo reírse de ella ni enojarse con ella. Desvió la mirada hacia el féretro de Sara. De una manera misteriosa estas dos mujeres a las que todo en la vida separó se estaban reuniendo en un lugar de la muerte, repartiéndose un poco este y otros dolores. Súbitamente, las dos aparecían aquí como nunca habían aparecido antes, portadoras de secretos, terribles las dos.

—¿Quién trajo aquí a esta mujer? — Félix decidió to-

mar por los cuernos la novedad de su visión de Lichita —,
¿quién puso el anuncio en el periódico comunicando el deceso, el lugar del velorio, la incineración mañana...?

—Si te digo que fueron los meros gallones de su país, ¿me
vas a creer? — sonrió Licha.

—Me estás pidiendo que no te crea.

Licha le guiñó un ojito de capulín:

—Segurolas. Si chencho no eres.

—El periódico decía que la embajada de Israel se desen-
tendió de ella. ¿Entonces quién? Bernstein fue herido, ¿está
muerto también? — dijo Félix más para sí mismo que para
Licha. Si no fueron ellos, ¿entonces quién?

El silencio taimado de la enfermera se prolongó como el
chisporroteo de las velas agonizantes. Félix se negó a precipi-
tar lo que temía, las palabras absurdas de Licha, las condicio-
nes que quería imponerle esta mujer inesperada.

—Corazón, no hay más que un macho en este mundo que
me pueda obligar a traicionar a don Memo que tan bueno ha
sido conmigo.

—¿Te refieres a Simón Ayub? — dijo Félix brutalmente.

Licha se le prendió de la solapa:

—Tú, corazón, tú sólo tú como dice la canción. Sólo si
tú me lo pides yo te lo digo. Sólo si tú me lo das yo te lo
doy, corazoncito.

—No — dijo Maldonado agarrándose a la cola de una
intuición que le pasó como un cometa por la mente —, te
pregunto si Simón Ayub dispuso todo esto...

Permitió que su mano señalara hacia el féretro, los pies
desnudos y el menorah que se iba apagando. No era ese el
lugar de su mano; acarició un seno bajo el escote de Licha,
la miró como dándole a entender que sí, estaba bien, lo que
ella quisiera.

—¿Tú crees? — Licha se apartó de Félix contoneándose
victoriosa, pero Félix la sintió por primera vez asustada. Licha extrajo un chicle de su bolsa acharolada y lo desenvolvió
deliberadamente. Félix la tomó del brazo y se lo apretó.

—¡Ay! No maguyes.

—¿Sabes? — dijo Félix con la voz de familiaridad violenta que en realidad le gustaba a Licha, recordó eso, a eso sí respondía sin defensas Licha —, ¿sabes? — le dijo —, a todas las mujeres hay que aguantarlas...

—Yo no corazón, yo me hago querer — chilló quedamente la enfermera.

—A todas hay que aguantarlas — dijo Félix sin soltar el brazo adolorido de Licha —, a cualquiera o a una sola, da igual. No hay salida. Hasta cuando las rechazas, tienes que aguantarlas.

Recogió la maleta y salió caminando de prisa del recinto fúnebre. Licha se quedó un instante con el chicle en la boca, sin mascarlo, aturdida por los cambios de actitud de Félix y en seguida corrió detrás de él, repiqueteando con sus tacones picudos. Lo alcanzó en la escalera. Trató de detenerlo tirando de la manga, se adelantó y se le plantó enfrente.

—Déjame pasar, Licha.

—Está bueno, ya no me castigues más — dijo Licha aventando hacia atrás la cabeza —, Simón se ocupó de todo, es cierto, él la trajo aquí — dijo que tú la seguirías a cualquier parte porque estabas enculado de la vieja...

El tono ríspido, histérico de la voz de Licha fue cortado por una bofetada de Félix. La enfermera fue a dar contra un muro de mármol, se retiró dejando una huella húmeda, como la sábana sobre el cuerpo de Sara.

—¿Para quién trabaja Ayub? — dijo Félix sin dejar de descender la escalera, aliviado por la presencia ultrajante de Licha, desposeído del momento que quiso consagrarle a Sara Klein por una mujercita vulgar y estúpida que se coló a la fuerza en su vida porque creía que él ya no tenía vida, ni nombre, ni nada.

—No sé, corazón, palabra.

—¿Cómo se apoderó del cuerpo de esta mujer, quién se lo entregó, por qué dices que quiso atraerme aquí si me tenía bien encerrado en el hospital, para qué tuvimos que armar esa tramoya ridícula del incendio, para qué me escapé?

—No sé, me cae de madre — chilló Licha —, sólo dijo

que te quería poner una soba de perro bailarín, así dijo...

—Me la pudo poner en el hospital.

—Más respeto — dijo el conserje con cara de mico cuando llegaron al vestíbulo —, aquí es lugar de respeto.

Félix se detuvo un instante, sorprendido, al ver de nuevo los rasgos olvidados del conserje. Giró para mirar la escalera de piedra que lo alejaba del cadáver de Sara Klein. Recordó el rostro de la mujer, que identificaba la memoria y la muerte y sólo entonces se dio cuenta de que la había mirado con un rostro que no le pertenecía, el rostro del hombre que sustituía a Félix Maldonado. Si Sara hubiese despertado, no lo habría reconocido.

Salieron a la madrugada de la calle de Sullivan; el olor de tortilla tatemada de la ciudad renacía. Licha se le volvió a abrazar.

—A eso vine, corazón, te lo juro, a advertirte, pícale, vámonos juntos, yo sé dónde meternos, que no te encuentren, te juro que no sé nada más.

Félix detuvo un taxi, abrió la portezuela, arrojó la maleta adentro y subió sin mirar a la enfermera.

—Vámonos juntos — gimió Licha —, quiero que seas mi galán, ¿me entiendes?, por ti hago cualquier cosa...

La enfermera se quitó el zapato de tacón puntiagudo y lo arrojó con fuerza hacia el taxi que se perdía velozmente en la calle desierta.

El conserje con cara de changuito viejo los había seguido hasta la calle. Se acercó a Licha y le dijo si no quería subir con la señorita que estaba tendida sola en el segundo piso, estaba tan sola y eso era malo para la imagen de la agencia, podían contratarla por hora, había partida para contratar a uno que otro desbalagado.

—Mejor vete al zoológico y contrata a tu pinche madre, Chita — le dijo Licha con una mirada de odio, recogió y se puso el zapato y se fue taconeando rumbo a Insurgentes.

21

Félix calculó acertadamente que en las suites de Génova
le asignarían el apartamento más difícil de alquilar. Para em-
pezar, el empleado de la recepción observó con disgusto mal
disfrazado la extraña cara apenas cicatrizada y los anteojos
oscuros que a su vez intentaban disfrazarla. En seguida le
dijo que lo sentía mucho pero estaban totalmente llenos. Un
segundo empleado le cuchicheó algo en la oreja al primero.

—En efecto, sólo hay una suite libre — dijo el primer empleado, un hombre joven, moreno y flaco con ojos y pelo nadando en aceite.

Al primer empleado Félix hubiera querido preguntarle,
¿de dónde saliste, miserable rotito, que te permites mirarme
así, del Palacio de Buckingham o de la Candelaria de los Patos?; y a los dos, ¿cuántas personas han llegado por aquí
pidiendo cualquier suite menos la que desocupó dos días antes, con publicidad en la prensa, el cadáver de una mujer
degollada?

—¿Su nombre, por favor? ¿Quisiera llenar la tarjeta?

Los empleados de la recepción se miraron con complicidad, como diciendo mira nomás a este payo mientras Félix
escribía el nombre Diego Velázquez, Poza Rica, Veracruz, 18
diciembre 39, domicilio 3.ª Poniente 82, Puebla Pue., le dije
que mezclara siempre la verdad y la mentira, dudó antes de
firmar con el nombre del autorretrato al cual ya no se parecía
y vio al empleado flaco sacar la llave del casillero marca-
do 301; chocó contra su gemela de repuesto y el flaco aceitoso acompañó a Félix hasta el tercer piso, le entregó la llave
y el botones depositó la valija sobre la silla plegadiza. Félix
le entregó un billete de veinte dólares, el empleado flaco se
fijó y los dos salieron caravaneando.

Solo, miró alrededor. Si algo quedó allí para significar el
paso de Sara Klein, seguramente la policía lo retiró antes.
Nada le aseguraba que aquí murió la mujer sino la alianza de

la imaginación y la voluntad. Bastaba. Había regresado al lugar de la muerte de Sara para concluir el homenaje interrumpido por Licha. Pero pensar en la enfermera le obligó a pensar en Simón Ayub y la idea de que el pequeño siriolibanés perfumado pudo ver y tocar el cuerpo desnudo de Sara le irritó primero y luego le produjo un asco espantoso.

Renunció a la voluntad y a la imaginación y se entregó al cansancio. Tomó un largo baño con la mano vendada colgando fuera de la tina y después se detuvo frente al lavabo y se miró. La cara se le había deshinchado mucho y las cortadas cicatrizaban rápido. Se palpó la piel de las mejillas y las mandíbulas y las sintió menos tiernas. Sólo los párpados seguían morados y gruesos, desfigurándolo y velando las dos puntas de alfiler de la identidad imborrable de los ojos. Se dio cuenta de que el bigote naciente le devolvía el viejo parecido con el autorretrato de Velázquez que era su broma privada con Ruth. Se enjabonó con la mano libre la barba que llevaba cinco días creciendo y se rasuró cuidadosamente, con dificultad y a veces con dolor, pero respetó el crecimiento del bigote.

Pidió un desayuno y no pudo terminarlo, a pesar del hambre. Cayó dormido en la cama ancha. Tampoco tuvo fuerzas para soñar, ni siquiera en el cuerpo desnudo de Sara manoseado por Ayub. Despertó al atardecer, cuando el bullicio vespertino de la Zona Rosa se vuelve insoportable y todos los tarzancitos con coche convertible pasan pitando *La Marsellesa*. Se levantó a cerrar la ventana y bebió una taza de café frío. Miró con indiferencia el mobiliario típico de estos lugares, moderno, bajo, telas mexicanas de colores sólidos y audaces, mucho naranja, mucho azul añil, cortinas de manta. Encendió sin ganas el aparato de televisión; sólo encontró una serie estúpida de telenovelas dichas con voces engoladas en decorados de hoquedad.

Apagó y se dirigió al tocadiscos. Era un pequeño aparato viejo y maltratado, útil sólo para disquitos de 45 revoluciones por minuto. Se acercó al estante donde se encontraban unos cuantos discos metidos en fundas maltratadas y los revisó sin interés. Sinatra, *Strangers in the Night*, Nat «King» Cole, *Our Love (Is Here to Stay)*, Gilbert Bécaud, *Et Maintenant*, Peggy Lee, dos o tres conjuntos de mariachis, Armando Manzanero y Satchmo, el gran Louis Armstrong, la balada de Mackie, la canción de los veinte años, el cabaret Versalles, Sara en sus brazos, la balada amarga y jocosa de un criminal del Londres victoriano que se preguntaba qué era peor, fundar un banco o asaltar un banco, Mack the Knife, convertida en la canción de la juventud y el amor de Sara Klein y Félix Maldonado, el ritmo sacudido del Berlín de los años treintas que unía como un puente de miserias los crímenes de entonces y los de ahora, la persecución de la niña y el asesinato de la mujer, la sucesión de asesinos, Mack la Navaja, Himmler el Carnicero, Jack el Destripador.

Era la única funda nueva. Félix tuvo la convicción de que lo había comprado Sara, para oírlo aquí. Para que él lo oyera también. Sacó el disco de la funda aún brillante, sobre todo en comparación con las fundas maltratadas, rotas, opacas de los otros discos; leyó la etiqueta del lugar donde fue adquirido, Dallis, Calle de Amberes, México D.F. Encendió el aparato y colocó el disco que cayó sin ruido, con su boca ancha, desde la torrecilla de plástico beige. Giró y la aguja se insertó sin pena. Félix esperó la trompeta de Satchmo. En vez, oyó la voz de Sara Klein.

22

«Félix. Tengo que ser breve. Sólo tengo cinco minutos de cada lado. Te amé de joven. Creímos que íbamos a vivir juntos. Tuve miedo. Me idealizabas demasiado. No compartías mi dolor. Bernstein sí. Se aprovechó para convencerme. Me hizo sentir que mi deber era viajar a Israel y allí incorporarme a la construcción de una patria para mis gentes. Me dijo que no había otra manera de responder al holocausto. A la muerte y a la destrucción contestaríamos con la vida y la creación. Era cierto. Nunca he visto ojos más limpios y felices que los de todos los hombres, mujeres y niños que convertimos ese desierto en una tierra próspera y libre, con ciudades, escuelas y caminos nuevos. Me ofrecieron ser profesora de universidad. Preferí las tareas más humildes para conocer desde la base nuestra experiencia. Me hice maestra de escuela elemental. A veces pensaba en ti. Pero cada vez que lo hacía, te rechazaba. Mi afecto no debía cruzarse en el camino de mi deber. Sólo ahora me doy cuenta de que al dejar de pensar en ti dejé de pensar también en los demás. Me encerré en mi trabajo y te olvidé. El precio fue olvidar, o más bien no ver, que es lo mismo. Todo lo que, rodeándome, no tenía relación directa con mi trabajo.

»Bernstein venía a pasar dos meses al año. Nunca me habló de ti. Ni yo le pregunté. Todo era claro y definido. Mi vida en México quedó atrás. El presente era Israel. Los árabes nos amenazaban por todos lados. Eran nuestros enemigos, querían aplastarnos. Igual que los nazis. Todas mis conversaciones con Bernstein giraban en torno a esto, la amenaza árabe, nuestra supervivencia. Nuestra esperanza era nuestra convicción. Si no logramos sobrevivir esta vez, desapareceremos para siempre. Hablo en plural porque hablo de toda una cultura. Valéry dijo que las civilizaciones son mortales. No es cierto. Son los poderes los que mueren. Mi trabajo de maestra me mantenía viva en la raíz de la esperanza. Aunque cambiaran los poderes, nuestra civilización se salvaría porque yo enseñaba a los niños a conocerla y a amarla. A los niños israelitas y también a los niños palestinos que había en mi clase. Trataba de enseñarles que deberíamos vivir en paz dentro del nuevo estado, respetando nuestras culturas particulares para hacer una cultura común.

»Claro que conocía la existencia de campos de detención. Pero los justificaba. No exterminamos a los prisioneros de la guerra de seis días, los detuvimos y luego los canjeamos. Y los palestinos prisioneros eran terroristas, culpables de la muerte de personas inocentes. Allí cerraba yo mi expediente. Conocía demasiado lo que nos sucedió en Europa por ser sumisos. Ahora, simplemente, nos defendíamos. La razón moral imperaba,

Félix. Ésta era una manera maravillosa de expiar la culpa del holocausto. Purgábamos el pecado ajeno con el esfuerzo propio. Habíamos encontrado un lugar donde ser amos y no esclavos. Pero lo más importante para mí era pensar que encontramos un lugar donde ser amos sin esclavos.

»El cambio fue para mí muy lento, muy imperceptible. Bernstein me insinuaba su cariño de una manera muy torpe. Conocía mi actitud. Te dejé a ti para seguirlo a él. Pero lo seguí a él para cumplir con el deber que él mismo me señaló. Le era difícil a Bernstein suplantarte, ofrecerse en tu lugar, desvirtuar mi sentido del deber añadiéndole el de un amor distinto al que sacrifiqué, el tuyo, Félix. Entonces quiso confundir las razones del deber con los impulsos del deseo. Empezó a jactarse de lo que había sido y de lo que había hecho, desde su participación juvenil en el ejército secreto judío durante el mandato británico hasta su actuación en el grupo terrorista Irgún y luego todos sus trabajos en el extranjero para reunir fondos para Israel. Fue Bernstein quien me recordó que Israel había empleado la violencia para instalarse en Palestina. Lo acepté como una necesidad, pero me chocó el carácter jactancioso de sus argumentos y la intención patética que había detrás de ellos, la intención de hacerme suya obligándome a confundir mi deber con la personalidad heroica que él trataba de fabricarse. Lo peor de esta situación tan equívoca es que los dos nos vedamos el contraargumento más evidente. Ni él ni yo dijimos, simplemente, que acaso los palestinos tenían tanto derecho al terror como los israelitas para reclamar una patria y que nuestras organizaciones revolucionarias y terroristas, la Hagannah, el Irgún y la banda Stern, tenían por fuerza que convocar sus gemelos históricos, la O.L.P., los Fedayin, el Septiembre Negro.

»La intención sexual de Bernstein se interponía entre esa terrible verdad y mi conciencia de las cosas. Ese vacío fue ocupado por otro: tu ausencia. Entonces vino la guerra del Yom Kippur y mi mundo y sus razones se hicieron pedazos. No de manera abrupta; a mí todo me sucede gradualmente. Una no-noche Bernstein fue particularmente agresivo en su requerimiento amoroso y como yo me mantuve fría y tranquila, él se avergonzó primero y luego redobló la agresividad de sus argumentos políticos. Habló como un loco sobre los territorios ocupados en 73 y dijo que jamás los abandonaríamos. Ni una pulgada, dijo. Habló del Gush Emonim que él contribuyó a fundar y a financiar para instalarnos de manera irreversible en los territorios ocupados y borrar hasta la última huella de la cultura árabe. Yo entendí que hablaba de todo esto como le hubiese gustado hablar de mí, yo su territorio ocupado, y el Gush Emonim la virilidad misma de Bernstein. Cuando me atreví a decirle que no era territorio lo que nos faltaba, porque ya teníamos algo más que territorio, teníamos nuestro ejemplo de trabajo y dignidad para defendernos y convencer, me volvió a hablar de la seguridad, los territorios eran indispensables para nuestra seguridad. Recordé los discursos de Hitler. Primero la Renania, luego Austria, los Sudetes, el corredor polaco. Al cabo, el mundo. Un mundo, Europa o el Medio Oriente, el espacio vital, la seguridad de las fronteras, el destino superior de un pueblo. ¿No entiendes esto, tú que eres mexicano?

»Decidí pedir mi traslado de Tel Aviv a una de las escuelas de los territorios ocupados. Me fue concedido porque calcularon que sería una muy eficaz enseñante de nuestros valores.

»Ahora debo evitar muchos nombres de gentes y lugares para eludir represalias. En la pequeña escuela donde fui a trabajar conocí a un muchacho palestino, maestro como yo, más joven que yo. Vivía solo con su madre, una mujer de poco más de cuarenta años. Lo llamaré Jamil. El hecho de que diera clases en árabe a los niños palestinos era una prueba de la bondad de la ocupación. Los extremistas como Bernstein no habían logrado imponer sus puntos de vista. Pero pronto supe que para Jamil la escuela era una trinchera. Lo sorprendí un día dando clase con los textos expurgados que antes se usaban en las escuelas árabes, textos llenos de odio contra Israel. Le hice notar que estaba promoviendo el odio. Me dijo que no era cierto. Había copiado a mano los viejos textos, pero sólo para que permaneciera todo lo que, junto con el odio a Israel, habían eliminado nuestras autoridades: la existencia de una identidad y una cultura palestinas, la existencia de un pueblo que exigía una patria, igual que nosotros. Leí el texto copiado por la mano de Jamil. Era cierto. Este muchacho buscaba lo mismo que yo, mantener vivas las dos culturas. Sólo que hasta ese momento yo me había reservado esa virtud, no la había extendido a ellos.

»Jamil me dijo que seguramente lo delataría pero que no me preocupara. Pertenecíamos a campos diferentes y quizás él haría lo mismo en mi lugar. En ese instante me di cuenta de que nos habíamos combatido tanto tiempo que ya no nos reconocíamos. No dije nada. Jamil siguió enseñando con sus cuadernos copiados a mano. Nos hicimos amigos. Una tarde caminamos hasta una colina. Allí, Jamil me preguntó: "¿Cuántos pueden pararse aquí como tú y yo, mirar esta tierra y decir es mi país?" Esa noche nos acostamos juntos. Con Jamil desaparecieron todas las fronteras de mi vida. Dejé de ser una niña alemana judía perseguida, pasada por el exilio en México e integrada después al estado de Israel. Me convertí, con Jamil, en una ciudadana de la tierra que pisaba, de todas sus contradicciones, sus combates y sus sueños, sus cosechas pródigas y sus frutos amargos. Vi a Palestina como lo que era, una tierra que sólo podía ser de todos, nunca de nadie o de unos cuantos...»

Terminó la primera cara del disco y Félix automáticamente lo volteó y colocó la aguja sobre la segunda.

23

«Un día, Jamil desapareció. Su madre y yo pasamos semanas sin saber de él. Entendí a esa mujer apegada a una vida simple, feudal, tradicionalista, y me pregunté si sus valores eran los del atraso y los nuestros los del progreso. Viajé a Jerusalén y agoté los recursos oficiales. No sé si me hice desde entonces sospechosa; alegué simplemente que el muchacho era mi colega en la escuela y me extrañaba su desaparición. Nadie sabía nada. Jamil se había esfumado. Contacté a una abogada judía comunista, la llamaré Beata. Era la única que se atrevería a ir al fondo del asunto. Entiende mis contradicciones angustiosas, Félix. Me repugna el comunismo, pero aquí sólo una comunista tenía el valor de exponerse por mí y por Jamil en nombre de la justicia. Temía una injusticia cometida contra mi amante, pero en Israel contaba con los medios para desafiarla por la vía legal. No sé si esto sería posible en los países árabes.

»Dejé todo en manos de Beata y regresé al pueblo donde enseñaba. Ahora la madre de Jamil había desaparecido. Regresó unos días después, incapaz de llorar. Creí que Jamil había muerto. Los ojos secos de la madre eran más tristes que cualquier llanto. Me dijo que no. No quiso decir más. Horas más tarde Beata me comunicó que Jamil era prisionero. Se le acusaba de ser terrorista. Estaba encarcelado en un lugar llamado la Moscobiya en Jerusalén, la antigua posada de los peregrinos rusos ortodoxos convertida en prisión militar. Mis preguntas a la madre de Jamil quedaron sin respuesta; sólo vi que la mujer ya no sabía llorar. Temblaba mucho y cayó con fiebre. Traje a un doctor; no quiso recibirlo; la obligué. Se defendió como animal acorralado contra la auscultación médica. Luego el doctor me dijo que tenía destrozada la vagina, le habían introducido un objeto duro y ancho, seguramente un palo.

»Dos días después, Beata me pidió que fuera a Jerusalén y me condujo a un hospital militar. Jamil estaba encamado. Tenía una cara vieja. Recordé los ojos alegres de Israel. Ahora miré los ojos tristes de Palestina. Esos ojos me miraron y no me reconocieron. Lloré y la abogada me dijo que Jamil había sido condenado a dos años de prisión. Me mostró copia de la confesión firmada por mi amante, donde se declaraba culpable de actos de terrorismo. Beata dijo que agotaría los recursos para demostrar que la confesión había sido arrancada por la tortura. Regresé a nuestro pueblo. Al año, dejaron libre a Jamil. Llegó en un camión de la Cruz Roja. Los primeros días no habló. Luego me contó poco a poco lo que pasó.

»Lo apresaron cuando regresaba de la escuela y le venda-
ron los ojos. Perdió todo sentido de la orientación. Varias horas después lo bajaron en un lugar cerca del cual pasaba mucho
tránsito, una ciudad o una carretera. Le condujeron a un
lugar donde le pidieron que confesara. Se negó. Lo golpearon
brutalmente, le arrancaron mechones de pelo con la mano y lo
obligaron a tragárselos. Luego le pusieron una capucha en la
cabeza con dos hoyos de aire y lo llevaron en un transporte a
otro sitio. Allí lo metieron en cuatro patas en una perrera.
Escuchó los ladridos pero los perros nunca lo atacaron. Al día
siguiente volvieron a pedirle la confesión. Como se negó, lo
encerraron en un closet de cemento donde no podía recostarse
ni estar de pie. Allí duró varios días. A veces lo sacaban para
apretarle por atrás los testículos y luego volvía al closet. Después, lo sacaron y le quitaron el capuchón. Su madre estaba
frente a él. Decidió no reconocerla para no comprometerla.
Pero ella se soltó llorando y le dijo que ya no se preocupara,
ella era la culpable, ella ayudaba a los terroristas, no él, ella
ya había confesado. Entonces Jamil dijo que no, él era el único
culpable. Lo golpearon enfrente de la madre y luego fue al
hospital. Allí lo visité, pero entonces él ya había decidido no
reconocer o recordar a las gentes que amaba. Pasó el año de
detención en la cárcel de Sarafand. Beata logró que le redujeran
la sentencia, pero un guardia le dijo que lo soltaban para que
regresara a su pueblo y sirviera de escarmiento a los rebeldes
como él. Beata dijo que ésta era una práctica establecida para
los territorios ocupados; se escogía a una sola persona y a su
familia para que su experiencia desmoralizara a los demás.

»Jamil me pidió que me alejara. Temía por mí. Yo acepté
su necesidad de estar solo con su madre. Antes que nada, debía
rehacer su relación con ella. Entendí que había allí algo inson-
dable para mí y que pertenece al mundo palestino del honor.
Desde esas profundidades Jamil debía aprender, en seguida, a
recordarme de nuevo. Fui a Jerusalén y esperé el viaje anual
de Bernstein. No le dije lo que sabía. Entiéndeme, por favor.
Me hice su amante para saber más, es cierto, para derrumbar
el muro de su vanidad patética y oír su voz desnuda. Insinué

el problema de las torturas. Me dijo tranquilamente que eso era necesario en un combate de vida o muerte como el nuestro. ¿Sabía yo algo de las cárceles en Siria o Iraq? Le pregunté si nosotros, las víctimas del nazismo, podíamos repetir los horrores de nuestros verdugos. Me contestó que la debilidad de Israel no era comparable a la fuerza de Alemania. No me dio tiempo de contestarle que la debilidad de los palestinos no es tampoco comparable a la fuerza de los israelitas. Estaba muy ocupado explicándome en detalle que costaba mucho dinero impedir que se investigaran estas acusaciones; él lo sabía bien, porque era una de sus tareas en el extranjero.

»Pero miento, Félix. Me acosté con Bernstein para cumplir el ciclo de mi propia penitencia, para purgar en mi propio cuerpo de mujer la razón pervertida de nuestra venganza contra el nazismo: el sufrimiento nuestro, impuesto ahora a seres más débiles que nosotros. Buscamos un lugar donde ser amos y no esclavos. Pero sólo es amo de sí mismo quien no tiene esclavos. No supimos ser amos sin nuevos esclavos. Acabamos por ser verdugos a fin de no ser víctimas. Encontramos a nuestras propias víctimas para dejar de serlo. Me hundí con Bernstein en el tiempo sin fechas del sufrimiento. Lo que nos une a judíos y palestinos es el dolor, no la violencia. Cada uno mira al otro sin reconocer más que su propio sufrimiento en los ojos del enemigo. Para poder rechazar ese sufrimiento ajeno que es sin embargo gemelo del nuestro, sólo tenemos el recurso de la violencia. No miento, Félix. Me acosté con Bernstein para que tú lo odiaras tanto como yo. Jamil y yo somos aliados de la civilización que no muere; Bernstein es agente de los poderes pasajeros. Y porque se sabe pasajero, el poder siempre es cruel. Bernstein sabe que ésta es la venganza anticipada del poder contra la civilización. Él me obligó a añadir nuevos nombres a la geografía del terror. Di Dachau, Treblinka y Bergen-Belsen sólo si puedes decir Moscobiya, Ramallah y Sarafand. Puedes dudar de toda la historia de nuestro siglo, menos de la universalidad de su terror. Nadie escapa a este estigma, ni los franceses en Argelia, ni los norteamericanos en Vietnam, ni los mexicanos en Tlatelolco, ni los chilenos en Dawson, ni los soviéticos en su inmenso Gulag. Nadie. ¿Por qué íbamos a ser distintos los judíos? El pasaporte de la historia moderna sólo acepta un visado, el del terror. No importa. Regreso a mi verdadera tierra a luchar con Jamil contra la injusticia que un pueblo le impone a otro. Es la misma razón que me llevó a Israel hace doce años. Sólo así puedo ser fiel a la muerte de mis padres en Auschwitz.

»No quería partir sin despedirme de ti. Te pondré este disco en el correo del aeropuerto.»

24

El disco continuó girando. Al cabo, agotada, la aguja se retrajo abruptamente, rayándolo como un cuchillo sobre una cacerola. Félix rescató el mensaje de Sara Klein y lo guardó en la funda nueva donde los ojos de Satchmo eran dos moras alegres.

Lo detuvo largo rato entre las manos, delicadamente, parecido a una corona sin cabeza sobre la cual posarse. Luego se levantó y lo guardó en la maleta. No debía dejar rastro alguno; mientras menos pruebas quedaran en este caso, mejor. Se dirigió hacia el teléfono, marque cero para comunicaciones directas, uno si necesita el auxilio de la operadora, evocando las frases que iba a pronunciar. Se dijo una de ellas, se la aplicó a sí mismo, mi memoria tiene algunos derechos y recordó con un sobresalto doloroso que esa misma mañana Sara Klein fue incinerada. Quizá su obligación, profesional pero sobre todo personal, era estar allí. Sin embargo, la fatiga lo venció y se quedó dormido en el apartamento de la calle de Génova. Quiso olvidar, renunció a los derechos de su memoria, ya nadie podía pedirle cuentas sino a Félix Maldonado, se dijo mientras marcó un número en el teléfono.

Cuando oyó que la comunicación se había establecido y que yo esperaba en silencio en la línea, dijo:

—*When shall we two meet again?*

—*When the battle's lost and won* — le contesté —. *Good news?*[7]

—*Good news* — respondió Félix con la voz quebrada.

—Ha, ha! — reí —. *Where?*[8]

—*In Genoa*[9] — murmuró Félix —. *I pray you, which is the way to Master Jew's?*[10]

—*He hath a third in Mexico, and other ventures he hath.*[11]

—*Why doth the Jew pause?*[12] — preguntó Félix mirando hacia la valija que guardaba el mensaje hablado de Sara Klein.

—*Hurt with the same weapons, healed by the same means*[13] — le respondí.

Félix hizo una pausa y le pregunté:

—*What has been done with the dead body?*[14]

—*Compunded it with dust, whereto 'tis kin*[15] — dijo violentamente Félix, se calmó y me preguntó con el tono neutro que convenimos —. *What news? I have some rights of memory.*[16]

—*Go merrily to London*[17] — le aconsejé —. *Within the hour they will be at your aid.*[18]

Félix pescó de reojo al gemelo de su imagen en las ventanas opacas cerradas sobre el bullicio de la calle de Génova.

—*Lord, I am much changed.*[19]

7   ¿Buenas nuevas? *Mercader de Venecia*, iii, 1, 14.
8. Ja, ja. ¿Dónde? Ibíd.
9. En Génova. Ibíd.
10. Te ruego, ¿cuál es la ruta hacia el Maestro Judío? Ibíd., i, 2, 19.
11. Posee un tercio en México, mas tiene otras empresas. Ibíd., i, 2, 19.
12. ¿Por qué se demora el Judío? Ibíd.
13. Herido con las mismas armas, se cura con los mismos medios. Ibíd., iii, 1, 65.
14. ¿Qué han hecho del cadáver? *Hamlet*, iv, 1, 5.
15. Confundido con el polvo, del cual es semejante. Ibíd., iv, 2, 6.
16. ¿Qué noticias? Tengo algunos derechos a la memoria. Ibíd., v, 2, 404.
17. Ve alegremente a Londres. 1.ª parte de *Enrique IV*, ii, 2, 61.
18. Dentro de la hora acudirán en tu auxilio. 1.ª parte de *Enrique VI*, i, 1, 143.
19. Señor, estoy muy cambiado. *Mercader de Venecia*, ii, 2, 109.

—*A sailor's wife had chestnuts in her lap.*[20] *To Aleppo gone, Master o'the Tiger*[21] — dije y colgué.

Félix escuchó un momento el zumbido muerto de la bocina y también colgó. Sin solución de continuidad, oyó un timbre y dudó entre el teléfono y la puerta. Descolgó de nuevo la bocina y el paso de abejorros lejanos se repitió: Volvió a colgar. El timbre de la puerta repiqueteó sordo e insistente. Fue a abrir y encontró, al mirar ligeramente hacia abajo, la corta estatura de Simón Ayub con un bulto envuelto en papel periódico bajo el brazo y una llave de hotel en la mano.

—Tranquilo, mano — dijo rápidamente Ayub —, vengo en son de pas. La prueba: tengo la llave de tu cuarto en la mano pero toqué el timbre.

—Luego se ve que tu patrón te está educando.

—Diles que sean más cuidadosos en la recepción. Cualquiera puede entrar así. Basta pedir la llave y te la dan.

—Es un hotel de amantes ilícitos y turistas pendejos, ¿no sabías?

—De todos modos, debían ser más estrictos. Así ni chiste tiene.

Intentó mirar por encima del hombro de Félix, husmeando el ambiente pero invadiéndolo con su acento de clavo.

—¿Puedo pasar?

Félix se apartó y Simón Ayub entró con esos andares de güerito conquistador que tanto le disgustaron desde que el siriolibanés lo fue a ver al despacho de la Secretaría de Fomento Industrial.

—De una vez te ahorro las preguntas inútiles — dijo Ayub columpiándose sobre los tacones cubanos que lo alturizaban, sin mirar a Félix. Tres contra uno que vendrías aquí y nueve contra diez que ocuparías este apartamento. ¿Correcto?

—Correcto — dijo Félix —. Pero no son ésas mis preguntas.

20. La mujer del marinero tiene castañas en el regazo. *Macbeth*, i, 3, 4.
21. A Aleppo se fue, el capitán del Tigre. Ibíd., i, 3, 9.

—¿Ah, sí? — dijo con displicencia Ayub, escudriñando con la mirada los cuatro costados del apartamento.

—¿Por qué no salió nada sobre el atentado en los periódicos?, ¿qué sucedió realmente?, ¿quién murió en mi nombre y con mi nombre?, ¿por qué fue necesario matar a otro?, ¿por qué no me capturaron y me mataron a mí?, ¿por qué tuve que escapar del hospital si eso es lo que ustedes querían?, ¿a quién sirven tú y tu patrón?

—Está bonito el lugar — sonrió Ayub, sin hacer caso de las preguntas de Félix —. ¡Las cosas que pasan en estos lugares!

—Seguro — dijo Félix acercándose con paso felino a Ayub —, ¿quién mató a Sara Klein?

—Aquí sólo vienen turistas o parejas de amantes — siguió sonriendo Ayub, permitiéndose los excesos a los que lo autorizaba ser chaparro, blanquito y bonito.

—¿A qué vienes tú?

—No es la primera vez que vengo — dijo Ayub con su airecillo de suficiencia y Félix lo agarró de la solapa.

Ayub le acarició la mano.

—¿Ya vamos sanando? ¿Te mando a Lichita a curarte, cuate?

—Recuerda que con una sola mano te di el descontón, enano — dijo Félix sin soltar la solapa del siriolibanés.

—No olvido nada — dijo Ayub con un rencor nublado y repentino en los ojos —, pero prefiero recordártelo en otra ocasión. Ahora no.

Retiró suavemente la mano de Félix y la sonrisa de autocomplacencia regresó a sus labios.

—Ya van dos solapas que me estropean, una el D. G. con su cigarro el otro día y ahora tú con tu manubrio. Así no me alcanza para los tacuches, de plano.

—¿Quién te viste? ¿La Lockheed? — dijo Félix mirando el traje brillante, color avión, de Ayub.

—Ya estuvo suave, ¿no? — sonrió Ayub alisándose las solapas —. Mira nomás qué manera de recibir a un amigo. Sobre todo a un amigo que te trae un regalo.

Le ofreció a Félix el bulto envuelto en papel periódico. Félix lo recibió con desgano irremediable.

—Okey, ya estuvo bien de payasadas. ¿Qué quieres, Ayub? La soba que me prometiste va a estar difícil, a menos que traigas una patrulla de gorilas contigo. A las patadas te hago mierda.

—¿No abres mi regalo? —sonrió Ayub como si secretamente pensara que no había mejor regalo que su presencia—. Palabra que no es una bomba —rió en seguida, rió mucho.

—Dime qué es, entonces.

—Ábrelo con cuidado, cuate. Son las cenizas de Sara Klein. No se vayan a volar.

Félix no le volteó a Ayub la bofetada que estuvo a punto de darle porque de la mirada del hombrecito oloroso a clavo y vestido de DC4 había huido toda burla suficiente, toda agresión, toda complacencia. Su actitud de gallo la negaba, pero sus ojos brillaron con una ternura que apaciguaba uno como dolor, una como vergüenza.

—Tú te ocupaste del cadáver de Sara Klein —dijo Félix con el bulto entre las manos.

—Los de la Embajada se desentendieron de ella.

—Era ciudadana del estado de Israel.

—Dijeron que allá no tenía parientes y que había vivido más tiempo aquí que allá.

—Tú no eres su pariente.

—Bastó decir que era su amigo y me ocuparía de todo para que me la soltaran. Esa mujer era como una papa caliente en manos de los israelitas, eso luego se veía. Cogieron la oportunidad al vuelo.

—Bernstein era su amante. A él le correspondía.

—El doctor está, ¿cómo se dice?, incapacitado.

—¿Bernstein mató a Sara Klein?

—¿Tú qué crees?

Se miraron en un duelo inútil; cada uno luchaba con dos armas parejas, la incredulidad y la certeza que se anulaban entre sí.

—Tú nomás acuérdate —dijo Ayub— que el doctor tiene

fines más altos en esta vida que el amor de una vieja, por muy cuero que haya sido.

Ayub dio tres pasos hacia atrás, extendiendo las palmas abiertas.

—Calmantes montes, mi licenciado. Las cosas como son. Cuidado, que no se te caiga el paquete; se rompe la urna y luego vamos a tener que barrer juntos...

—Hijo de tu chingada — dijo Félix sin soltar el paquete —, la viste desnuda, la tocaste con tus cochinas manitas de puerco manicurado.

Ayub se quedó callado un segundo, rechazando el insulto, mirándose la mano con los anillos de topacio y cimitarras labradas.

—Sara Klein era la mujer de mi primo, un maestro de escuela en los territorios ocupados — dijo con simplicidad Ayub, desnudo de todas sus actitudes acostumbradas —. No sé si ella te contó esa historia. Quizá no tuvo tiempo. Sé que tú también la querías. Por eso te traje las cenizas a ti.

Le dio la espalda a Félix y se dirigió a la puerta con su paso recuperado de conquistador muy salsa. Se volteó a mirar a Félix cuando la abrió.

—Mucho cuidado, mi licenciadito. La próxima vez nos vamos a ver gacho de nuevo, te lo juro. Ni creas que me olvido del descontón que me diste. Te la tengo jurada, palabra. Ahora más que nunca.

Salió cerrando la puerta detrás de sí.

25

Entró a las ocho de la noche al café de la calle de Londres. El lugar trataba de imitar un pub inglés con barra de madera y bancas de cuero, pero la luz neón lo desfiguraba todo y los espejos biselados se comunicaban destellos de astro muerto.

Se acercó a la barra chapeada de cobre y pidió una cerveza. Miró a su alrededor. Al cabo, agradeció la espantosa luz neón que le permitía ver a los clientes y quizá por eso la instalaron, para que este café no se convirtiera en guarida de parejitas cachondas.

No tardó en divisarlos. El muchacho con los anchos pantalones azules y la playera a rayas anchas, azules y blancas, y una gran ancla bordada sobre el pecho. A la muchacha con el corte de pelo de borrego, negro, corto y rizado, la reconoció en seguida. El problema era que lo reconocieran a él. Se acercó a ellos con el vaso de cerveza en la mano. La muchacha pelaba lentamente las castañas que descansaban en el regazo de la minifalda. Las cáscaras se le quedaban prendidas a las medias caladas. Le ofrecía castañas con la mano al muchacho y se las ponía en la boca.

—Agosto no es época de castañas — dijo Félix.

—Mi amiguito el marinero me las trajo de muy lejos — dijo la muchacha sin levantar la mirada, empeñada en pelar las castañas.

—¿Me permiten? — dijo Félix, al tomar asiento con ellos.

—Hazte a un lado, Emiliano — dijo la muchacha —, estas banquitas son de a tiro estrechas.

—Es que estás muy bien dada — dijo el muchacho con la boca llena de castañas —, las inglesas han de ser de nalga flaca, aunque dicen que muy alegres.

—Tú has de saber — dijo Félix —, una muchacha en cada puerto.

—No — ronroneó la muchacha acariciando el cuello de su compañero —, es mi peoresnada.

—Cabemos bien — dijo Félix —, mejor que en el taxi. ¿No recuperaste tus libros, Emiliano?

—La mera verdad, soy estudiante fósil. Me eternizo en la Prepa. ¿Verdad, Rosita?

La muchacha de cabecita rizada asintió, sonriendo.

—¿No gustas una castaña? — le dijo a Félix, ofreciéndosela con la mano.

—Necesito saber de dónde te llegaron — dijo Félix.

—Ya te dije, me las trajo Emiliano.

—¿De dónde llegaron? — insistió Félix.

—De muy lejos —levantó las cejas Emiliano—. Yo lo que necesito saber es en qué barco llegaron, y quién venía al timón.

—Llegaron en un barco llamado el *Tigre* y el capitán venía al timón —dijo Félix.

—Ajá —masculló Emiliano—. El capitán te manda decir que te estés muy cool y que las castañas vienen de muy lejos, de un lugar llamado Aleppo.

—¿No hemos viajado juntos también ustedes y yo?

—Segurolas —dijo Emiliano.

—¿Quiénes viajaban en nuestro barco? —preguntó Félix.

—Uy, venía retacado —dijo Emiliano—. Un chofer, dos monjas, una enfermera, nosotros dos, una placera con una canasta llena de pollos y uno con cara de licenciado, clavado.

Rosita se sacudió las cáscaras de castaña del regazo y los tres se miraron entre sí.

—¿Quién mató a Sara Klein? —preguntó Félix sin mirar a la pareja.

—Los cuicos no han dado con la pista —contestó Emiliano, bajando apenas el tono de la voz.

—El crimen tuvo lugar entre la medianoche y la una de la mañana —dijo Félix—. A esa hora es fácil controlar las salidas y entradas de un lugar como las suites de Génova.

—Dile, Emiliano, no ves que la quería —dijo Rosita con los ojos brillantes.

—Rosita, dedícate a tus castañas y toma nota, pero no hables más.

—Como tú digas, bellezo —sonrió Rosita y le dijo a Félix con cara de tonta—: Es mi galán. Nos queremos mucho. Por eso te entiendo. A ti esa vieja que mataron te traía por el callejón de la amargura, ¿no es cierto?

Emiliano pellizcó el muslo descubierto de Rosita.

—¡Ay!

—Que te saques las cáscaras de las medias. Luego me andas pinchando en la cama. Siempre se te quedan cosas colgando de esas pinches medias.

—¿Pues para qué me pides que me las deje puestas cuando nos acostamos? — mugió Rosita y se quedó quieta.

—¿Qué me ibas a decir? — insistió Félix.

—Que el portero jura que no entró ni salió nadie sospechoso, nomás los clientes registrados.

—¿Es de fiar?

—No ha sido más que portero toda su vida. Se ve bien menso. Lleva nueve años trabajando allí sin quejas.

—La antigüedad y la estupidez son sobornables. Investiguen.

—Seguro. El portero dice que nadie preguntó por la señorita Klein y nadie le mandó mensajes, ni paquetes, ni nada.

—Y en la calle, ¿no pasó nada?

—Lo de siempre en la Zona Rosa. Un grupito de júniores bien pedos se detuvo enfrente con un convertible y tres mariachis. Cantaron una serenata, dizque para una gringuita que no quería irse de México sin que le llevaran gallo, pero la poli los hizo rodar rápido. Y una monja llegó a pedirle al portero lo que fuera su voluntad para unas obras de caridad. Esto es lo único que le pareció raro, una monja suelta a las doce de la noche. No le dio nada y la monja se fue.

—¿Cómo sabe que era monja?

—Tú sabes, el peinadito de chongo, cero maquillaje, vestido negro hasta el tobillo, rosario entre las manos. Lo de siempre.

—¿Coincidieron los de la serenata y las monjas?

—Ah, eso sí no sé.

—Averigua y dile al del timón.

—Simón.

—¿Están seguros de que en ningún momento Bernstein entró a las suites, ni estaba hospedado allí desde antes?

—¿El maestro? Qué va. Estaba hospitalizado de un balazo que le dieron en el hombro. Esa noche estaba en el Hospital Inglés y de allí no se movió.

—¿Dónde está ahora Bernstein?

—Eso sí lo sabemos. En Coatzacoalcos, Hotel Tropicana.

—¿A qué fue?

—Pues a eso, a recuperarse del balazo que le dieron.

—¿Por qué no salió nada?

—¿Nada de qué?

—Del balazo de Bernstein.

—¿Por qué iba a salir algo y dónde?

—En los periódicos. Lo balacearon en Palacio.

—No. Fue un accidente en su casa. No tenía por qué salir nada en los periódicos. Dijo que se accidentó limpiando una pistola. Así dice el acta de ingreso al Hospital.

—¿No fue en Palacio, durante la entrega de premios? ¿No hubo un atentado contra el Presidente?

Emiliano y Rosita se miraron entre sí y el muchacho alargó la mano y se bebió de un golpe la cerveza de Félix. Lo miró desconcertado.

—Perdón. Es que de a tiro me dejaste... ¿Qué qué?

—Se supone que hubo un atentado en Palacio contra el Presidente — dijo con paciencia Félix, y Bernstein fue herido por equivocación...

—Jijos mano, ¿así de a feo te las truenas? — dijo Rosita.

—Cállate — dijo Emiliano. Eso no es cierto. ¿Por qué lo dices?

—Porque se supone que yo disparé el tiro — dijo Félix con frío en la nuca.

—De eso no sabemos nada — dijo Emiliano con una punta de miedo en los ojos —. Ni salió nada en los periódicos ni el capitán tiene noticias.

Félix tomó la mano del muchacho y la apretó.

—¿Qué pasó en Palacio? Yo estuve allí...

—Cool, maestro, manténgase cool, son las instrucciones... ¿Estuviste y no te acuerdas, qué pasó?

—No. Cuéntenle al capitán lo que les digo. Es importante que lo sepa. Díganle que una mitad sabe y dice cosas que la otra mitad ignora, y al revés.

—Todos cuentan mentiras en este asunto. Eso lo sabe el capi.

—Así es — dijo con más calma Félix —. Díganle que averigüe dos cosas más. Si no las sé me voy a perder.

—Ni te emociones; para eso estamos Rosita y yo.

—Primero, quién fue encarcelado con mi nombre en el Campo Militar Número Uno el diez de agosto y fusilado esa misma noche mientras trataba de huir. Segundo, quién está enterrado con mi nombre en el Panteón Jardín. Ah, y el número de placas del convertible de la serenata.

—Okey. Dice el capi que no dejes pistas y te estés muy cool y dice sobre todo que te entiende pero que no dejes que tus sentimientos personales se metan en todo esto. Así dijo.

—Recuérdale que me dejó libertad para actuar como yo lo entienda mejor.

—Con comas y todo se lo digo.

—Dile que no confunda nada de lo que hago con motivos personales ni venganzas.

Emiliano sonrió muy satisfecho:

—El capi dice que todos los caminos conducen a Roma. Uno se culturiza con él.

—Adiós.

—Ahí nos vidrios.

—Cuídate — dijo Rosita con ojos de borreguito negro. A ver cuándo nos invitas a pasear en taxi otra vez. Me gustó sentarme en tus rodillas.

—A mí también me gustó acariciarle las corvas a la enfermerita — dijo con saña Emiliano.

—Cómo serás tirano Emiliano — gimió Rosita.

—No, si nomás digo que donde caben tres caben cuatro, gorda.

—Ay, qué recio nos llevamos esta noche — rió Rosita y tarareó el bolero *Perfidia*.

Ni voltearon a mirar a Félix cuando se levantó y al salir del pub balín todavía los vio disputándose entre bromas, echándose puyas, anónimos como dos novios comunes y corrientes. Se dijo que el bravo Timón se rodeaba de ayudantes bien singulares.

Pasó al dispensario de la Cruz Roja en la Avenida Cha-

pultepec para que le revisaran la cara. Le dijeron que iba ci-
catrizando bien y sólo necesitaba una pomada, se la untaron
y que se la siguiera untando varios días, ¿quién le hizo semejante carnicería?

Compró la pomada en una farmacia y regresó a las suites
de la calle de Génova. Iban a dar las once y los jóvenes y
aceitosos empleados ya se habían ido. Le abrió el portero, un
indio viejo con cara de sonámbulo vestido con un traje azul
marino brillante de uso.

Las ventanas de su apartamento estaban abiertas de par
en par y la cama preparada para dormir, con un chocolatito
sobre la almohada. Abrió la maleta. El paquete con las cenizas seguía allí, pero el disco con Satchmo en la portada había
desaparecido.

26

Aterrizó en el aeropuerto de Coatzacoalcos a las cuatro
de la tarde. Desde el aire, vio la extensión de la refinería de
Petróleos Mexicanos en Minatitlán, el golfo borrascoso al fondo, la ciudadela industrial tierra adentro, un alcázar moderno
de torres, tubos y cúpulas como juguetes de papel plateado
brillando bajo el sol haíto de tormenta y luego el puerto sofocado donde las vías férreas se prolongaban hasta los muelles y los buquetanques largos, negros y de cubiertas desnudas.

Al descender del avión, respiró el calor húmedo cargado
de aromas de laurel y vainilla. Se quitó el saco y tomó un taxi
desvencijado. Una rápida visión de bosques de cocoteros, ce-
bús pastando en llanos color ladrillo y el Golfo de México
preparando su agitación vespertina fue vencida por la de una
ciudad portuaria chata, de edificios feos con los vidrios rotos
por los huracanes, anuncios luminosos sucios y apagados a
esta hora, todo un mundo del consumo instalado en el trópico, supermercados, tiendas de televisores y refacciones, y enfrente el eterno mundo mexicano de tacos, cerdos, moscas y
niños desnudos en muda contemplación.

El taxi se detuvo frente a un mercado. Félix lo vio todo en rojo, los largos cadáveres de reses sangrientas colgando de los garfios, los racimos de plátanos incendiados, los equipales de cuero rojo, maloliente a bestia recién sacrificada y los machetes de plata negra, lavada de sangre y hambrienta de sangre. El chofer cargó la maleta hasta la entrada de un palacio rococó de principios de siglo con tres pisos; el más alto estaba arruinado por el fuego y convertido espontáneamente en palomar cucurrucante.

—Le cayó un rayo —dijo el chofer.

Más alto, volaban en grandes círculos los zopilotes.

El título luminoso del Hotel Tropicana salía como un dedo llagado de la fachada de estucos esculpidos, ángeles nalgones y cornucopias frutales pintados de blanco pero devorados de negro por el liquen y el trabajo incesante del aire, el mar y el humo de la refinería y el puerto. Se registró como Diego Silva y siguió al empleado cambujo vestido con camisa blanca y pantalones negros lustrosos por un patio cubierto de altos emplomados de colores que tamizaban la luz caliente. Muchos vidrios estaban rotos y no habían sido reparados; grandes cuadros de sol jugaban a instalarse con precisión en el piso de ajedrez, mármol blanco y negro.

Al llegar al cuarto, el empleado abrió con una llave el candado que lo cerraba y puso a funcionar el ventilador de aspas de madera que colgaba como un buitre más del techo. Félix le dio diez pesos y el cambujo salió mostrando los dientes de oro. Un aviso colgaba sobre la cama de bronce y mosquitero,

SU RECÁMARA VENCE A LA 1 P.M.
YOUR ROOM WINS AT ONE P.M.
VOTRE CHAMBRE EST VAINCU A 13 HRS.

Félix pidió por teléfono la recámara del doctor Bernstein. El cuarto número 9, le dijeron, pero estaba fuera y no regresaría antes de la puesta del sol. Colgó, se quitó los zapatos y cayó sobre la cama crujiente. Se fue durmiendo poco a

poco, tranquilo, arrullado por la dulzura novedosa con la que
el trópico recibe a sus visitantes antes de mostrar las uñas
de su desesperación inmóvil. Pero ahora se sintió liberado del
peso de la ciudad de México cada vez más fea, estrangulada
en su gigantismo mussoliniano, encerrada en sus opciones in-
humanas: el mármol o el polvo, el encierro aséptico o la in-
temperie gangrenosa. Tarareó canciones populares y se le ocurrió, adormilado, que existen canciones de amor para todas
las grandes ciudades del mundo, para Roma, Madrid, Berlín,
Nueva York, San Francisco, Buenos Aires, Río, París; ninguna canción de amor para la ciudad de México, se fue durmiendo.

Despertó en la oscuridad con un sobresalto; la pesadilla
se cerró donde el sueño se inició: una pena muda, un alarido
de rabia, esa era la canción del D.F. y nadie podía cantarla.
Se incorporó con terror; no sabía dónde estaba, si en su recámara con Ruth, en el hospital con Licha, en las suites de
Génova con el cadáver de Sara; palpó la almohada con delirio
e imaginó la presencia junto a él, esta noche cachonda, del
cuerpo desnudo de Mary Benjamin, sus pezones parados, su
vello negro y húmedo, sus olores de judía insatisfecha y sensual, la había olvidado y sólo una pesadilla se la devolvía, la
cita galante en el hotelito junto al restaurante Arroyo se frustró, la muy cabrona llamó a Ruth.

Se levantó bañado en sudor y caminó atarantado al baño,
se dio una ducha helada y se vistió rápidamente con ropa
inapropiada para el calor, calcetines, zapatos, pantalón de meseta y sólo una camisa. Se miró a sí mismo con atención en
el espejo: el bigote crecía rápidamente, el pelo de la cabeza
con más lentitud, los párpados estaban menos hinchados, las
cicatrices visibles pero cerradas. Llamó al conmutador y le
dijeron que el profesor había regresado. Sacó el paquete envuelto en papel periódico de la maleta. Salió del cuarto y caminó por el corredor de macetones de porcelana y vidrio incrustado hasta el número 9.

Tocó con los nudillos. La puerta se abrió y los ojos ce-
gatones de Bernstein, nadando en el fondo de las espesas gafas

sin marco, lo miraron sin sorpresa. Mantenía un brazo en cabestrillo. Con la otra mano lo invitó a entrar.

—Pasa, Félix. Te estaba esperando. Bienvenido a Marienbad en el Trópico.

27

Félix se tocó involuntariamente la cara. La mirada acuosa de Bernstein se volvió impermeable. El antiguo alumno sacudió la cabeza como para librarse de un nido de arañas. Entró a la recámara del profesor decidido a no caer en ninguna trampa y sin duda Bernstein traía en las bolsas de su saco de verano color mostaza, ligero pero abultado, más de una treta.

—Pasa Félix. ¿De qué te extrañas?

—¿Me reconoce? — murmuró Maldonado.

Bernstein se detuvo con una sonrisa de ironía asombrada.

—¿Por qué no te iba a reconocer? Te conozco desde hace veinte años, cinco en la Universidad, nuestros desayunos, nunca te he dejado de ver... o de querer. ¿Quieres un whisky? Con este calor, no se sube. Pasa, toma asiento, querido Félix. Qué gusto y qué sorpresa.

—¿No acaba de decir que me estaba esperando? — dijo Félix al sentarse en un equipal rechinante.

—Siempre te espero y siempre me sorprendes — rió Bernstein mientras se dirigía a una mesita llena de botellas, vasos y cubitos de hielo nadando en un platón sopero.

Vació una porción de J&B en un vaso y le añadió agua de sifón y hielo:

—Desde que te conocí me dije, ese muchacho es muy inteligente y llegará muy lejos si no se deja llevar por su excesiva fantasía, si se vuelve más reservado y no anda metiéndose en lo que no le concierne...

—Hay algo que nos concierne a los dos — dijo Félix y le tendió el paquete al profesor.

Bernstein rió agitándose como un flan. En el trópico, sudando, parecía un gigantesco helado de vainilla a punto de derretirse.

—¿No le perdonarás a un viejo que haya amado ridículamente a una joven? Espero más de tu generosidad, dijo avanzando con el vaso de whisky destinado a Félix.

—Tome —insistió Félix en ofrecer el paquete.

Bernstein volvió a reír.

—No tengo más que una mano libre. Veo que tú también. Qué curiosa coincidencia, como dirían Ionesco y Alicia. ¿Qué vienes arrullando?

Bernstein detenía el vaso de escocés con su mano sana, nerviosa, el anular adornado por el anillote de piedra tan clara que parecía vidrio. Félix contestó sin hacer caso de las bufonadas del profesor:

—Son las cenizas de Sara.

Era imposible que Bernstein, con su cara de helado de vainilla, palideciera. Pero lo logró. Dejó caer el vaso con el que jugueteaba. Se hizo añicos sobre el piso de mármol blanco y negro.

—Perdón —dijo Bernstein, súbitamente rojo, limpiándose con la mano el saco abultado. Félix temió que las artimañas que traía en los bolsillos se le desinflaran, aguadas.

—Me las entregó la única persona que se ocupó de Sara. Creyó que yo tenía derecho a ellas porque la quise —dijo sin emoción Félix—. Pero nunca la poseí. Prefiero dárselas a alguien que sí se acostó con ella. ¿Por lo menos esa obligación aceptará usted?

Bernstein le arrebató con la mano el paquete a Félix y lo apretó contra el pecho lastimosamente. Gruñó como un animal herido y lo arrojó sobre la cama. Se tambaleó y estuvo a punto de caer junto al paquete. Félix resistió el impulso de levantarse y detenerlo. El profesor controló la gravedad de su masa gelatinosa y fue a sentarse sobre un sillón de ratán.

Durante algunos segundos, sólo se escuchó el zumbido de las aspas del ventilador.

—¿Crees que yo la maté? —dijo Bernstein con la voz espumosa.

—No creo nada. Dicen que estaba usted en el hospital cuando Sara fue asesinada.

—Es cierto. No la volví a ver después de la cena de los Rossetti. Le hice una escena de celos. Te advertí que no la volvieras a ver.

Dijo esto con la mirada puesta en la punta de sus zapatos tropicales de agujero.

—¿Mi ausencia de la cena hubiera evitado su muerte? —preguntó Félix.

Bernstein levantó rápidamente la cabeza y miró a Félix con ojos de basilisco enfermo.

—¿Tú la viste antes de morir?

—No. Pero me habló.

Bernstein se apoyó sobre el brazo del sillón que le sentaba como un trono.

—¿Cuándo?

—Cuatro días después de su muerte.

—No juegues conmigo, Félix —dijo Bernstein modulando su infinito repertorio de tonos como sobre un teclado—. Los dos la quisimos. Pero ella te quiso más a ti.

—Yo nunca la toqué.

—Es que tú nunca deberías tocar lo que no te corresponde. Hay sufrimientos que no te tocan para nada. Da gracias de ello.

—Sigo esperando el whisky que me ofreció.

Bernstein se incorporó penosamente y Félix añadió:

—Hay algo que sí me concierne. ¿Qué sucedió en Palacio la mañana de los premios?

—¡Cómo! ¿Nadie te lo ha contado? Pero si es el chiste de todos los desayunos. ¿Dónde has estado la última semana?

—Encerrado en un hospital, con la cara vendada.

—¿Ves?, las malas compañías —dijo Bernstein midiendo la porción de whisky con ojos miopes, entrecerrados—. Cuando el señor Presidente se acercó a ti, te desmayaste. Un *black-out* súbito —añadió al dejar caer, uno tras otro, tres cubos de hielo en el vaso—, algo sin importancia, una pequeña escena, un incidente. Te sacaron perdido entre ese gentío. El señor Presidente no se inmutó y siguió saludando. La ceremonia se desarrolló normalmente.

Bernstein suprimió una risa temblorosa y pícara.

—Se hicieron muchas bromas. Un funcionario menor de la S.F.I. se desmayó nada más de ver al señor Presidente. Qué emoción. Desde Moctezuma no se veía nada igual.

—¿Y usted se hirió solo, limpiando una pistola?

Bernstein le tendió el vaso a Félix con solemnidad:

—Alguien me disparó esa tarde en mi casa, cuando estaba solo. Mal tiro.

—Quizás no intentaba matarlo.

—Quizás.

—¿Por qué? Es difícil fallar con un tipo de su corpulencia.

Bernstein no contestó. Se preparó su propio vaso de whisky y lo levantó, como si fuera a brindar.

—Por los metiches — dijo —, que el diablo les corte las narices.

Le dio la espalda a Félix. El sudor dibujaba un continente en su espalda.

—En tu recámara del Hilton tenías un expediente con todos mis datos.

—¿Ustedes revolvieron mis archivos?

—No tiene importancia — contestó Bernstein siempre de espaldas a Félix —. Sé que conoces toda mi carrera. Pero esa información la poseen muchos. No es un secreto. Puedes repetirla como perico y no pasará nada.

—¿Como en la escuela? — sonrió Félix —. Pero es que sí tiene importancia. Leopoldo Bernstein, nacido el 13 de noviembre de 1915 en Cracovia con todos los handicaps: polaco, judío e hijo de militantes obreros socialistas; emigrado a Rusia con sus padres después de la Revolución de Octubre, becado por el gobierno soviético para realizar estudios de economía en Praga pero encargado de establecer relaciones con universitarios checos y funcionarios del gobierno de Benes en vísperas de la guerra; cumple mal su encargo y en vez de seducir se deja seducir por los círculos sionistas de Praga; ante la inminencia del conflicto, se refugia en México después de Munich; autor de un panfleto contra el pacto Ribbentrop-Molotov; sus padres desaparecen y mueren en los campos estalinianos; la Unión Soviética lo juzga desertor; profesor de la escuela de economía de la Universidad de México, pide licencia y viaja por primera vez a Israel; combate en el Hagannah, el ejército secreto judío pero acaba considerándolo demasiado tibio y se une al grupo terrorista Irgún; participa en múltiples acciones de asesinato, represalias y voladuras de lugares civiles; regresa a México y obtiene la nacionalidad en el 52; a partir de entonces, es encargado de procurar fondos entre las comunidades judías de la América Latina y después de la guerra del 73 ayuda a fundar el Gush Emonim para oponerse a la devolución de los territorios ocupados...

—Puedes publicarlo en los periódicos —interrumpió Bernstein—, instalado de nuevo en su trono de ratán.

—¿También puedo publicar que por celos mandó usted encarcelar y torturar a un profesor palestino, lo obligó a ver a su madre con el coño destruido y se lo devolvió hecho un guiñapo a Sara para vengarse de ella?

—No sé cómo te habló Sara después de muerta, pero veo que te habló —dijo Bernstein con ojos de celuloide.

—¿Quién mató a Sara?

—Lo ignoro. Como pareces saberlo, también ella andaba en malas compañías.

—La embajada de Israel no quiso hacerse cargo del cadáver.

—Se había pasado al enemigo. No es motivo para matarla. Simplemente, ya no éramos responsables de ella.

—Pero entonces el otro bando tenía menos motivos aún para matarla.

—Ve tú a saber. Los conflictos internos de los palestinos no son una partida de tennis. Si te congracias con un grupo, te malquistas en seguida con otro.

—Usted sabrá. Los terroristas judíos de los cuarentas también tenían sus desavenencias.

Bernstein se encogió de hombros:

—Sara era muy dada a dejar mensajes. Y tú a tragártelos.

—¿No es verdad? — dijo tranquilamente Félix.

—En su contexto, sí. Fuera de él, no. Ese muchacho era un terrorista.

—Igual que usted en el Irgún. Y por los mismos motivos.

Bernstein cruzó las piernas gordas con dificultad.

—¿Recuerdas tus clases de derecho? Palestina, desde que nos fue arrebatada, es una tierra de nadie, res nullius, por la cual han pasado todos los ejércitos y todos los pueblos. Todos la han reclamado, romanos, cruzados, musulmanes, imperialistas europeos, pero sólo nosotros tenemos derecho original a ella. Esperamos dos mil años. Ese es el único derecho que existe sobre Palestina. El de nuestra paciencia.

—¿A costa del dolor del pueblo que realmente vivía allí desde hace siglos, con derecho o sin él? Ustedes están enfermos de la pérdida del Paraíso.

Bernstein volvió a mover con impaciencia los hombros.

—¿Quieres devolverle la isla de Manhattan a los Algonquins? ¿Vamos a lanzarnos a lo que los franceses llaman la eterna discusión del Café du Commerce?

—¿Por qué no? Escuché las razones de Sara. Puedo escuchar las de usted.

—Temo aburrirte, mi querido Félix. Un judío es tan viejo como su religión y un mexicano tan joven como su historia. Por eso ustedes la recomienzan a cada rato y cada vez imitan un modelo nuevo que pronto se hace viejo. Entonces lo recomienzan todo y así lo pierden todo. En fin, si así mantienen la ilusión de la juventud perpetua... Nosotros hemos persistido durante dos mil años. Nuestro único error fue esperar siempre que el enemigo que nos odiaba nos dejara en paz, paz en Berlín, Varsovia o Kiev. Por primera vez, hemos decidido ganar nuestra paz en vez de esperar que nos la concedan. ¿Sólo en el suplicio nos respetan los que nada se juegan en el asunto, como tú?

—Pudieron escoger enemigos menos frágiles.

—¿Quiénes? ¿Los árabes mil veces más armados y pode-·
rosos que nosotros?

—Hubieran exigido una patria en los lugares mismos de
su sufrimiento, en vez de imponérselo a otro pueblo.

—Qué bien te aleccionó Sara. Bah, nadie quiere a los
palestinos, los árabes menos que nadie. Son su albratros al
cuello, los utilizan como arma de propaganda y negociación,
pero cuando los tienen metidos en sus países los encierran en
campos de concentración. Hasta allí la farsa del socialismo
árabe.

Bernstein angostó la mirada y se inclinó sobre su grueso
vientre:

—Entiende bien esto, Félix. Los palestinos sólo están li-
gados íntimamente a nosotros los judíos. A nadie más. Tienen
que vivir con nosotros o ser los parias del mundo árabe. Con
nosotros reciben lo que nunca tuvieron, trabajo, buenos suel-
dos, escuelas, tractores, refrigeradores, televisión, radios. Con
los árabes, prefiero no pensarlo...

—Los gringos nos darían lo mismo si renunciamos a ser
independientes.

—¿Y por qué no lo hacen? — sopló divertido Bernstein —. Es lo que recomendó Marx. De cualquiera manera,
no son independientes, pero sin las ventajas de una integra-
ción total al mundo norteamericano. Compara a California con
Coahuila. Todo el suroeste americano seguiría siendo un erial
de piojos en manos de México.

—Sara dijo en su mensaje que ella creía en las civilizaciones que duran y no en los poderes que pasan.

—Y por creer lo mismo que ella durante siglos fuimos
perseguidos y asesinados. La civilización sin poder ya es ar-
queología, aunque no lo sepa.

Se quitó las gafas para verse indefenso.

—El destino sufrido merece compasión pero el destino do-
minado resulta detestable. No será esta paradoja la que nos
detenga. Trabajamos duro. Nada nos fue regalado. ¿Nunca te
has preguntado por qué vencimos siempre a los árabes, con
menos armas y menos hombres? Te lo diré. Cuando Dayan

fundó el Comando 101, estableció una regla de fierro: ningún compañero herido sería abandonado jamás en el campo
de batalla, a la merced del enemigo. Todos nuestros soldados
lo saben. Detrás de ellos hay una sociedad trabajadora, de-
mocrática e informada que nunca los abandonará. Nuestra
arma se llama solidaridad, en serio, no retórica y de ocasión
como en México, ¿ves?

—Temo a una sociedad que se siente libre de toda culpa,
doctor.

—Por lo visto, nuestras únicas culpas son las del destino
domado. Y el destino domado, tienes razón, se llama poder.
Por primera vez lo tenemos. Asumimos sus responsabilidades.
Y sus accidentes necesarios. ¿Llegarías al extremo de darle
la razón a Hitler porque el triunfo de la solución final hubiese evitado los conflictos de hoy? Piénsalo: sólo el ·exter-
minio total en los hornos nazis hubiese impedido la creación
de Israel. Los hombres crean los conflictos. Pero los conflictos también crean a los hombres. Los británicos tenían campos de concentración de judíos y árabes en Tel Aviv y Gaza
durante el mandato. ¿Con qué derecho juzgaron en Nurem-
berg a los alemanes por crímenes idénticos?

Volvió a ponerse las gafas; la mirada se afocó, los peces
dejaron de nadar.

—En la historia sólo hay verdugos y víctimas. Resulta ba-
nal recordarlo a estas alturas. Lo es menos dejar de ser víctima, aun a costa de ser verdugo. La otra opción es ser víctima eterna. No hay poder sin responsabilidad, incluso la del
crimen. La prefiero a la consolación de ser víctima a cambio
del aplauso de la posteridad y la compasión de las buenas
almas.

Se levantó. Caminó hasta la ventana y la abrió. El rumor
de Coatzacoalcos ascendió con un vértigo de olores elementales, pulpa, bagazo, excremento, mezclados con el olor artificial de la refinería.

—Mira —indicó Bernstein hacia el mercado, sacando la
mano por la ventana—, están tasajeando a las reses. Con ojos

de esteta, diríase un cuadro de Soutine. En cambio, con ojos de protector de animales o vegetariano...

Cerró la ventana y se secó el sudor de la frente con la manga. Félix permaneció inmóvil con el vaso vacío en la mano.

—Profesor —le dijo al cabo—, su poder depende de otros. Las armas y el dinero. Usted consigue las dos cosas. Está bien. Pero cada día le será más difícil obtenerlos. Usted lo sabe. Las familias judías en México, en Argentina, en los propios Estados Unidos, en todas partes, se integran a nosotros, se alejan de Israel, en unos años no les darán nada. ¿Por qué no dan ustedes algo antes de que sea demasiado tarde y vuelvan a quedarse solos? Solos y nuevamente odiados y perseguidos.

Bernstein meneó varias veces la cabeza y en sus ojos apareció una extraña resignación.

—Sara me acusaba de ser un halcón. ¿Sabes? El tercer piso de este hotel fue destruido por un rayo. Gracias a eso las palomas se instalaron en las ruinas. Y como aquí nadie repara nada... Más arriba, vuelan los buitres. Sobre todo aquí, junto al matadero del mercado. Todos los días matan a uno o dos zopilotes que se lanzan sobre la carne muerta de las reses. Eso es lo que les gusta a los buitres; con las palomas no se meten. Es cierto. Algún día nos obligarán a abandonar los territorios ocupados. El petróleo pesa más que la razón. Pero habremos dejado allí ciudades y ciudadanos, escuelas y métodos políticos democráticos. Sólo habrá paz si los árabes, al regresar, respetan a nuestros nuevos peregrinos, los que se queden atrás. Allí tienes tu famoso encuentro de civilizaciones. Ésa será la prueba ácida de la paz. Y si no, todo volverá a repetirse.

Volvió a acercarse a la ventana y miró inútilmente entre los visillos. El chaparrón súbito del trópico se desató. Bernstein volteó rápidamente y le dio la cara a Félix.

—¿En qué piensas?

—En la convicción con que nos exponía usted las doctrinas económicas en la Facultad. Todas eran persuasivas en su boca, de Quesnay a Keynes. Era el encanto de su clase. Por eso lo seguíamos y lo respetábamos. No pretendía ser objetivo, pero su pasión subjetiva resultaba ser lo más objetivo del mundo. Doctor, usted no ha venido aquí a curarse de un brazo herido por una bala misteriosa. Mucho menos a convencerme de las razones de Israel. Basta de rollos. Le voy a rogar que me entregue lo que vino a recoger aquí...

Bernstein no traía caramelos en las bolsas abultadas de su saco sudoroso y arrugado. Félix saltó de la silla y tomó al doctor del cuello gordo, le torció el brazo herido, arrancándolo del cabestrillo y Bernstein aulló de dolor con el brazo libre en alto y la pequeña Yves-Grant 32 apretada en la mano. Soltó la pistola que cayó al piso de ajedrez. Félix liberó a Bernstein y recogió la automática. La apuntó contra la barriga temblorosa del profesor.

Sin variar la dirección del arma, vació la maleta de Bernstein, separó velozmente las prendas, le ordenó que lo condujera a la sala de baño, abrió el maletín de cuero con los objetos de aseo personal, exprimió la pasta de dientes, separó los extremos de celulosa de las cápsulas de medicina, extrajo una navaja de afeitar y rasgó los forros del maletín. Regresó con Bernstein a la recámara y rebanó la tela interior de la maleta, exploró el closet y también rasgó a navajazos el único traje que colgaba allí, un *seersucker* de raya azul, hizo lo mismo con las almohadas y el colchón, arrancó el mosquitero para explorar el toldo amarillento, mientras Bernstein lo observaba inmóvil, sentado en su precario trono de ratán, torcido por el dolor que se iba desvaneciendo para dar paso a una sonrisa insultante.

—Desnúdese — ordenó Félix.

Escudriñó la ropa. Ahora Bernstein parecía un niño goloso convertido en el algodón azucarado que había ingerido en exceso.

—Abra la boca. Quítese los puentes.

Sólo quedaba un escondrijo. Félix se hincó. Apoyó el cañón de la pistola contra el riñón de Bernstein y le metió un dedo por el culo. Allí sintió los estertores de la risa incontenible del viejo.

—No hay nada, Félix. Es demasiado tarde.

Maldonado se levantó con la pistola en la mano y limpió el dedo contra los labios de Bernstein. El gesto de asco del profesor no logró apaciguarle la risa.

—No hay nada, Félix. Te vas con las manos vacías, aunque sucias.

Félix tenía la mirada nublada por el sudor pero la pistola apuntaba bien: la mole de Bernstein era el mejor blanco del mundo.

—Dígame nomás una cosa, doctor, para que no me vaya sin regalo. Después de todo, yo le dejé ese...

Señaló con la pistola hacia el paquete envuelto en papel periódico. Bernstein hizo un ligero movimiento nervioso. Félix volvió a apuntar y preguntó:

—¿Cómo me reconoció usted?

Ahora Bernstein rió a carcajadas, como un Santa Claus en vacaciones, desnudo en el trópico, lejos de su taller de hielo.

—¡Qué fantasioso! ¡Lo dije siempre, desde la escuela!

—Contésteme. No necesito pretexto para disparar.

—Carezco de antecedentes, mi querido Félix. No sé por qué crees que no debí reconocerte.

—Esto, y esto, y esto —dijo Félix con la rabia de la fatiga inútil, pegándose con el cañón de la pistola sobre las cicatrices de la cara—, esto, y esto, tengo otro rostro, ¿no ve?

Bernstein redobló la risa, se calmó y fue a sentarse encuerado a la única silla capaz de contenerlo.

—¿Te han hecho creer eso?

—Me veo en el espejo.

—¿Una puntadita aquí, una ligera modificación acá? —sonrió Bernstein—, ¿la cabeza al rape, el bigote nuevo? —Cruzó las manos gordas sobre el vientre pero no logró, como obviamente deseaba, asemejarse a un Buda benigno.

—Sí —respondió Félix, disponible porque sentía que sólo

abandonando todo esfuerzo recuperaría su capacidad de esfuerzo y ganaría algo más, una inteligencia oscura que comenzaba a brotarle de las tripas, abriéndose paso hacia el pecho.

—Tu única cirugía es la de la sugestión — sonrió Bernstein y en seguida borró la sonrisa —: Basta saber que un hombre es buscado para que todos lo vean de manera distinta. Incluso el perseguido. Sé de lo que te hablo. Tómate un whisky. Es demasiado tarde. Relájate.

Bernstein señaló hacia la mesita colmada de botellas, vasos y hielo con el mismo movimiento del brazo con que antes había indicado hacia el mercado desde la ventana abierta. Pero el anillote de piedra clara ya no estaba en el dedo del profesor.

La semilla de inteligencia brotó de la tierra de los intestinos, se ramificó por el pecho y se instaló como una fruta solar en la cabeza de Félix.

Salió corriendo de la habitación de Bernstein con la pistola en la mano pero pudo escuchar el grito del profesor, acerado primero y luego disipado por el rumor de la calle que volvía a irrumpir por la ventana abierta:

—¡Es demasiado tarde! ¡Cuidado! ¡Baja!

28

El mozo cambujo del Hotel Tropicana lo miró venir con una sonrisa. Félix vio de lejos el semáforo preventivo de los dientes de oro; el cambujo estaba listo, con los puños cerrados y las piernas separadas, bajo la ventana de Bernstein frente al mercado.

Félix guardó la pistola en la bolsa y flexionó las piernas para prepararse a saltar y patéarle el vientre, pero el cambujo empezó a correr y se internó en el mercado, apartando velozmente los cadáveres de reses que colgaban de los garfios, volteando huacales y desparramando paja en su carrera; la sangre de las reses manchó los hombros de Félix y los racimos de plátano macho le golpearon la cara; los machetes brillaban más de noche que de día. Félix arrancó uno al azar y lo empuñó. No convenía que se escucharan tiros esa noche en Coatzocoalcos.

El cambujo siguió corriendo por el mercado trazando vericuetos y sembrando obstáculos; era un hombrecillo de piernas cortas pero ágiles, mezcla de olmeca y negro y Félix no logró alcanzarlo. Ambos salieron corriendo por el extremo del mercado que daba a las vías férreas y Félix vio al mestizo saltar como conejo entre los rieles y luego seguir la ruta de la ferrovía hacia el puerto que se perfilaba con aisladas luces amarillas a lo lejos. Félix siguió corriendo detrás de la liebre oscura que parecía conocer la disposición del enjambre de rieles porque aquí había jugado desde niño.

Maldonado cayó un par de veces al tropezar con las agujas, pero nunca perdió de vista a su presa porque el cambujo no quería ser perdido de vista y hasta se detuvo a lo lejos cuando Félix cayó por segunda vez y esperó a que se incorporase antes de seguir corriendo.

El chubasco había cesado con la misma velocidad con que se inició, liberando aún más los olores pungentes del puerto tropical; una película de laca húmeda brillaba sobre la larga extensión del muelle, los rieles moribundos, el asfalto y las lejanas masas de los barcos petroleros. El cambujo corrió como un Zatopeck veracruzano a todo lo largo del muelle, con Félix a veinte metros detrás de él y una sensación ardiente de que ésta no era una persecución normal, que el cambujo era una falsa liebre y él una falsa tortuga.

El perseguido comenzó a disminuir la velocidad y Félix acortó peligrosamente la distancia entre ambos; empuñó nerviosamente el machete; en cualquier momento, el cambujo podía voltearse con una pistola en la mano, apenas tuviese a su perseguidor a distancia de tiro seguro. El cambujo se detuvo frente a un tanquero negro, lavado por la tormenta, sudoroso de gotas grises de agua y aceite y Félix se arrojó contra el hombrecillo oscuro, dejando caer el machete.

Los dos hombres cayeron por tierra. El buquetanque lanzó un largo pitazo. Félix y el cambujo rodaron, pero el empleado del hotel no ofrecía resistencia. Félix se sentó sobre el pecho trémulo de su adversario extrañamente pasivo y le clavó las rodillas en los brazos abiertos. El prisionero mantenía ambos puños cerrados, hacía gala de ello, gesticulaba con las muñecas. Por un instante, ambos se miraron sin hablar, jadeando. Pero la cara de Félix era una máscara de dolor físico y la del cambujo la careta de la comedia, negra, sudorosa y con los dientes de oro brillando sonrientes. Félix sintió que bajo sus setenta y seis kilos el hombre pequeño, correoso y moreno cedía totalmente, con excepción de esos puños cerrados.

Agarró un puño y trató de abrirlo; era peor que la manopla de fierro de un guerrero medieval, era la garra de una bestia con razones secretas para no rendirse. El petrolero lanzó un segundo pitazo, más gutural que el primero. El cambujo abrió la mano, sonriendo como las cabecitas alegres de La Venta. No había nada sobre la piel color de rosa de la palma marcada con líneas que prometían vida y fortuna eternas al mozo del hotel.

El cambujo hizo girar sus ojos redondos para mirar hacia el buque. Félix luchó contra el segundo puño. La escalerilla comenzó a retirarse del muelle hacia la puerta de babor del tanquero. Félix tomó el machete abandonado y lo atravesó de canto sobre la garganta del cambujo.

—Abre el puño o primero te corto la cabeza y luego la mano.

El cambujo abrió el puño. Allí estaba el anillo de Bernstein. Pero faltaba la piedra transparente como un vidrio. Félix se levantó rápidamente, levantó del cuello de la camisa al cambujo y palpó nerviosamente el cuerpo, la camisa, el pantalón de su adversario. Lo soltó, como el buque soltaba amarras.

Liberado, el cambujo corrió de regreso a Coatzacoalcos pero Félix ya no se preocupó por él. Un punto luminoso del buquetanque oscuro le raptó la mirada, una claraboya en el castillo de popa alumbrada doblemente por una luz blanca, tan fuerte como la de un reflector, y por un rostro brillante como una luna, enmarcado por el óvalo de la ventanilla, un rostro inolvidable c inconfundible, con el corte de pelo de fleco y ala de cuervo que resaltaba la blancura luminosa de la piel, los diamantes helados de la mirada, el perfil aguileño cuando la mujer de la ventana movió la cabeza.

La escalerilla estaba a medio camino entre el muelle y la portezuela abierta a babor. Félix guardó el anillo en la bolsa del pantalón y corrió desesperadamente con el machete en la mano, saltó para alcanzar la escalerilla, rozó apenas con el filo las gruesas cuerdas que colgaban de los peldaños. Un gringo pecoso, cuarentón, con la fisonomía borrada por los labios delgados y la nariz de manazo, le gritó desde la puerta:

—*Hey, are you nuts?* [22]

—¡Déjeme subir! *Let me on!* — gritó Félix.

El gringo rió.

—*You drunk or somethin'?* [23]

—*The woman, I must see the woman you have on board!* [24]

—*Shove off, budy, no dames don't travel on tankers.* [25]

—*Goddamit, I just saw her...* [26]

—*O.K., greaser, go back to your tequila.* [27]

—*Fuck you, gringo.* [28]

El gringo rió y las pecas le bailaron.

—*Meet me in Galveston and we'll fuck the shit out of each other. So long, greaser.* [29]

Terminó de recoger la escalerilla y le hizo un gesto obsceno con el dedo a Félix.

Félix se lanzó desesperadamente contra la parte del buque aún acodada al muelle y de un machetazo intentó, como un

22. Oye, ¿estás chiflado?
23. ¿Estás borracho o algo?
24. La mujer, debo ver a la mujer que viaja a bordo.
25. Lárgate, cuate, en los tanqueros no viajan mujeres.
26. Carajo, acabo de verla.
27. Okey, grasiento, regresa a tu tequila.
28. Jódete, gringo.
29. Búscame en Galveston y nos sacamos la mierda. Nos vemos, grasiento.

Quijote inverosímil, cortarle el cuerpo al gigante en lento movimiento. Al desplazarse el buque, el filo del machete rayó la pintura fresca y dejó una larga herida luminosa.

El tanquero removió las aguas turbias del Golfo de México. La noche de mangos podridos y tabachines en flor se evaporó junto con los charcos del aguacero. Félix leyó la inscripción en la popa del buquetanque, S. S. *Emmita,* Panamá, y vio la bandera de cuatro campos y dos estrellas que flotaba lentamente en la pesada atmósfera.

No vio más que el rostro de Sara Klein asomado a la claraboya, suspendido allí como una luna de papel.

TERCERA PARTE

OPERACIÓN GUADALUPE

29

Se compró un sombrero blanco de palma de ixtle en el aeropuerto de Coatzacoalcos y tomó el primer vuelo de Mexicana. En la ciudad de México hizo la conexión con American Airlines a Houston. Tenía visa para múltiples entradas al territorio norteamericano y los agentes de migración no encontraron diferencias entre la foto del pasaporte y el rostro del hombre con bigote renaciente, sombrero blanco y gafas negras. Bernstein tenía razón; éstos no lo buscaban.

Alquiló un Ford Pinto en la Herz del aeropuerto y tomó la super hacia Galveston. Tenía un día por delante; el servicio de información portuaria de Coatzacoalcos le dijo que el *Emmita* no hacía escalas hasta Galveston, llevaba una carga de gas natural de México a Texas y en Texas embarcaba refinados para la costa este de los Estados Unidos. Era su cabotaje normal y pasaba por Coatzacoalcos cada quince días, salvo en invierno, cuando los nortes lo retrasaban un poco. El capitán se llamaba H. L. Harding pero no vino en este viaje por motivos de enfermedad y nadie había visto a una mujer subir a bordo.

El calor de agosto en el llano desnudo entre Houston y Galveston no es aliviado por relieve, bosque o perfume, salvo el de la gasolina. Félix agradeció la carretera en línea recta que le permitía manejar sin distracciones y colocar frente a su mirada, en lugar del sucio sol de Texas, la luna opaca del rostro que vio fugazmente en la claraboya del *Emmita*. Siempre lo comparó al de Louise Brooks en *La caja de Pandora;*

mientras más la recordaba, esta imagen de cinéfilo era susti-
tuida por otra: el rostro encalado de Machiko Kyo en *Ugetsu
Monagataru,* la carne voluntariamente artificial, la blancura
fúnebre, las falsas cejas barruntadas encima de las verdaderas
cejas afeitadas; la mirada de fantasma que podía confundirse
con el sueño vigilante de los ojos japoneses, la boca pintada
como un capullo de sangre.

Félix sufrió un horrible desequilibrio entre la visión diurna de la reverberante planicie texana y la visión nocturna de
un Japón de la luna vaga después de la lluvia, una noche de
aparecidos antiguos y hechiceras que se posesionan de los
cuerpos de las doncellas para cumplir postergadas venganzas.
Todo esto giraba en la noche representada de Coatzacoalcos,
sus reses sangrientas, sus buitres y palomares incendiados, las
cúpulas plateadas de la refinería, la recámara de Bernstein, el
hotel rococó, el mozo cambujo y el perfil blanco de Sara
Klein en la ventanilla del S.S. *Emmita.*

La visión fue tan confusa y poderosa a la vez que se sintió
mal y se vio obligado a detenerse, cruzar los brazos sobre el
volante y reposar allí la cabeza, cerrar los ojos y repetirse en
silencio que desde el inicio de esta aventura había jurado ser
totalmente disponible, asumir todas las situaciones, dejarse
llevar por cualquier sugestión, estar abierto a todas las alter-
nativas y, esto era lo más difícil, mantener su inteligencia
afilada siempre, afinando los accidente azarosos o voluntarios
que los demás crearían en su camino, percibiéndolos pero jamás impidiéndolos o rehusándolos.

—Vas a vivir unas cuantas semanas en una especie de hipnosis voluntaria —le dije cuando le expliqué todo lo anterior—. Es indispensable para que nuestra operación no fra-
case.

—No me gusta la palabra hipnosis —me respondió Félix
con su sonrisa morisca, tan parecida a la de Velázquez—;
prefiero llamarla fascinación, voy a dejarme fascinar por todo
lo que me suceda. Quizás ése es el punto de equilibrio entre
la fatalidad y la voluntad que me pides.

—*No parking on the freeway*[30] — un grueso bastón de policía tocó repetidas veces el hombro de Félix.

—Perdón, no me sentí bien — dijo Félix al apartarse del volante y mirar el brazo de jamón del policía texano.

—*Youx a dago or a spick? Shouldn't let you people drive. Don't know what this country's coming to. No true-blooded Americans left. Come on, drive on*[31] — dijo el policía con la cara roja y ancha de irlandés.

Félix arrancó. Entró media hora después a Galveston y manejó directamente a las oficinas del puerto. Preguntó por la fecha y hora de llegada del S. S. *Emmita,* procedente de Coatzacoalcos con bandera panameña.

El empleado con camisa de mangas cortas le dijo en primer lugar que cerrara la puerta o no servía de nada el aire acondicionado; y en segundo que el *Emmita* no iba a llegar de ningún lado por la simple razón de que estaba en reparaciones en el dique seco. Que hablara con el capitán Harding, estaba supervisando los trabajos.

No hay sol más insolente que el que pugna por calentarnos a través de un velo de nubes y los termómetros andaban por los 98 grados Farenheit cuando Félix ubicó al viejo de pecho desnudo junto al casco inválido del S. S. *Emmita,* Panamá. Un gorro deshebrado con visera de charol viejo lo protegía de la resolana. Le preguntó si era Harding y el capitán dijo que sí.

—¿Habla español?

—Llevo treinta años en los puertos del Golfo y el Caribe — volvió a afirmar el viejo.

—¿Nunca se ha enfermado?

—Estoy muy viejo para la gonorrea y demasiado curtido para todo lo demás — dijo Harding con buen humor.

—Anoche vi zarpar al *Emmita* de Coatzcacoalcos, capitán.

—El sol está muy fuerte — dijo compasivamente Harding.

30. Está prohibido estacionarse en la supercarretera.
31. ¿Eres italiano o latino? No debían dejar a la gente como ustedes manejar. No sé a dónde va ir a parar este país. Ya no quedan americanos de pura sangre. Ande, siga su camino.

—Le estoy diciendo la verdad.

—*Dammit,* mi tanquero no es el *Holandés* fantasma. Mírelo: no tiene alas.

—Pero yo sí. Volé hoy mismo desde Coatzacoalcos. Su tanquero zarpó a la medianoche y debe llegar a Galveston mañana a las cuatro de la tarde.

—¿Quién le contó ese cuento de hadas?

—Las autoridades del puerto y un marinero pecoso que me prometió sacarme la mierda aquí.

—Usted está mal, señor, quítese del sol, venga conmigo y tómese una cerveza.

—¿Cuándo estará reparado el buque?

—Pasado mañana zarpamos.

—¿A Coatzacoalcos?

El viejo volvió a afirmar, rascándose el colchón de canas del pecho.

—Dijeron que usted no iba en el barco porque estaba enfermo.

—¿Los bastardos dijeron...?

—Si lo que le digo es cierto, ¿puedo contar con su ayuda?

Los ojos del viejo parpadearon como pequeñas estrellas perdidas en un cielo de arrugas:

—Si alguien anda caboteando por el Golfo con el nombre de mi barco, soy yo el que le va a sacar la mierda a toda esa tripulación de piratas, espérese y verá. Pero pueden haber engañado a las autoridades mexicanas y quizá vayan a otro puerto.

—Ese marinero pecoso no mentía. Dijo Galveston clarito. Creyó que yo era un borrachín con un machete.

Félix aceptó la hospitalidad del capitán Harding y se quedó dormido el resto de la tarde en el sofá de la casita de planchas de madera grises frente a la costa aceitosa y sin olas. Harding lo dejó y regresó a las diez de la noche. Había apresurado los trabajos de reparación y traía cervezas, sandwiches y la lista de todos los buquetanques que debían entrar mañana al puerto de Galveston. La leyeron juntos pero los nombres no les dijeron nada. Harding dijo que todos eran nombres

de buques registrados y conocidos, pero si estos cochinos bu-
caneros andaban cambiando de nombre en cada puerto, era
imposible saber.

—¿Tienes alguna manera de reconocerlo si lo ves, chico?

Félix negó con la cabeza.

—Sólo si veo al pecoso. O a una mujer que viajaba a
bordo.

—Nunca ha viajado una mujer en mi tanquero.

—Eso me dicen. En éste sí.

—Es muy difícil distinguir a un tanquero de otro. Nosotros no nos vestimos para ir al carnaval, como los cruceros
del Caribe y todas esas canoas mariconas. Sólo cambian los
nombres, volvió a leer en voz alta la lista, el *Graham*, el
Evelyn, el *Corfú*, el *Culebra Cut*, el *Alice*...

Félix agarró la mano fuerte y manchada del capitán.

—El *Alicia* — rió.

—Sí, señor, y también el *Royal*, el *Darién*... ¿Siempre te
dan tanta risa los nombres de barcos? — dijo con cierto desagrado Harding, interrumpiendo la lectura.

—El lapsus de Bernstein — rió Félix, pegándose sobre las
rodillas con los puños cerrados —. Qué curiosa coincidencia,
como dirían Ionesco y Alicia, de veras curiosa y más curiosa...

—¿Qué demonios te pasa? — dijo Harding sospechando
de nuevo que Félix era un loco o un insolado.

—¿A qué horas atraca mañana el *Alice*, capitán?

30

A las cuatro de la tarde del día siguiente el S. S. *Alice* se
acodó al muelle de Galveston bajo un cielo encapotado. La
bandera de las barras y las estrellas colgaba inerte sobre la
proa que señalaba a Mobile como puerto de origen del tanquero. Harding situó a Félix en el mejor lugar para ver sin
ser visto. El mismo marinero pecoso abrió la escotilla de
babor y sacó la escalera, pidiendo auxilio a los estibadores
del muelle.

Recargado contra la columna de fierro de una bodega de depósito y oculto por el celaje de otras columnas idénticas, Félix vio de lejos a un hombre alto, elegante, vestido de blanco, caminar por el muelle hacia la escalerilla. Era Mauricio Rossetti, el secretario privado del Director General. Se detuvo y esperó a que terminara la maniobra.

La falsa Sara Klein bajó ayudada por el marinero pecoso. Vio a Rossetti y se dirigió con alegría hacia él. Tuvo el impulso de besarlo pero el funcionario se lo impidió discretamente, la tomó del brazo con decisión y los dos caminaron hacia la salida. Félix vio a la mujer más de cerca; la imitación, si de imitación se trataba, era bien burda y sólo apta para engañar a zonzos como él, que se andaban enamorando de mujeres imposiblemente alejadas por la vida o por la muerte. Pero no cabía duda de la intención: el corte de pelo a la Louise Brooks, la cara pambazeada como Machiko Kyo, el traje sastre veraniego, azul pizarra y corte militar.

Angélica Rossetti había estudiado bien a Sara durante la cena que ofreció la semana pasada en su casa de San Ángel llena de cuadros de Ricardo Martínez. Todo esto era falso; lo único verdadero era el anillo de piedra clara en el dedo de Angélica, un combate de alfileres luminosos en este atardecer de luces negras. Sólo la montura de la piedra era distinta. Félix acarició el anillo sin piedra que traía en su propio bolsillo.

Siguió de lejos a la pareja. Caminó junto al costado del tanquero y lo rozó con la mano. La herida del machetazo sobre la pintura fresca estaba allí, flagrante. Félix, sin dejar de mirar a los Rossetti, levantó el brazo en alto y Harding atendió la señal y avanzó hacia la escalerilla del barco con tres policías del puerto. El marinero pecoso los miró desde el escotillón, dejó caer la cuerda que tenía entre las manos y desapareció dentro del buque. Harding y los policías subieron. Ese chato pecoso acabaría sin un gramo de mierda en el cuerpo, se dijo Félix.

Angélica viajaba sólo con un *nécessaire* en la mano y subió con su marido a una limousine Cadillac manejada por un chofer sudoroso bajo la gorra de lana gris. Félix subió al Pinto y los siguió. Tomaron directamente hacia la supercarretera en dirección de Houston.

La limousine se detuvo frente a la blanca elegancia del Hotel Warwick y los Rossetti descendieron. Félix fue hasta el lote vecino a estacionarse. Caminó con la maleta en la mano y entró a la suavidad refrigerada del hotel. Los Rossetti se estaban registrando. Félix esperó hasta que el ayudante de la recepción los condujo a pie por el vestíbulo a la izquierda de las boutiques de lujo. Significaba que iban a habitar una de las recámaras de la media luna que daba sobre la piscina. El chofer sudoroso entregó las maletas de Rossetti al portero, tenían las etiquetas del vuelo México-Houston amarradas aún; Félix se acercó a la recepción. El empleado le dijo al botones que llevara las maletas del señor Rossetti al número 6. Félix pidió una recámara ubicada frente a la piscina, le gustaba nadar temprano.

—De noche también si gusta — le dijo en español el empleado chicano —. El swimming pool está abierto hasta las doce de la noche. Hay facilidades para organizar parties en las cabañas.

—¿Está libre el 8? — Félix apostó sobre la alternancia numérica de los cuartos de hotel.

El chicano le dijo que sí. El botones le llevó la maleta y abrió las ventanas para que el huésped admirara la terraza privada de la habitación y la vista sobre la piscina. Salió después de explicar el funcionamiento del termostato.

Félix se desvistió pero no se atrevió a darse la ducha que reclamaba su cuerpo pegajoso como un caramelo chupado. Se mantuvo junto a la puerta comunicante con la habitación número 6, tratando de escuchar. Sólo le llegaron pequeños ruidos de vasos, pisadas sofocadas, cajones abiertos y cerrados y una vez la voz destemplada de Angélica, no, ahora no, después de la forma como me recibiste y la respuesta inaudible de Rossetti.

Luego la puerta de la recámara contigua se abrió y cerró. Félix entreabrió la suya y miró al pasillo. La figura alta y

elegante de Mauricio Rossetti se alejaba. La duda paralizó a
Félix. Si Rossetti llevaba encima la piedra del anillo de Bernstein, no le sería a Félix imposible recuperarla, pero sí más
difícil. Fue hasta la cama y se puso rápidamente los calzoncillos, dispuesto a seguir a Rossetti; después de todo, el secretario privado salía del hotel y su mujer se quedaba. Al in-
clinarse, vio el reflejo en la ventana entreabierta sobre la
terraza.

Dos manos en la terraza vecina se agarraban con tensión
al barrote de fierro pintado de azul claro, inconscientes del
juego de reflejos propiciado por la noche repentina. En el dedo
de una de esas manos estaba el anillo con la piedra clara y
luminosa.

Esperó. Quizás Angélica se dormiría y bastaba salvar el
bajo parapeto que separaba las dos terrazas. La puerta de los
Rossetti volvió a abrirse y cerrarse. Félix miró a Angélica
alejarse descalza y vestida con una bata blanca. Maldonado
salió a la terraza después de apagar las luces de la recámara.
La señora Rossetti llegó al borde de la piscina, se quitó la
bata, apareció en bikini y se clavó en el agua. Félix tomó la
bata blanca que colgaba en el baño, metió la llave de la habitación en la bolsa y caminó de prisa hacia la piscina.

Angélica había salido de la piscina y subió al trampolín.
Volvió a clavarse. Félix arrojó la bata a un lado y se zambulló
en dirección contraria a la de ella.

El agua era demasiado tibia y la piscina estaba iluminada
con claraboyas de luz sumergidas. Félix mantuvo los ojos abiertos a pesar de la irritación del cloro; vio a Angélica, lavada
para siempre de la máscara de Sara Klein, nadar bajo el agua
hacia él, con los ojos cerrados y movimientos regulares de los
brazos y los tobillos.

Félix giró apenas, la tomó del cuello y Angélica debió dar
un grito de tiburón herido; el agua quebrada como cristal los
liberó y disparó hacia la superficie abrazados en una figura de
Laocoonte, aunque en este caso cada cual podía creer que el
otro era la serpiente.

Félix tuvo que imaginar el terror de la mirada de Angélica; le tapó la boca con la mano y volvió a hundir a la mujer en el agua; sintió un vencimiento similar al de los cuerpos femeninos que resisten el asalto del hombre para salvar las formas y en seguida se rinden; agarró con fuerza la mano de Angélica y le arrancó el anillo; en otras circunstancias, esta mujer decidida y atlética que nadaba todos los días con Ruth en el Deportivo Chapultepec se hubiera defendido mejor; ahora no supo ofrecer resistencia y Félix volvió a abrazarla para sacarla de la piscina.

El contacto con el cuerpo casi inánime lo excitó, hay mujeres que son más bellas inmóviles y Angélica, agresiva y llena de modales de señora bien en la vida diaria, parecía una diosa salvada del mar, orgullosa, solitaria y sensual, cuando Félix la abandonó, desvanecida, al borde de la alberca.

No le sobraba tiempo; se vistió, salió del hotel y volvió a arrancar en el Pinto. En la supercarretera rumbo a Galveston exploró la piedra redonda como una canica, clara como el agua de la piscina pero quebrada en miles de destellos minúsculos. Sólo en los momentos en que un auto lo rebasaba, iluminándolo desde atrás, se atrevía a levantar la piedra entre el pulgar y el índice, mirarla, buscarle inútilmente una fractura. Viajaba a noventa millas por hora y no tenía tiempo.

Cuando se detuvo frente a la casita de madera gris del capitán Harding, probó que la piedra correspondía perfectamente a la montura del anillo de Bernstein y volvió a engarzarla en su sitio original. Se burló de esta idea; ¿por cuántas monturas habría pasado este objeto indescifrable cuyo secreto, estaba seguro de ello, habría de resultar tan obvio como la carta robada de Poe?

Harding lo esperaba. Le comentó sin dramatismo que el capitán del *Alice* y el marinero pecoso estaban detenidos, acusados de conspiración, usurpación de funciones, engaño, falsas apariencias, el libro entero, dijo. Cargos no faltaron, añadió Harding, y hasta logró darle un puñetazo en la boca al pecoso cuando admitió que se había encargado de cambiar, entre Coatzacoalcos y Galveston, las letras blancas de la popa del buque suspendido sobre unas tablas de pintor. El

Emmita zarpaba a las seis de la mañana. Estaría en Coatzacoalcos dentro de las cuarenta y ocho horas. ¿Qué se le ofrecía?

—¿Te cabe este anillo en el dedo, capitán?

Harding observó la piedra con reticencia y se la probó.

—Sí, pero los muchachos se van a reír de mí. Voy a pa-
recerme a Lala Palooza con una gema así.

—¿A quién?

—¿No leíste los monitos de chico? No importa. No es
de tu época. No te preocupes. Pensar que me insultaron de
esa manera, mi barco, mi nombre, mi reputación, todo. A los
viejos enfermos los retiran. Amigo, yo quiero al *Emmita* como
a una mujer. No tengo nada más en la vida. Es como si estos
bastardos me la hubieran culeado. ¿A quién le entrego el
anillo?

—¿Conoces *La tempestad*?

—Todas — rió el viejo.

—Un muchacho y una muchacha te esperarán en el muelle. Te preguntarán si vienes de parte de Próspero y les dirás
que sí. Te preguntarán dónde está Próspero y dirás en su
celda. Entrégales el anillo.

—Próspero — repitió Harding —, en su celda.

—El mar tiene tristezas, ¿verdad, Harding?

—Igual que una madre que sobrevive a sus hijos — contestó el viejo.

31

No le costó explicarse el movimiento de entradas y salidas en la recámara de los Rossetti. Dejó abierta su propia
puerta cuando regresó de Galveston y me llamó por teléfono
a México para comunicarme las citas de *The Tempest*. Antes
de colgar añadió con una mezcla de desafío y humor muy
propios de mi amigo Félix Maldonado:

—*Your sister's drown'd, Laertes.*[32]

—*Too much of water hast thou, poor Ophelia*[33] —le contesté porque no me iba a dejar apantallar por la cita, pero también porque era mi manera de darle a entender que igual que él mis emociones personales se mezclaban con mis obligaciones profesionales pero tanto Félix como yo debíamos mantenerlas separadas—. *And therefore I forbid my tears.*[34]

Apartó la bocina de la oreja y la acercó a la puerta abierta para que yo escuchase el movimiento de doctores, enfermeras, aparatos de reanimación y los olores de alcohol e inyecciones me llegasen por teléfono de Houston a México. Fui yo quien colgué.

Félix durmió tranquilamente; tenía indicios suficientes de que en esa relación Angélica llevaba la voz cantante y Rossetti no daría un paso hasta que la mujer se aliviara. Un ahogado muere en seguida o se salva en seguida; la muerte por agua no admite crepúsculos, es una noche negra e inmediata o un día luminoso como este que Félix descubrió al correr las cortinas. Un viento del norte barrió las nubes pesadas hacia el mar y limpió el perfil urbano de Houston. Yo tuve que soñar pesadamente con mi hermana Angélica flotando muerta en un río, como una sirena silvestre cubierta de guirnaldas fantásticas.

A las tres de la tarde, los Rossetti salieron de su habitación. Angélica se apoyó firmemente en el brazo de su marido y los dos abordaron el Cadillac listo a la entrada del Warwick. Félix volvió a seguirlos en el Pinto. La limousine se detuvo frente a un edificio disparado hacia el cielo como una saeta de cobre cristalino. La pareja descendió. Félix estacionó en plena avenida para no perderlos de vista y entró al edificio cuando los Rossetti tomaban el elevador.

Tomó nota de las paradas en el tablero y luego consultó el directorio del edificio para cotejar los pisos en los que el

32. Tu hermana está ahogada, Laertes. *Hamlet,* iv, 7, 165.
33. Tienes demasiada agua, pobre Ofelia. *Hamlet,* iv, 7, 186.
34. Y en consecuencia prohíbo mis lágrimas. *Hamlet,* iv, 7, 187.

ascensor se detuvo con los nombres de las oficinas en cada uno de ellos. La tarea le fue facilitada porque los Rossetti tomaron el directo a los pisos superiores al 15. Pero de falta de variedad no pudo quejarse: financieras, compañías de importación y exportación, firmas de arquitectos, bufetes de abogados, aseguradoras, empresas navieras y portuarias, empresas de tecnología petrolera, relaciones públicas.

Calculó que la importancia de la misión del matrimonio Rossetti los conduciría al último piso, el treintavo, reservado para penthouses ejecutivos. Pero esa era la deducción más fácil y seguramente la pareja la había previsto. Félix leyó los nombres de las oficinas del penúltimo piso. Otra vez los apellidos de abogados unidos en listas kilométricas por las cadenas de culebrillas jerárquicas & & &, Berkeley Building Associates, Conally Interests, Wonderland Enterprises Inc.

—¿Hay una escalera que comunique al piso 30 con el 29? — le preguntó al conserje chicano.

—Naturalmente. Hay una escalera interior para todo el building. Con pintura repelente de fuego y todo. Este es un lugar muy seguro con todos los adelantos. Se inauguró hace apenas seis meses.

—Gracias.

—De nada, paisa.

Subió al penúltimo piso en el ascensor y caminó hasta la puerta de vidrio opaco con el rótulo pintado WONDERLAND ENTERPRISES INC. Le llamó la atención el carácter anticuado de la presentación en un lugar tan moderno, donde las oficinas se anunciaban discretamente con plaquitas de cobre sobre puertas de madera fina. Entró a una recepción ultrarefrigerada y amueblada con canapés de cuero claro, palmeras enanas en macetas de terracota y, presidiéndolo todo desde una mesa en media luna, una rubia precariamente detenida al filo de los cuarenta pero con carita de gato recién nacido. Leía un ejemplar de *Viva* y miró a Félix como si fuese el desplegado central a colores de la revista.

Más que interrogarlo, lo invitó con la mirada.

—*Hello, handsome. What's on your mind?*[35]

Félix buscó en vano un espejo para confirmar el piropo de la recepcionista.

—*I have something to sell.*[36]

—*I like things free*[37] — dijo la secretaria con la sonrisa congelada del gato de Cheshire y Félix vio un buen augurio en la aportación involuntaria de la güera a la comunicación de signos literarios.

—*Let me see your boss.*[38]

La rubia felina hizo una mueca de decepción.

—*Oh. You're really on business, are you? Whom sall I say is calling?*[39]

—*The White Knight*[40] — sonrió Félix.

La secretaria lo miró con sospecha y automáticamente escondió una mano bajo la mesa, dejando abierta la revista con un hombre desnudo sentado en un columpio.

—*Bossman busy right now. Take a seat*[41] — dijo con frialdad la rubia y cerró apresuradamente la revista.

—*Tell him I'd like to join the tea party*[42] — dijo Félix avanzando hacia la mesa de la secretaria.

—*You get away from me, you dirty Mex, I know your sort, all gliter and no gold. You ain't foolin' this little girl.*[43]

Félix cinéfilo aplastó aún más la cara chata de la güera nerviosa con la palma abierta y ensayó su mejor mueca de James Cagney; le hubiera gustado tener una toronja en la mano. Apretó el botón oculto bajo la mano pecosa, doblemente delatora de edad e intención, de la güera más humillada que Mae Clarke y la puerta cubierta de cuero se entreabrió. La

35. Hola, guapo. ¿Qué te preocupa?
36. Vendo algo.
37. Me gustan las cosas gratis.
38. Déjame ver a tu jefe.
39. Oh. Es en serio. ¿A quién anuncio?
40. El Caballero Blanco.
41. El jefe está ocupado en este momento. Tome asiento.
42. Dile que me gustaría tomar el té con ellos.
43. No te me acerques, cochino mexicano, conozco tu clase, puro brillo y nada de oro. A esta muchachita no le vas a engañar.

secretaria chilló una obscenidad y Félix entró al despacho aún más refrigerado que la antesala.

—Bienvenido, señor Maldonado. Lo estábamos esperando. Haga favor de cerrar la puerta —dijo un hombre con cabeza demasiado grande para su mediana estatura, una cabeza leonina de pelo entrecano que caía con un mechón sobre la frente alta y se detenía en la frontera de las cejas altas, finas, arqueadas y juguetonas que daban un aire de ironía a los ojos helados, grises, brillantes detrás de los párpados más gruesos que Félix había visto jamás fuera de una jaula de hipopótamos. Pero el cuerpo era llamativamente esbelto para un hombre de cerca de sesenta años y el traje azul cruzado de raya blanca era caro y elegante.

—Perdone a Dolly —añadió cortésmente—. Es tonta pero cariñosa.

—Todo el mundo parece estarme esperando —dijo Félix mirando a Rossetti, vestido de blanco y sentado sobre el brazo del sillón de cuero claro ocupado por Angélica, disfrazada por anteojos negros y con el pelo oculto por una mascada.

—¿Cómo pudo...? —dijo alarmada Angélica con la voz ronca de tanto tragar agua con cloro.

—Hemos sido muy cuidadosos, Trevor —dijo en son de disculpa Rossetti.

—Ahora ya sabe usted mi nombre, gracias a la discreción de nuestro amigo —dijo con afabilidad cortante el hombre de labios delgados y nariz curva de senador romano. Eso parecía, se dijo Félix, un Agrippa Septimio & Severo vestido accidentanmente por Hart, Schaffner & Marx.

—*I thought you were the Mad Hatter*[44] —dijo Félix en inglés porque el hombre llamado Trevor hablaba un castellano demasiado perfecto y con acento difícil de ubicar, neutro como el de un oligarca colombiano.

Trevor rió.

—*That would make him the Dormouse and his spouse a slightly drowned Alice. Drowned in a cup of tea, of course.*

44. Creí que usted era el Sombrerero Loco.

And you, my friend, would have to take on the role of the March Hare[45] — dijo con acento universitario británico.

Sustituyó la risa por una mueca tiesa y desagradable que le transformó el rostro en máscara de tragedia.

—A las liebres como esas se las atrapa fácilmente — prosiguió en español —. Las pobres están condenadas entre dos fechas fatales, los idus de marzo y el primero de abril, que es el día de los tontos y engañados.

—Con tal de que no salgamos del país de las maravillas, las fechas me valen sombrilla — dijo Félix.

Trevor volvió a reír, metiendo las manos en las bolsas del saco cruzado.

—Me encantan esas locuciones mexicanas. En efecto, una sombrilla vale muy poco en un país tropical, a menos que se tema una insolación. En cambio, en países de lluvia constante...

—Usted sabrá; los ingleses hasta firman la paz con un paraguas — dijo Félix.

—Y luego ganan la guerra y salvan a la civilización — dijo Trevor con los ojos perdidos detrás de los párpados abultados —. Pero no mezclemos nuestras metáforas. *Welcome to Wonderland.*[46] Lo felicito. ¿Dónde estudió usted?

—En Disneylandia.

—Muy bien, me gusta su sentido del humor, se parece al nuestro. Por eso escogimos claves tan parecidas, seguramente. Nosotros Lewis Carroll y ustedes William Shakespeare. En cambio, miró con desdén a los Rossetti, imagínese a este par tratando de comunicarse a través de D'Annunzio. *Out of the question.*[47]

—Tenemos al Dante — dijo frágilmente Rossetti.

—Cállate la boca — dijo Trevor con una amenaza acentuada por la inmovilidad de las manos metidas en las bolsas

45. En este caso éste sería el Ratón Dormido y su esposa una Alicia ligeramente ahogada. En una taza de té, naturalmente. Y usted, mi amigo, tendría que desempeñar el papel de la Liebre de Marzo.
46. Bienvenido al País de las Maravillas.
47. Imposible.

del saco —. Tú y y tu mujer no han hecho más que cometer errores. Lo han exagerado todo, como si estuvieran extraviados en una ópera de Donizetti. No han entendido que la única manera de proceder secretamente es proceder abiertamente.

Miró con particular desprecio a Angélica.

—Disfrazarte de Sara Klein para que luego no pudiera trazarse tu salida de México y se quebraran la cabeza buscando a una muerta. Bah, pamplinas — dijo Trevor curiosamente-te, como si hubiera aprendido el español viendo comedias madrileñas.

—Maldonado estaba en Coatzacoalcos, a punto de obtener el anillo, es un sujeto emotivo, lo hubieras visto en mi casa la otra noche, Trevor, cómo trató a Bernstein, estaba loco por Sara, sólo quise perturbarlo emocionalmente — dijo Angélica con una energía estridente, artificial.

Trevor sacó la mano de la bolsa y cruzó con una bofetada seca y precisa el rostro de Angélica; la mujer permaneció con la boca abierta como si se fuese a ahogar de nuevo y Rossetti se incorporó con la actitud indignada del caballero latino.

—Imbéciles — dijo Trevor entre sus dos labios igualmente tiesos —, debí escoger traidores más capaces. La culpa es mía. La señora se deja arrebatar el anillo mientras imita a Esther Williams. El señor no se atreve a pegarme porque piensa cobrar por partida triple y eso vale más que el honor.

Rosseti se sentó de nuevo junto a Angélica, pálido y tembloroso; intentó abrazar a su esposa; ella lo rechazó con un movimiento irritado. Trevor miró a Félix como si se dispusiese a invitarlo a una partida de cricket.

—Mi amigo, ese anillo no tiene valor alguno para usted. Le doy mi palabra de honor.

—Creo tanto en la palabra de un caballero inglés como en la de un caballero latino — comentó Félix con la contrapartida mexicana de la flema inglesa: la fatalidad india.

—Evitaremos muchas escenas desagradables si me lo devuelve cuanto antes.

—No se imaginará que lo traigo conmigo.

—No; pero sabe dónde está. Confío en su inteligencia. Procure devolvérmelo.

—¿Cuánto valdrá mi vida si lo hago?

—Pregúntele a la parejita. Ellos saben que yo pago mejor que los otros.

—Las apuestas pueden ascender — logró decir con sarcasmo lastimado Rossetti.

Trevor lo miró con desdén asombrado.

—¿Crees que puedes cobrar cuatro veces? ¡Avorazado!

Félix se volteó con curiosidad hacia el secretario privado del Director General.

—Seguro, Rossetti. Cóbrale al Director General porque le hiciste creer que lo servías a él para informarle sobre las actividades de Bernstein, cóbrale a Bernstein porque le hiciste creer que eras su cómplice revelándole los planes del Director General, cóbrale a Trevor porque lo sirves a él contra tus otros dos patrones. Y si quieres, yo te pago más que los tres juntos para que abras el pico. ¿O esperas regresar a México, delatarnos a todos y salirte con la lana y el honor intactos?

—Cabrón, para qué te cruzaste en nuestro camino — dijo Angélica sin interrogaciones.

—¿Qué valor tiene el famoso anillo? — preguntó Félix con el mismo tono neutro de la mujer de Rossetti.

Fue el funcionario quien le contestó, nuevamente tranquilo y con el ánimo de congraciarse con Félix, como si descubriese un poder hasta entonces oculto en el oscuro jefe del Departamento de Análisis de Precios:

—No sé, sólo sé que Bernstein dispuso todo en Coatzacoalcos para que Angélica pudiera viajar con él a los Estados Unidos.

—Y en vez de entregárselo al cómplice de Bernstein, lo traicionaste para traérselo a Trevor — dijo Félix.

—En efecto — intervino Trevor antes de que los Rossetti pudiesen hablar de nuevo —, mis amigos los Rossetti, ¿cómo le diré?, desviaron el curso de las cosas para traerme el anillo. *Alas,* usted se nos interpuso. De todos modos, el destinatario de Bernstein debe estarse mordiendo las uñas en otra parte de este vasto continente, esperando la llegada de la señora Angélica en otro tanquero fantasma que convendremos en llamar, para no salirnos de las alusiones aceptadas, *The Red Queen.* ¿Sabe usted? La que pedía la cabeza del valet de corazones por robarse la tarta de fresas. Le voy a rogar que nos conduzca al anillo perdido, señor Maldonado.

—Le repito que no lo tengo.

—Ya lo sé. ¿Dónde está?

—Viaja, lento pero seguro como la tortuga burlona de Alicia.

—¿A dónde, Maldonado? — dijo Trevor con fierro en vez de dientes.

—Paradójicamente, rumbo al mismo destinatario que la esperaba por instrucciones de Bernstein — dijo Félix sin parpadear.

—Te dije, Trevor — dijo con histeria gutural Angélica —, Félix es judío converso, por algo soy íntima de Ruth, tenía que acabar alineado con los judíos, es viejo alumno de Bernstein, conoce a Mann, le ha mandado el anillo, ya sabe que Bernstein no mató a Sara...

Trevor fingió que se resignaba al parloteo de Angélica. Rossetti calmó a su mujer como pudo.

—No hables más de lo necesario. Por favor sé más prudente, amor. Tenemos que regresar a México...

—Con lo de Bernstein y lo de Trevor tenemos para irnos a vivir fuera de ese país de pulgas amaestradas — dijo la incontrolable Angélica.

—Te prometí que nos iríamos a donde quisieras, amor — dijo con voz cada vez más compasiva Rossetti, aunque más de la mitad de esa compasión la reservaba para sí.

—¡Estoy harta de verte ascender un peldañito burocrático cada seis años! ¿Dónde estarás dentro de doce? ¿Director de cuentas, comisario de un fideicomiso lechero, qué?

—Angélica, debemos dejar pasar unos meses...

—¿No te has cansado de vivir de mi dinero, padrote?

—Te digo que unos meses, para que todo vuelva a la

normalidad, es por prudencia, Angélica, dinero no nos va a faltar más...

—¿Y quién me va a pagar la cachetada de Trevor, güevón? —aulló Angélica arrancándose los anteojos negros para revelar los ojos inflamados de venas rojas.

—Yo, con tal de que te calles —dijo Félix y clavó un derechazo en el vientre de Rossetti en el momento en que el secretario privado sacó la navaja de bolsillo y apretó el botón para que saltara el acero afilado.

La mirada de enajenado de Rossetti contenía todas las amenazas imaginables cuando cayó doblado sobre el sofá, mugiendo. Félix recogió la navaja y volvió a acomodarla entre la lima para las uñas y un sacacorchos diminuto.

—Perfecto —sonrió Trevor—. Tecnología napolitana, uñas limpias para la bella figura y método seguro parar abrir botellitas en los aviones sin temor a morir envenenado. Nuestro amigo Rossetti se pinta solo. ¿Qué cree usted, Maldonado? ¿Iba a degollar a Angélica o me iba a exigir que le entregara el dinero prometido?

—Me iba a clavar como a una mariposa —dijo fríamente Félix.

—¿Ah, sí? —arqueó las cejas Trevor—. ¿Se puede saber por qué?

—Primero, porque fui testigo de que su mujer lo humilló.

—Yo también.

—Usted no es latino. Esto es asunto de clan.

—¿Y segundo?

—Porque soy el único que puede delatarlo. Los demás, usted, Bernstein, el Director, Angélica, tienen razones para guardar secretos.

—¿Está seguro? No importa. Debemos agradecerle a nuestros amigos su edificante escena conyugal.

—¿Usted es soltero? —sonrió Félix.

—¿No ve mi buena salud? —le devolvió la sonrisa Trevor.

—Es marica —escupió Angélica.

—La política no tiene sexo, señora, y por creer lo contrario ustedes se enredan en pasiones inútiles. Al grano, Maldonado. Si me miente, pierde su tiempo. Ese anillo les será inútil a ustedes. En primer lugar, porque se requiere algo más que tecnología napolitana o azteca para emplearlo. Por más vueltas que le den, el anillo no les dirá nada. Y si lo desmontan, destruirán automáticamente la información que contiene. Y en seguida, porque esa información ustedes ya la poseen.

—Entonces no importa que se destruya —dijo Félix preguntándose por qué Trevor le daba todos estos datos.

—¿No les interesa saber qué nos interesa saber de ustedes? —le proporcionó la respuesta el inglés—. No sea tan elemental, mi querido Maldonado.

—El anillo será recibido por Mann —dijo Félix agarrándose al descuido verbal de Angélica.

—¡Cáspita! —exclamó Trevor con otra de sus expresiones de comedia de Arniches. ¿Por quién?

—Por Mann, el cómplice de Bernstein —repitió Félix. Trevor rió forzadamente:

—*Man* quiere decir hombre. Pero usted sabe inglés.

—No te dejes engañar, Félix, Bernstein nos dijo que le lleváramos el anillo a Mann a Nueva York —gritó Angélica totalmente extraviada en sus alianzas, dividida en sus actitudes nerviosas entre la amenaza y la alarma, la compasión y el desprecio hacia su marido, el chantaje mal orientado hacia Trevor y la creencia confusa de que Félix la había vengado de la cachetada de Trevor golpeando a Rossetti. Félix conjuró la idea de Angélica encerrada en un manicomio; les daría miedo admitirla.

—Está bien —dijo Trevor moviéndose rígidamente de lado, como un alfil de ajedrez, antes de que Angélica recuperase el habla—. La señora quiere ser pagada y marcharse, ¿eso es?

—¡Eso es! —gritó Angélica.

Todos se miraron en silencio. Trevor apretó un botón y Dolly apareció.

—*Dolly, the lady is leaving. I hope her husband will fo-llow her. They are very tiresome.*[48]

—Se los regalo — dijo Angélica señalando hacia el bulto quejumbroso de Rossetti. El dinero me lo llevo yo.

—Pero no me cumplieron, Angélica —dijo con acento contrito Trevor—. No tengo el anillo.

—¿Y los peligros que corrimos? Por poco muero ahoga-da. Nos prometiste el dinero pasara lo que pasara, lo pro-metiste, Trevor, los peligros lo ameritaban, eso nos dijiste.

—Tienes razón, Angélica.

Abrió un cajón, sacó un sobre gordo y se lo entregó a la señora Rossetti.

—Cuéntalos bien. Luego no quiero reclamaciones.

Angélica manoseó golosamente los billetes verdes, contan-do con los labios articulados en silencio.

—Está bien, Trevor. Los negocios son los negocios.

—¿Y tu marido?

—Consíguele chamba en una pizzería — dijo Angélica y salió con toda su arrogancia natural recuperada, siguiendo a Dolly.

32

—Bien — respiró hondo Trevor —, ahora podemos ha-blar en serio.

—¿Y ése? — meneó la cabeza Félix en dirección de Ros-setti.

—¿No se ha preguntado usted, Maldonado, quién es el culpable de todo? — suspiró Trevor.

—Las culpas me parecen lo mejor repartido de este asun-to — dijo sin humor Félix.

—No, no me entiende usted. Reúnalas todas, las mías y las suyas, las del Director General, las de Bernstein y su

48. Dolly, la señora se marcha. Espero que su marido la siga. Son muy fatigosos.

criado el tal Ayub, las de la señora que acaba de abandonarnos. Son muchas culpas, ¿no es cierto?

Rossetti comenzó a levantarse, trémulo.

—No, Trevor, no...

—Lo sano, lo limpio es reunirlas en una sola cabeza. La estoy mirando. ¿Usted también la mira?

—Me da igual —dijo Félix—. Pero hay una culpa que no le cargará usted a Rossetti.

Trevor tomó suavemente del hombro a Rossetti y lo obligó a reunirse de nuevo con el sofá.

—¿Ah, sí? ¿Cuál?

—Angélica, Angélica —murmuró grotescamente Rossetti con la cara escondida entre las manos.

—La muerte de Sara Klein —dijo Félix—. De eso me encargo yo.

—Concedido. Ahora escúcheme. Mire fuera de las ventanas. Houston no es ciudad bonita. Es algo mejor: una ciudad poderosa. Mire ese rascacielos de vidrios azules. Es la sede de la más grande empresa mundial de tecnología petrolera. Pertenece a los árabes y les costó quinientos millones de dólares. Mire la enseña del Gulf Commerce Bank. El ochenta por ciento de sus transacciones consiste en manejar petrodólares para sus clientes árabes. ¿Vio los nombres de los bufetes legales en este edificio? Todos trabajan para el dinero árabe. Le invito a darse una vuelta por todas y cada una de las compañías que trabajan en este edificio. Están ocupadísimas en un solo propósito, participar en los programas de desarrollo de los países árabes; se juegan doscientos mil millones de dólares. Deja de tartamudear incoherencias, Rossetti. Debería interesarte lo que estoy contando.

—Angélica... —dijo otra vez Rossetti.

—Ya te reunirás con ella. Espera. Antes vas a justificar el dinero que le entregué. La mitad de todas las transacciones comerciales entre el sector privado americano y el mundo árabe se realizan en Houston: cuatro mil millones de dólares anuales. De aquí salen las tuberías, las plantas de gas líquido, la tecnología petroquímica, el *know-how* agrícola y hasta los profesores universitarios para el mundo árabe. Una sola firma de arquitectos texanos ha concluido contratos por seis mil millones de dólares de exportaciones anuales de los Estados Unidos a los países árabes.

Trevor cruzó los brazos detrás de la espalda impecablemente trajeada y contempló la fisonomía de Houston bajo el cielo nuevamente encapotado, sucio, caluroso, como si observase un campo de hongos de cemento alimentados por una lluvia negra.

—Aquí mismo, donde estamos parados, este edificio, es propiedad de los saudís. ¿No le aburro con mis estadísticas? — volteó con su sonrisa tiesa dirigida a Félix.

—Si quiere impresionarme con su audacia, acepto que lo está logrando — dijo Félix.

—¿Audacia? — inquirió sarcásticamente Trevor.

—Ya lo dijo usted — contestó Maldonado —. Los verdaderos secretos son los que no se esconden. Houston es el sitio ideal para un agente secreto de los árabes.

Trevor y Rossetti rieron juntos. Los dos miraron a Félix como una pareja de lobos mira a un cordero.

—Dile la verdad, Rossetti — ordenó Trevor más parecido que nunca a un senador romano.

—Bernstein me pidió que le entregara el anillo a Trevor — dijo Rossetti cada vez más seguro de sí mismo —. Mann no existe. Fue una treta convenida.

—Madame Rosseti se ganó en buena ley su fajo de dólares — sonrió Trevor —. El anillo, pues, no va rumbo al mítico Mr. Mann en Nueva York.

—Cómo se aprenden cosas — dijo Félix con voz amodorrada pero con un relojito interno cada vez más acelerado. No sabía que el País de las Maravillas tenía su capital en Jerusalén.

—Presto mis servicios profesionales — dijo con voz de terciopelo Trevor.

—¿Al mejor postor?

Trevor extendió los brazos con un gesto expansivo, raro

en él, como si quisiera abarcar este despacho, el edificio, la ciudad de Houston entera.

—No hay misterio. En esta ocasión y en este lugar, represento intereses árabes.

—Pero Bernstein le envió el anillo.

—No recrimine a su antiguo profesor. Me ha conocido como agente israelita y me hizo destinatario del anillo con toda buena fe. No sabe que practico las virtudes de la simultaneidad de alianzas. ¿Podría usted distinguir a Tweedledum de Tweedledee?

—Bastaría aplastar a uno para que el otro se quebrara como Humpty Dumpty.

—Sólo que en esta ocasión los hombres del rey se encargarían de juntar los pedazos y reconstituirme. Le soy demasiado valioso a ambas partes. No intente romper el huevo, Maldonado, o será usted el que termine como omelette. Recuerde que, si yo lo quisiera, usted no saldría vivo de aquí — dijo Trevor moviéndose como un gato sobre la gruesa alfombra del despacho.

—Usted no me puede matar — dijo Félix.

—Córcholis. ¿Será usted inmortal, mi querida liebre?

—No. Ya estoy muerto y enterrado. Visite un día el Panteón Jardín en México y lo confirmará.

—¿Se da cuenta de que me propone la situación ideal para matarlo sin dejar trazas? Nadie buscará a un muerto que ya está muerto.

—Y nadie encontrará, si yo muero, el anillo de Bernstein.

—¿Cree usted? — dijo el inglés con una cara más inocente que la de una heroína de Dickens —. Basta reconstruir peldaño por peldaño la escalera que con tanta imprudencia usted ha derrumbado. Los actores son perfectamente sustituibles. Sobre todo los muertos.

Félix no podía controlar su sangre acelerada, enemiga invisible del rostro rígido. Agradeció las cicatrices que facilitaban el trabajo inmóvil de la máscara. No había tocado a

Trevor. Ahora el inglés le palmeó cariñosamente la mano y Félix reconoció la piel sin sudor de los saurios.

—Vamos, no tema. Acepte el juego que le propongo. Llamémoslo, en honor de la santa patrona de su país, la Operación Guadalupe. Bonito nombre árabe, Guadalupe. Quiere decir río de lobos.

No le costó a Trevor, sin proponérselo, adquirir una fisonomía vulpina.

—Pero no vamos a hablar de filología, sino de guiones probables. Y acaso brutales. Mezcle los elementos a su antojo, mi querido Maldonado. El pretexto perfectamente calculado de la guerra del Yom Kippur y sus efectos igualmente calculados: el alza acelerada de los precios de petróleo; Europa y Japón puestos de rodillas y de una vez por todas sin pretensiones de independencia; la obtención de créditos del Congreso para el oleoducto de Alaska gracias al pánico petrolero y la multiplicación por millones de las ganancias de las Cinco Hermanas. Admírese: sólo en 1974, los beneficios de la Exxon aumentaron en un 23,6 % contra 1,76 % en los diez años anteriores; y los de la Standard Oil en un 30,92 % contra 0,55 % en la década anterior.

Dejó de palmear la mano de Félix y caminó de vuelta hacia la ventana.

—Mire afuera y vea dónde están los petrodólares. Jugamos a Israel contra los árabes y a los árabes contra Israel. Houston es la capital árabe de los Estados Unidos y Nueva York la capital judía; los petrodólares entran por aquí y salen por allá. ¿Sabe alguien para quién trabaja? Pero no nos salgamos del juego. Todos los guiones son posibles. Incluso —o sobre todo— una nueva guerra. De acuerdo con las circunstancias, podemos cerrar la válvula de Nueva York y asfixiar a Israel o cerrar la válvula de Houston y congelar los fondos árabes. Sígame en nuestro juego, por favor. Imagine a Israel aislado y lanzándose a una guerra de desesperación. Imagine a los árabes dejando de vender petróleo a Occidente. Escoja usted su guión, Maldonado; ¿quiénes intervendrían primero, los soviéticos o los americanos?

—Habla de la confrontación como si fuera algo saludable.

—Lo es. La coexistencia actual nació de la confrontación en Cuba. Las situaciones al borde de la guerra son el *shock* necesario para prolongar la paz armada quince o veinte años más. El tiempo de una generación. El verdadero peligro es la podredumbre de la paz por ausencia de crisis periódicas que la revitalicen. Entramos entonces al reino del azar, la modorra y el accidente. Una crisis bien preparada es manejable, como lo demostró Kissinger a partir de la guerra de octubre. En cambio, el accidente por simple presión material de armas acumuladas que se van volviendo obsoletas es algo incontrolable.

—Es usted un humanista pervertido, Trevor. Y sus guiones ilusorios son sólo los que se fabrican diariamente en las redacciones de los periódicos.

—Pero también en los consejos de las potencias nucleares. Lo importante es tomar en cuenta todas las eventualidades. Ninguna debe ser excluida. Incluyendo, mi querido amigo, la presencia cercana del petróleo mexicano. En más de un guión, aparece como la única solución a mano.

—¿Sin consultar a México?

—Hay colaboracionistas en su país, igual que en Checoslovaquia. Algunos están ya en el poder. No sería difícil instalar a una junta de Quislings en el Palacio Nacional de México, sobre todo en situación de emergencia internacional y en un país sin procesos políticos abiertos. Las cábalas políticas mexicanas son como las amebas: se fusionan, desprenden, subdividen y vuelven a fusionar en la oscuridad palaciega, sin que el pueblo se percate.

—A veces los mexicanos despertamos.

—Pancho Villa no hubiera resistido una lluvia de napalm.

—Pero Juárez sí, igual que Ho Chi Minh.

—Guárdese sus discursos patrióticos, Maldonado. México no puede sentarse eternamente sobre la reserva petrolera más formidable del hemisferio, un verdadero lago de oro negro que va del golfo de California al mar Caribe. Sólo queremos que se beneficie de ella. Por las buenas, de preferencia. Todo esto puede hacerse normalmente, sin tocar la sacrosanta nacionalización del presidente Cárdenas. Se puede desnacionalizar guardando las apariencias, pardiez.

—A la Virgen de Guadalupe no le va a caer en gracia que usen su nombre para este sainete — bromeó Félix.

—No sean tercos, Maldonado. Lo que se juega es mucho más grande que su pobre país corrupto, ahogado por la miseria, el desempleo, la inflación y la ineptitud. Vuelva a mirar hacia afuera. Se lo exijo. Esto fue de ustedes. No les sirvió de nada. Mire en lo que se ha convertido sin ustedes.

—Ya van dos veces que escucho la misma canción. Me empieza a fastidiar.

—Entiéndame claro y repítaselo a sus jefes. Los planes de contingencia del Occidente requieren información precisa sobre la extensión, naturaleza y ubicación de las reservas de petróleo mexicanas. Es indispensable preverlo todo.

—¿Esa es la información que mandaba Bernstein desde Coatzalcoalcos?

Quizá Trevor no iba a responder. En todo caso, no tuvo tiempo de hacerlo. Dolly entró con su carita de gata alterada como si una jauría de bulldogs se le hubieran aparecido en el tejado.

—*Oh God, Mr. Mann, a terrible thing, Mr. Mann, a horrible accident, look out the window...*[49]

Félix no tuvo tiempo de consultar las miradas que se cruzaron Trevor/Mann y Rossetti; Dolly abrió la ventana y el aire acondicionado salió huyendo como las palabras momentáneamente congeladas del agente doble; los tres hombres y la mujer lloriqueante se asomaron al aire pegajoso de Houston y Dolly indicó hacia abajo con un dedo de uña medio despintada.

Un enjambre de moscas humanas se reunía en la calle alrededor del cuerpo postrado como un títere de yeso roto. Va-

49. Oh, Mr. Mann, una cosa terrible, Mr. Mann, un horrible accidente, asómese por la ventana...

rios autos de la policía estaban estacionados con sirenas ulu-
lantes y una ambulancia se abría paso en la esquina de la
Avenida San Jacinto.

Trevor/Mann cerró velozmente la ventana y le dijo a
Dolly con acento nasal de medioeste americano:

—*Call the copper, stupid. I'm holding the dago for the
premeditated murder of his wife.*[50]

Mauricio Rossetti abrió la boca pero no pudo emitir sonido alguno. Además, Trevor/Mann le apuntaba directamente
al pecho con una automática. Era un gesto innecesario. Rossetti se derrumbó de nuevo sobre el sofá llorando como un
niño. Trevor/Mann ni siquiera lo miró. Pero no soltó la pistola. Se veía fea en la mano de piel de lagartija.

—Consuélate, Rossetti. Las autoridades mexicanas pedi-
rán tu extradición y les será concedida. En México no hay
pena de muerte y la ley es comprensivamente benigna con los
uxoricidas. Y no hablarás, Rossetti, porque prefieres pasar por
asesino que por traidor. Medita esto mientras gozas de los
lujos de la cárcel de Lecumberri. Y piensa también que te
libraste de una temible arpía.

Apuntó hacia Félix Maldonado.

—Puede usted retirarse, señor Maldonado. No me guarde
rencor. Después de todo, este *round* lo ganó usted. El anillo
está en su poder. Le repito: no le servirá de nada. Váyase
tranquilo y piense que Rossetti sustrajo toda la información
poco a poco, parcialmente de las oficinas del Director General, parcialmente de Minatitlán y otros centros de operación
de Pemex y se la entregó en bruto a Bernstein. Fue su maestro quien la ordenó y convirtió en mensajes cibernéticos co-
herentes. No se preocupa; Rossetti prefiere cargar con la muerta de su domicilio conyugal que con los muertos de sus indiscreciones políticas. En cambio, la infortunada señora Angélica, reunida con sus homónimos, ya no podrá soltar la lengua, como solía hacerlo.

---

50. Diles a los policías que suban, estúpida. Estoy deteniendo al
italiano por el asesinato premeditado de su esposa.

—Y yo, ¿no teme que yo hable? —dijo Félix con la sangre vencida.

Trevor/Mann rió y dijo con su acento británico recuperado:

—*By gad, sir, don't push your luck too far.*[51] Precisamente, lo que deseo es que hable, que lo cuente todo, que transmita nuestras advertencias a quienes emplean sus servicios. Permita que le demuestre mi buena fe. ¿Quiere averiguar quién mató a Sara Klein?

Félix no tuvo más remedio que asentir con la cabeza, humillado por la suficiencia del hombre con rasgos de senador romano, mechón displicente e interjecciones anacrónicas. Sintió que con sólo mencionarla, Trevor/Mann manoseaba verbalmente a Sara como la manoseó físicamente Simón Ayub en la funeraria.

—Busque a la monja.

Miró a Félix con un velo de cenizas sobre los ojos grises.

—Y otra cosa, señor Maldonado. No intente regresar aquí con malas intenciones. Dentro de unas horas, Wonderland Enterprises habrá desaparecido. No quedará rastro ni de esta oficina, ni de Dolly ni de su servidor, como dicen ustedes con su curiosa cortesía. Buenas tardes, señor Maldonado. O para citar a su autor preferido, recuerde cuando piense en los Rossetti que la ambición debe ser fabricada de tela más resistente y cuando piense en mí que todos somos hombres honorables. Abur.

Hizo una ligera reverencia en dirección de Félix Maldonado.

33

Manejó nuevamente hasta Galveston perseguido por el ángel negro del presentimiento pero también para alejarse lo más posible de la horrible muerte de Angélica. Le aseguraron

51. Pardiez, caballero, no abuse de su buena suerte.

en las oficinas del puerto que el *Emmita* atracaría puntualmente en Coatzacoalcos a las cinco de la mañana del jueves 19 de agosto; el capitán H. L. Harding era cronométrico en sus salidas y llegadas. Félix se dio una vuelta por la casita de maderos grises junto a las olas aceitosas y cansadas del Golfo. La puerta estaba abierta. Entró y olió el tabaco, la cerveza chata, los restos de jamón en el basurero. Resistió el deseo de pasar allí la noche, lejos de Houston, Trevor/Mann y los cadáveres, uno inerte y el otro ambulante, de los Rossetti. Temió que su ausencia del Hotel Warwick motivara sospechas y regresó a Houston pasada la medianoche.

Por las mismas razones, decidió pasar todo el día del miércoles en el Warwick. Compró el boleto de regreso a México para el jueves en la tarde, cuando el *Emmita* ya hubiese llegado a Coatzacoalcos y la parejita de jóvenes, Rosita y Emiliano, hubiesen recibido el anillo de manos de Harding. Tomó una cabaña de la piscina, se asoleó, nadó y comió un club-sandwich con café. Nadó muchas veces para lavarse del recuerdo de Angélica, nadó debajo del agua con los ojos abiertos, temeroso de encontrar el cadáver roto de la señora Rossetti en el fondo de la piscina.

No pasó nada en el hotel y el cuarto de los Rossetti fue vaciado sigilosamente de sus pertenencias y ocupado por otra pareja de desconocidos. Félix los escuchó por el balcón; hablaban inglés y hablaban de sus hijos en Salt Lake City. Era como si Mauricio y Angélica jamás hubiesen puesto un pie en Houston. Félix se sumó al mimetismo ambiente y aprovechó las horas muertas para emprender intentos inmóviles y fútiles de ordenar las cosas en su cabeza.

La tarde del jueves dejó atrás las planicies ardientes y los cielos húmedos de Texas, pronto se disolvieron las tierras yermas del norte de México en picachos secos y pardos y éstos sucumbieron ante los volcanes truncos del centro de la república, indistinguibles de las pirámides antiguas que quizás se ocultaban bajo la lava inmóvil. A las seis de la tarde el jet de la Eastern se precipitó hacia el circo de montañas disueltas por el humo letárgico de la capital mexicana.

Tomó un taxi a las suites de la calle de Génova y allí le preguntaron si deseaba la misma habitación que la vez pasada. Gracias a las memoriosas propinas lo condujeron con zalamerías al apartamento donde fue asesinada Sara Klein. El joven empleado flaco y aceitoso se atrevió a decirle que se veía muy repuesto después de su viaje y Félix confirmó con el espejo del baño, al quitarse el sombrero blanco adquirido en el aeropuerto de Coatzacoalcos, que el pelo le empezaba a crecer espeso y rizado, los párpados ya no estaban hinchados y sólo las cicatrices continuaban desfigurándolo, aunque el bigote ocultaba misteriosamente el recuerdo de la operación y le devolvía un rostro que si no era exactamente el anterior, sí se parecía cada vez más al del tema de su broma privada con Ruth, el autorretrato de Velázquez.

Pensó en Ruth y estuvo a punto de llamarla. La había olvidado durante todo este tiempo de ausencias; tenía que olvidarla para que esa atadura, la más íntima y cotidiana, no le desviara de la misión que le encomendé. Frenó el impulso, además, porque reflexionó que para su esposa, él era un muerto; Ruth había asistido al sepelio organizado por el Director General y Simón Ayub en el Panteón Jardín. La viuda Maldonado llevaba muy poco tiempo acostumbrándose a su nueva situación; igual que ante el cadáver de Sara, Félix debía reservarse para el momento de su aparición física ante Ruth. Una voz desencarnada por el teléfono sería demasiado para una mujer como ella, tan doméstica, que le resolvía los problemas prácticos, le tenía listo el desayuno y planchados los trajes.

Sara era otra cosa, viva o muerta, algo así como la sublimación de la aventura misma, su razón más apasionada pero también la más secreta. Mis instrucciones fueron claras. Ninguna motivación personal debería interponerse en nuestro camino. No existe misión de inteligencia que no convoque, fatalmente, las realidades afectivas de la vida y teja una maraña invisible pero insalvable entre el mundo objetivo que salimos a dominar y el mundo subjetivo que, querrámoslo o no, nos domina. ¿Se habría enterado Félix, durante esta extraña semana de su vida, que todos los desplazamientos jamás nos alejan del hospedaje de nosotros mismos y que ningún enemigo externo es peor que el que ya nos habita?

Más tarde me dijo que recordó, mientras marcaba mi número al regresar de Houston, la broma con que me anunció la muerte de Angélica antes de que sucediera: tu hermana está ahogada, Laertes. Eliminé mis sentimientos personales, aunque entonces ignorase el papel desempeñado por Angélica en esta intriga. Por eso, no tuvo que añadir nada sobre ella cuando me telefoneó desde las suites de Génova, no tuvo que encontrar una cita de Shakespeare para decirme que Ofelia, en vez de ahogarse, era una muñeca quebrada sobre el pavimento caliente de una ciudad texana.

—*When shall we two meet again?*

—*When the battle's lost and won.*

—*But tell us, do you hear whether we have had any loss at sea or not?*[52]

—*Ships are but boards, sailors are but men; there be land-rats and water-rats, land-thieves, and water-thieves.*[53]

—*What tell'st tou me of robbing?*[54]

The boy gives warning.[55] *He is a saucy boy. Go to, go to.*[56] *He is in Venice.*[57]

Colgué. Registré con inquietud una reticencia impaciente en la voz de Félix. Tuve la sensación de que me ocultaba algo. Temí; nuestra organización era demasiado joven, probaba sus primeras armas y nadie, ni siquiera yo, podía ufanarse de tener el pellejo curtido de nuestros homólogos soviéticos, europeos o norteamericanos. La maldita realidad intersubjetiva se

---

52. Pero, dinos, ¿has oído si hemos perdido algo en el mar o no? *Mercader de Venecia,* iii, 1, 45.

53. Los barcos no son sino maderos, y los marineros sino hombres; existen ratas de tierra y ratas de mar, ladrones de tierra y ladrones de mar. *Mercader de Venecia,* i, 3, 21.

54. ¿Qué me cuentas de un robo? *Otelo,* i, 1, 105.

55. El muchacho da advertencia. *Romeo y Julieta,* v, 2, 18.

56. Es un muchacho impertinente. Búscalo, búscalo. *Romeo y Julieta,* i, 5, 87.

57. Está en Venecia. *Otelo,* i, 1, 106.

nos colaba, irracional, por el frío cedazo de unos medios que
en estos menesteres debían ser idénticos a los fines. La regla
de oro del espionaje es que los medios justifican los fines. No
me imaginaba a la larga lista de nuestros émulos, de Fouché
a Ashenden, perturbados por las filtraciones sentimentales de
su vida personal; se las sacudirían como mosquitos. Pero, claro está, ningún espía mexicano entraría jamás del frío; la sugestión, tropicalmente, era ridícula y más bien imaginé a mi
pobre amigo Félix Maldonado buscando un frigorífico al cual
meterse en Galveston o Coatzacoalcos.

Encendí una pipa y abrí, nada azarosamente, mi edición
Oxford de las obras completas de Shakespeare en la escena
del camposanto en *Hamlet*. Me dije, al reiniciar la lectura,
que no hacía sino eso: recomenzarla donde la dejé cuando
Félix me llamó. Laertes le dice al eclesiástico que deposite a
Ofelia en la tierra y que de esa carne dulce e inmaculada las
violetas brotarán. El sacerdote se niega a cantar el requiem
para una suicida; el alma de Ofelia no ha partido en paz.
Laertes increpa al ministro de Dios; ángel dispensador será
Ofelia, le dice, cuando tú yazcas aullando. Esta espantosa maldición es seguida del acto igualmente terrible de Laertes. Pide
a la tierra, la de la tumba pero también la del mundo, que
se detenga mientras abraza una vez más el cadáver de su hermana. Se arroja dentro de la tumba, sobre el cuerpo de Ofelia. Hamlet, a pesar de su emoción, mira todo esto con una
extraña pasividad, la repetida pasividad de este actor que es
observador siempre distante de su propia tragedia. Todo el
Renacimiento está en esta escena. El mundo y los hombres
han descubierto una energía excedente que arrojan como un
desafío a la cara del cielo; han descubierto, al mismo tiempo,
su pequeñez en el cosmos gigantesco, aún más reducida que
la que el plan providencial les auguraba. Sólo una ironía distante como la de Hamlet restablece el equilibrio; los demás
lo juzgan loco.

Miré las volutas de humo que ascendían hacia el techo de
mi biblioteca. No pude imaginar a Angélica, a pesar de su
nombre, dispensando los favores del cielo a los hombres. Pero

¿cuál de las mujeres de esta historia cuyos hilos llegaban rotos a mis manos merecería los dones de la divinidad? ¿Cuál, Sara, Mary, Ruth, judías las tres, miraría cara a cara al Señor Nuestro Dios? Si Angélica no era Ofelia, ¿una de ellas sería nuestra Ariadne? Si yo era un Laertes poco glorioso, ¿sabría mi amigo Maldonado ser un Hamlet con método en su locura o acabaría perdido en el laberinto de los Minotauros modernos?

Fue uno de esos momentos, seguramente más de los que pude imaginar entonces, en que Félix y yo nos telepateamos. Sara presente viva o muerta, misteriosa en la persistencia de su actualidad, extrañamente cercana en su ausencia; Ruth a la que no debíamos asustar por teléfono, aunque sufriera un poquito más, explicarle las cosas al final, tranquilamente, hasta donde era posible; y Mary, ¿por qué no pensábamos nunca en ella?

Temí caer en el lugar común de la novela policial, *cherchez la femme*. Cerré el libro y los ojos. No quedaba mucho tiempo. Recordé a mi hermana Angélica.

34

Su otro impulso, en cambio, Félix no lo frenó. Marcó el número de Mary Benjamin y la criada le contestó, voy a ver si la señora no está merendando, ¿de parte de quién?

A Mary sí podía asustarla:

—Félix Maldonado.

Mary estaba escuchando por la extensión; apenas un ligero *click* anunció el cambio de línea y en seguida la voz de Mary, irritada:

—No me gustan las bromas pesadas, señor, sea usted quien sea.

—No cuelgues — dijo Félix con una inflexión cariñosa que Mary recordaría —. Soy yo.

—Le repito... — la voz de Mary sostuvo la irritación, pero la tiñeron un poco de duda y otro de miedo.

Félix rió:

—Es la primera vez que te oigo miedosilla.

—Siempre hay una primera vez — trató de recomponerse Mary —. Bueno, ya estuvo suave de humor negro, ¿no?

—Compruébalo.

—Todavía no inventan el teléfono televisivo, imbécil.

—Suites Génova. Apartamento 301. Once y cuarto de la noche. No faltes. La última vez me dejaste plantado.

Félix colgó. La Zona Rosa abunda en restoranes italianos. La Osteria Romana y Alfredo, frente a frente en el pasaje entre Londres, Hamburgo y Génova. Eran nombres demasiado romanos y el Focolare en Hamburgo demasiado genérico. Bajó a la calle y caminó hacia la esquina de Génova y Estrasburgo. Dice que pensó en mí mientras se dirigía al restorán La Góndola. Era la primera vez que conscientemente traicionaba mis instrucciones. Necesitaba a una hembra, le había corrido demasiada adrenalina por el cuerpo en los últimos días, no había tomado a una mujer desde que Licha se le entregó en el hospital, iba a exponerse, pero quería acostarse esa noche con Mary Benjamin, después de diez años sin tocarla, necesitaba una mujer, exactamente una mujer como Mary, una fiera cachonda, y si lo consultaba conmigo le hubiera dicho, exprimiéndome el coco para dar con una cita de Memo Sacudelanzas, que se buscara una *call-girl* en los hoteles de la Zona Rosa. Pero los motivos de Félix eran otros.

Había poca gente en La Góndola esa noche, pero olía fuerte a tomate, ajo y basílico. Emiliano y Rosita estaban sentados frente a frente, agarrados de las manos con los codos sobre el mantel de cuadritos rojiblancos. Félix se sentó al lado del muchacho impertinente que le traía una advertencia, frente a la muchacha con cabecita de borrego negro. Ya no hacían falta preámbulos y las caras de la pareja de jóvenes no intentaban ocultar la inquietud.

—¿Les entregó Harding el anillo?

Ambos negaron con la cabeza.

—¿Qué pasó? — dijo Félix con impaciencia, Mary le hervía en la sangre, traía a Mary amarrada entre las piernas, hecha un nudo allí —, ¿se les olvidó *La tempestad*?

—No hubo tiempo — dijo Emiliano soltando la mano de Rosita —. El viejo está muerto.

—Lo asesinaron, Emiliano, dile — dijo Rosita sin atreverse a mirar a Félix, jugueteando con los palillos de dientes.

—¿Cuándo? — preguntó Félix, paralizado dentro del triángulo del estupor, la impaciencia y la incredulidad.

—Después de que el tanquero atracó, hoy mismo en la mañana — dijo Emiliano, y colaboró con Rosita en la construcción de un castillito de palillos.

—¿Cómo?

—De un machetazo en la nuca.

—¿Dónde?

—Estaba en su cabina, preparándose para bajar al puerto.

—¿Y el anillo? — preguntó con desgana Félix, temeroso de alzar la voz en el restorán.

—No estaba.

—¿Por qué lo dices con tanta seguridad, chavo? ¿Te dejaron esculcar al viejo, te metiste en su cabina?

—Oyes, Feliciano — interrumpió Rosita —, estamos del mismo lado, ¿quihubo pues?

Félix creyó que bastaba inclinar un poco la cabeza para excusarse y Emiliano continuó —: La onda nos pareció muy gacha y nos comunicamos con el jefe. A la media hora la poli subió al *Emmita* y ellos lo esculcaron todo. Del anillo ni el olor, mano.

—Cuéntale, Emiliano, cuéntale de la muchacha.

—El segundo de a bordo creyó que los cuicos buscaban otra cosa. Dijo que el capi Harding tenía siempre un medallón de plata muy viejo colgando encima de su litera, con una foto muy desteñida de una muchacha y firmada Emmita. Dijo que era increíble que por tan poca cosa se escabecharan el viejo, aunque a veces en el mar había cuentos de venganzas más largas que un chorizo que seguían hasta la vejez, eso dijo.

—El medallón sólo tenía valor para él — dijo sin aliento Rosita con la boca tapada por la servilleta —, ya no estaba, había una mancha redonda donde había estado.

—Los tecolotes dieron luego luego con el ratero. Lo encontraron como a las seis de la mañana bien pedo, en una de esas cantinas del puerto que nunca cierran, con harta lana y el medallón colgándole sobre el pecho.

—Ya no tenía la foto, la tiró el muy desgraciado — gimoteó Rosita —. Le andaba ofreciendo a una fichadora que si se acostaba con él sería su novia y le pondría su foto en el medallón.

—Lo entambaron y lo registraron, pero no le encontraron el anillo. Dijo que se había encontrado el medallón tirado en el muelle, que él nunca había subido al *Emmita*. Pero el contratador de la compañía dijo que ese día el cambujo se había enganchado como estibador a destajo y como faltaban brazos…

—¿El cambujo? — interrumpió Félix.

Emiliano asintió.

—Normalmente chambea de mozo en el hotel Tropicana. La verdad, le hace de todo, hasta de destazador de reses en el mercado. Allí lo sobrenombran «el machetes».

El muchacho impertinente miró a Félix con aire orgulloso, como de estudiante que ha pasado con éxito los exámenes:

—El profesor Bernstein salió con todo y chivas del hotel media hora después de que atracó el *Emmita*.

—El mar tiene tristezas — murmuró Félix, retiró un palillo y la construcción raquítica se vino abajo sobre el mantel.

—¿Mande? — dijo Rosita.

Félix sacudió la cabeza.

—¿Han vigilado a Bernstein?

—Está de vuelta en su casa. Su gata tiene órdenes de decir que está muy ocupado preparando sus cursos de septiembre y no recibe a nadie. Nosotros averiguamos que sale a Israel mañana por la mañana. Boleto de ida y vuelta económico, de veintiún días.

—¿La policía de Coatzacoalcos interrogó al cambujo sobre su relación con Bernstein?

—El jefe dijo que era inútil. Seguro que el profe le pagó muy bien su silencio. Además, «el machetes» sabe que está bien protegido y estando la justicia mexicana como está, no tardará en salir del tanque.

—Pero el anillo está en posesión de Bernstein, eso es lo único seguro — dijo Félix recapitulando.

—No lo traerá puesto — rió Rosita.

Félix recordó al hombre que se hacía llamar Trevor y Mann y quién sabe cuántos áliases más. La única manera de proceder secretamente es proceder abiertamente.

—El jefe tiene gente vigilándolo día y noche — dijo Emiliano.

—¿Desde cuándo? — inquirió escépticamente Félix.

—Desde que salió a Coatzacoalcos.

—¿Entonces el jefe está al tanto de todo, mi paso por el Tropicana, mi pleito con el cambujo en el muelle, la relación entre «el machetes» y Bernstein?

—No te claves puñales, mano — dijo Emiliano al mirar la cara de Félix —. La onda está muy movida y la cosa es de cooperacha. El profe no ha dado un paso sin que lo sepamos, no ha enviado cartas ni paquetes ni ha estado en comunicación con nadie. Hasta dejó de pagar la cuenta de teléfono hace dos meses para que le cortaran la línea.

—Tuvimos que ir hasta su casa y hablar con su gatuperia diciendo que éramos estudiantes — añadió Rosita.

—De plano quiere dar a entender que vive como ermitaño y no tiene nada que ver con nada. Ha de tener susto.

El mozo interrumpió a Emiliano para colocarle un plato de lasagna debajo de las narices y otro de spaghetti boloñesa a Rosita bajo las suyas.

—Hasta fue a dar gracias a la Villa por su curación — rió Rosita —, y eso que es Judas.

—¿A la Villa?

Félix detuvo con una mirada amenazante al mozo de La Góndola que le pedía la orden. Igual había mirado a Bernstein cuando le arrancó las gafas en casa de los Rossetti. El mozo se alejó con cara de pocos amigos y se fue a cuchichear con la cajera.

—Sí, al llegar de Coatzacoalcos se fue directo del aeropuerto — dijo Emiliano —, y fue y le prendió una veladora a la Virgen de Guadalupe.

—¿Lo sabe el jefe?

—Clarines, y se quiebra el coco. Dice que en México hasta los ateos son guadalupanos, pero no los judas. Uno se culturiza con él. ¿Tú entiendes?

—Creo que sí.

Félix se apartó de la mesa y miró los rostros de la pareja, extrañamente coloreados por los emplomados venecianos del restorán La Góndola.

—Vigilen la partida de Bernstein mañana. Si el anillo sale de México, saldrá con él.

—Jijos manos, esa operación va a ser medio tremenda y el jefe se va a extrañar de que tú no estés allí. Nosotros somos medio ciruelitos.

—Ya lo dijiste, chavo, el trabajo es de equipo y nadie es indispensable.

—¿Eso le digo al jefe?

—No. Dile que tengo otras pistas que seguir. De todos modos, con anillo o sin él, regresen a verme a las diez.

—Palabra, mano, Rosita y yo somos humilditos, no queremos quitarte la gloria, ¿tú entiendes? No creas que le vamos a llevar el anillo al jefe sin antes verte a ti.

—A las diez.

—¿Dónde?

—En el Café Kinneret. Les invito un desayuno kosher.

Se levantó y salió, pero ya no pensaba en Bernstein, sino en el viejo Harding que le había dicho quiero a la *Emmita* como a una mujer, no tengo nada más en la vida.

35

A las once de la noche entraba de turno el portero de las suites de Génova. Félix lo saludó cuando el indio viejo con cara de sonámbulo y vestido con un traje azul marino brillante de uso le abrió la puerta. Jamás sonreía y tampoco lo hizo cuando Félix le pasó un billete de cien pesos y le dijo que esperaba a una señora a las once y cuarto, que la dejara pasar. El portero asintió y se guardó el billete en la bolsa.

—¿Te acuerdas de mí? — le dijo Félix tratando de penetrar la mirada dormida.

El portero volvió a asentir. Félix insistió, pasándole un segundo billete de cien pesos.

—¿Tienes buena memoria?

—Eso dicen — dijo el portero con una voz a la vez gutural y cantarina.

—¿Cuándo estuve aquí?

—Se fue hace seis días y ahora va regresando.

—¿Recuerdas siempre a la gente que regresa?

—A los que vienen seguido, sí. A los demás, sólo si se portan decentes.

No extendió la mano, pero fue como si lo hiciera. Félix le pasó el tercer billete de a cien.

—¿Recuerdas a la monja, la noche del crimen?

El portero miró con los ojos velados a Félix y supo que ya no iba a recibir otro billete.

—Clarito la recuerdo. Nunca vienen religiosas a pedir limosna a esas horas de la noche.

—Dime más tarde si la señora que va a venir al rato se parece a la monja.

—Pues luego. Usted manda, jefe.

Nunca sonrió pero las arrugas de cuero alrededor de sus ojos temblaron un poco. No dio otra señal de que tenía la esperanza de recibir otros billetes más tarde.

Félix estaba duchado, rasurado y rociado con Royall Lyme cuando escuchó los nudillos tocando contra la puerta. Eran las once y media pasadas.

Abrió. Mary Benjamin, en la memoria fílmica de Félix, se parecía a Joan Bennett cuando Joan Bennett dejó de ser rubia tanto para diferenciarse de su hermana la adorable Constance como para competir con la exótica sensación de Hedy Lamarr. Ahora añadía una simulación más a ese cúmulo de imágenes disfrazadas; igual que Angélica en los muelles del golfo de México, Mary estaba peinada como Sara Klein, que usaba el

peinado de fleco y ala de cuervo de Louise Brooks imperso-
nando a la Lulú de Wedekind en la versión cinematográfica
de F. W. Pabst. Por un instante, Félix sintió que una pantalla
plateada los separaba a él y a Mary, él era un espectador, ella
una sombra proyectada, el umbral de la puerta la línea divi-
soria entre los pobres sueños del cine y la miserable realidad
del público que los soñaba.

Pero los ojos violetas eran de Mary, también el escote y el
lubricante entre los senos para que brillara mucho la línea
que los separaba. Sobre todo, era Mary porque se movía como
una pantera negra, lúbrica y perseguida, hermosa porque se
sabe perseguida y lo demuestra. Así entró al apartamento,
preguntando ¿usted es el que dice ser Félix Maldonado?, me
lo va a tener que demostrar, yo conozco a Félix Maldonado y
asistí a su entierro en el Panteón Jardín el miércoles 11 de
agosto, hace apenas una semana, además este cuarto está a
nombre de un tal Diego Velázquez, ¿es usted?

Miró alrededor de la suite y añadió que todas eran iguales,
qué falta de imaginación, ¿en un lugar exacto a éste murió Sara
Klein, verdad?

—Ésta es precisamente la suite donde Sara fue asesinada
— dijo Félix, hablando por primera vez desde que Mary llegó.

La mujer se detuvo, disimulando mal su turbación al reconocer la voz de Félix con un gesto de la mano que acompañó el vuelo del ala de cuervo de la nuca a la mejilla, mostrando apenas el lóbulo encendido de la oreja. Félix se dijo
que de acuerdo con la teoría del profesor Bernstein, compro-
bada por los hechos, Mary no lo reconocía porque lo buscaba.

—¿Qué haces aquí? — preguntó con falsa displicencia —,
éste es un lugar para turistas y amantes de paso.

—Y yo soy un muerto — dijo sin inflexión Maldonado.

—Esperaba que fueras un amante de paso — rió Mary.

—¿Acostumbras asistir a citas hechas por teléfono y por
desconocidos?

—No digas necedades y ofréceme una copa.

Ella misma se dirigió al barcito incrustado en una de las
paredes y lo abrió, escogió un vaso y se mantuvo lejos de Fé-

lix, mirándolo con curiosidad, esperando que le llenara la copa.

—Un vodka tonic — le dijo cuando Félix se acercó.

—Veo que de veras conoces bien este lugar — dijo Félix cuando encontró las botellas.

Destapó la botella de aguaquina. Mary tomó la de vodka y midió la porción en el vaso; Félix le añadió el agua hasta donde Mary le indicó con un dedo dotado de vida propia, como una culebrita.

—He estado, he estado. En las rocas, por favor. La nevera está abajo del bar.

Félix se hincó y abrió la hielera. El olor palpitante del sexo de Mary le llegó sin pagar derechos aduanales. Giró un poco la cabeza y miró el regazo de la mujer.

—¿Has estado antes en este lugar? — insistió Félix sin incorporarse, apretando el recipiente de plástico para separar los cubitos de hielo.

—Ajá. Y en muchos como éste. El que está junto al Restaurante Arroyo, por ejemplo. Fuiste tú el que me plantó.

—Te dije que tenía una cita importante.

—Yo soy la cita más importante, siempre. Pero claro, tú eres un pinche burócrata que tiene que estar donde le ordenen sus jefes. Prefiero a los hombres que son sus propios jefes.

—¿Como tu marido?

—Ahí tienes.

—Pero es un hombre que no te satisface y lo corneas más que esas pobres vaquillas que Abby se figura que torea.

—Tomo el placer donde quiero y cuando quiero, señor. ¿Se apura con los hielos? Tengo sed.

Ilustró su impaciencia con un repetido tamborileo de la punta del pie.

—Te sientes la mera mamá de Tarzán, ¿verdad, Mary?

Alargó la mano con el vaso hacia la nariz de Félix, solicitando el hielo y sonriendo con unos dientes que lo hubieran suplido dentro del vaso de vodka y aguaquina.

—Yo soy mi propio dueño en tecnicolor, pantalla ancha y sonido estereofónico, buey, y si no te...

No tuvo tiempo de terminar la frase; Félix metió la mano

bajo la falta de Mary, separó el elástico del mínimo calzoncito
y dejó caer dos cubos de hielo que fueron a derretirse sobre
el moño ardiente de la mujer.

Mary gritó y Félix, de pie, la tomó entre los brazos, yo
soy como tú, le dijo al oído, tomo el placer con quien quiero y
donde quiero, te lo dije, sólo te deseo si te tomo en seguida,
no puede haber distancia entre mi deseo y tu cuerpo, Mary.

Se vació en ella de todos los juegos de ratón y gato de la
semana pasada, de todas las simulaciones, aperturas al azar y
predisposiciones ciegas de su ánimo dispuesto a ser conducido,
engañado, despistado pero obligado al mismo tiempo a mantener una imposible reserva racional para que el azar propio
sólo coincidiese con la voluntad ajena a fin de vencerla en
nombre de la propia voluntad, que tampoco era suya, era la
de una organización embrionaria, la del hermano de Angélica,
el jefe, el capi, Timón de Atenas en clave, el otro caballero de
la justa, que no le daba siempre su lugar, confiaba en mucha-
chitos imberbes, se servía de citas de Shakespeare tan trans-
parentes que resultaban oscuras o viceversa, pensó mucho y
rápido, todo lo que le pasara por la cabeza para no venirse
pronto, aguantar mucho, hacerla venirse primero a ella con
la cara cicatrizada hundida entre los muslos empapados de la
mujer súbitamente dócil, arañada por la cabeza de cabellera
naciente de Félix mezclada con los mechones suaves y espu-
mosos de Mary, la quiso lenta y brutalmente, con toda la suavidad que podía convocar la energía de su cuerpo de hombre
hambriento pero que pensaba todo el tiempo para no venirse,
para darle dos veces el placer a la mujer, sin dejar de pensar
que una mujer sólo es amada cuando el hombre sabe que la
mujer goza menos veces que el hombre pero siempre más intensamente que el hombre

Mary se vino en la cara de Félix y Félix se vengó con furia
sobre el cuerpo de Mary de la muerte de Sara Klein, dentro
del cuerpo de Mary de la operación en la clínica siriolibanesa
y de la impotencia humillante ante Ayub y el Director General, para el cuerpo de Mary duplicó la energía física de la lucha
contra el cambujo en el muelle de Coatzacoalcos y con el cuer-

po de Mary se liberó del deseo que sintió ante el cuerpo muerto de Sara y el cuerpo desvanecido de Angélica al borde de la piscina, hacia el centro del cuerpo de Mary dirigió el dolor de Harding y su amor por una muchacha desaparecida que se llamó Emmita, la agredió físicamente como le hubiera gustado hacerlo con Trevor, la besó como le hubiera gustado aplastarle una toronja en la cara a Dolly, le metió el dedo en el culo para limpiarse para siempre del asco de Bernstein, le lamió los pezones para borrarse para siempre del sabor de Lichita y los dos se vinieron juntos cuando él se vino por primera vez y ella por segunda y ella decía Félix, Félix, Félix y él decía, Sara, Mary, Ruth, Mary, Sara.

—No te separes todavía, no te levantes, por favor, no vayas al baño como todos los mexicanos — le pidió Mary.

—¿Cuándo estuviste antes aquí? ¿Con quién?

Mary sonrió dócilmente.

—Te vas a reír de mí. Estuve con mi marido.

—¿No tienen camas de este tamaño en su casa?

—Llevábamos mucho tiempo sin acostarnos juntos. Me propuso que nos encontráramos aquí, como dos amantes, en secreto. Eso nos excitaría como antes, dijo.

—¿Sirvió de algo?

—De nada. Abby me repugna. Es un asco peor que físico porque lo que verdaderamente me fastidia son el tedio y la falta de celos. Eso es peor que el asco de su cara siempre cortada porque se rasura mal con una navaja vieja de su abuelito.

—¿Él no siente celos de ti?

—No. Yo no siento celos de él. Él sí. Me hace escenas, pero hasta eso me aburre. Hay que tener tantita imaginación para ser celoso y excitarme con los celos. A él le falta hasta eso. Debiste casarte conmigo, Félix. Ruth es demasiado gris para ti. Conmigo hubieras triunfado, te lo aseguro. Además, tenías todos los derechos. Tú me quitaste la virginidad.

—¿Le has dicho eso a Abby?

—Es una de mis armas, con eso lo pico y pierde los estribos. Es un pendejo, rico pero pendejo. Sabe que jamás lo dejaré porque tenemos cuatro hijos, está forrado de lana y ya me acostumbré a golfear a mi gusto y sin consecuencias pero lo vuelve loco que le hable de un triste burócrata como tú, que ni a condominio en Acapulco llega. Lo desafío a que me dé algo más que montones de lana y como no sabe hacerlo, se muere del coraje.

—Qué bueno servirte de pretexto, Mary.

—No son más que defensas para entrarle sin traumas a la cuarentena. Qué quieres. Tú coges muy bien. Me gustó el revolcón. Tecnicolor y pantalla ancha.

—Podemos repetir la función. La entrada es gratis.

—No. El boleto cuesta caro y hoy lo pagamos los dos.

Fue ella la que se levantó primero y caminó hacia el baño.

—El otro día en mi aniversario de bodas me dijiste que sólo te gustaba tocarme pero sin deseo. Hoy sentí que sí me deseabas. Y eso no me gustó, porque la función ya no fue gratis, como antes. Prefería que me cogieras sin desearme y no como hoy, porque deseabas otras cosas y yo nomás fui tu pretexto.

Félix se sentó al filo de la cama.

—Eso lo pagué yo, en todo caso. El deseo no es algo barato.

—El rencor tampoco, Félix. Sólo vine para insultar a otras mujeres. Dijiste sus nombres cuando te venías. Ni creas que me ofendiste. Sólo a eso vine. A humillar a la infeliz de Ruth y a decirle a tu maravillosa Sara que está muerta mientras yo cojo contigo.

Entró al baño y cerró la puerta.

Félix la condujo hasta la puerta de las suites de Génova a las dos de la mañana. El portero les abrió y ella dijo que tenía el auto en un estacionamiento de la calle Liverpool, caminaría, no quería caminar con Félix por la calle a estas horas. Félix le contestó que andaban sueltos muchos júniores borrachos en convertibles por la Zona Rosa, a veces llevaban mariachis y daban serenatas frente a los hoteles, para seducir a las gringuitas pero Mary no dijo nada.

Se besaron en las mejillas, indiferentes al indio viejo que

tiritaba de frío, envuelto en un sarape gris, junto a la puerta de cristal entreabierta.

—Diez años es mucho tiempo, Félix — le dijo cariñosamente Mary —. Lástima que tengamos que esperar otros diez, hasta que se nos salga toditito el veneno del cuerpo. Pero para entonces ya estaremos medios machuchos.

—¿Sabes algo de mi muerte? — preguntó Félix con una sonrisa chueca y las manos sobre los hombros de Mary, obligándola a girar para que el portero la viera bien.

—Ya viste que no te pregunté nada.

—Me reconociste.

—¿Tú crees? No, señor Velázquez. Eso fue lo bueno de esta aventurita. No sé si me acosté con un impostor o con un fantasma. Todo lo demás no me interesa. Chao.

Se fue caminando como una pantera negra, lúbrica y perseguida.

—¿Es la monja? — le preguntó Félix al portero.

—No. La religiosa tenía otra cara.

—¿Pero has visto antes a esta mujer?

—Eso sí.

—¿Cuándo?

—Estuvo aquí a pasar la noche hace ocho días.

—¿Sola?

—No.

—¿Con quién?

—Un señor patilludo y bigotón, con la cara como jitomate.

—¿Recuerdas la fecha?

—Cómo no, señor. Fue la misma noche que se murió la señorita en el 301. Cómo voy a olvidar.

36

A las diez en punto de la mañana, Félix Maldonado mordía con cara de deber religioso un *bagel* con salmón ahumado y queso crema cuando Rosita entró al Café Kinneret.

Félix no tuvo tiempo de asombrarse ni de la ausencia de

Emiliano ni del extraordinario atuendo de la muchacha. En vez de sus eternas minifaldas y medias caladas, que le daban un aire pasado de moda sin que ella lo sospechase o quizá era intencional, de todos modos las modas llegaban con retraso a México y entre que se estrenaban en las Lomas de Chapultepec y percolaban para instalarse en la Colonia Guerrero pasaban lustros y Ungaro ya inventando líneas siberianas o manchús, la muchacha con cabecita de borrego negro traía puesto un hábito de penitente carmelita, burdo, ancho, largo y con muchos escapularios colgándole sobre las bubis por primera vez escondidas.

Se había lavado la cara y entre las manos traía un velo negro, un misal y un rosario blancos.

Rosita tampoco le dio tiempo a Félix de hablar.

—Pícale, Feliciano. El taxi está esperando afuera.

Félix dejó un billete de cien pesos sobre la mesa y siguió a la muchacha a la esquina de Génova y Hamburgo. Abordaron el taxi. Félix buscó la cara del chofer en el retrovisor. No era don Memo de grata memoria.

—El Maestro no tomó el avión —dijo Rosita cuando el taxi se puso en marcha.

—¿Dónde está?

—No te angusties. Emiliano lo anda siguiendo desde que salió de su casa.

—¿Iba con retardo?

—Mucho. Nunca hubiera pescado el avión.

—¿A dónde vamos?

—Pregúntale al chofer. ¿A dónde irías tú, Feliciano? —sonrió Rosita con su cara más mustia.

—A la Villa de Guadalupe —dijo Félix en voz alta.

—Cómo no, señor —contestó el chofer—, ya me lo dijo la señorita, al santuario de la morenita, más rápido no puedo ir.

Rosita no se regodeó en su triunfo. Fingió una piadosa lectura del misal y Félix observó la imagen de la Virgen de Guadalupe metida dentro de un huevo de cristal que se columpiaba suspendido cerca de la cabeza del taxista. Estalló en carcajadas.

—¿Sabes una cosa, chatita? Cuando los conocí me dije que el jefe se rodeaba de asistentes bien raros.

—Cómo no, Feliciano — dijo Rosita sin levantar los ojos del misal y tendiéndole el rosario a Félix —. ¿Ves que bien ensartadas están las cuentas? No hay cabo suelto.

Se abrieron paso entre la multitud cotidiana que llega de todas partes de México al sitio que junto con el Palacio Nacional pero acaso más que la sede de un poder político más o menos pasajero es el centro inconmovible de un país fascinado por su ombligo, quizás porque su nombre mismo significa ombligo de la luna, angustiado por el temor de que el centro y sus cimas, la Virgen y el señor Presidente, se desplacen, se larguen enojados como la Serpiente Emplumada y nos dejen sin la protección salvadora que sólo nos dispensan esta mamá y este papá.

Caminaron entre los penitentes que avanzaban con lentitud, muchos de rodillas, con los brazos abiertos en cruz, precedidos por muchachillos sin empleo que les iban colocando hojas de revistas y periódicos ante las rodillas para que se rasparan menos y con la esperanza de ganarse unos pocos centavos, otros con coronas de espinas y pencas de nopal sobre el pecho, muchísimos curioseando porque había que visitar a la Virgen aunque no hubiera cumplido lo que le pidieron allá en Acámbaro, Acaponeta o Zacatecas, novios bebiendo pepsis y familias fotografiándose sobre telones pintados con la imagen de la Virgen y el humilde tameme al que se le apareció, danzantes indígenas con chirimías, penachos de plumas y huaraches con suela de llantas Goodrich, vendedores de estampas, medallas, rosarios, misales, veladoras; Rosita adquirió rápidamente una veladora amarillenta de mecha corta y Félix entró antes que ella al platillo volador anclado en el centro de la plaza, la nueva Basílica de cemento y vidrio que sustituía a la pequeña iglesia de roja piedra volcánica y torres barrocas que se estaba hundiendo a un lado, como un pariente pobre.

Emiliano los vio entrar y movió enérgicamente la cabeza

hacia el altar y la pintura de Nuestra Señora de Guadalupe milagrosamente impresa sobre el sayal de un indio crédulo que con su fe de floricultor azteca rendida ante la evidencia de un manojo de rosas en pleno diciembre convirtió de un golpe al cristianismo a los millones de paganos sometidos por la conquista española y hambrientos más que de dioses de madre; Madre pura, Madre purísima, canturreaban los miles de fieles humildes como el primer creyente en la Virgen Morena, Juan Diego, modelo secreto de todos los mexicanos: sé sumiso o finge serlo y la Virgen te cubrirá con su manto, ya no tendrás frío ni hambre ni serás el hijo de la puta Malinche sino de la inmaculada Guadalupe.

Bernstein estaba hincado frente al altar. Prendió una vela y se acercó arrodillado a un tablero lleno de exvotos pintados a mano, mandas cumplidas, gracias por salvarme cuando el Flecha Roja se fue por un barranco en Mazatepec, gracias por devolverle el habla a mi hermanita muda de nacimiento, gracias por haberme dado el gordo en la lotería, lleno también de ofrendas a la Virgen, medallitas, corazones de Jesús de plata y de hojalata, anillos, pulseras, cordones. Cuando Bernstein alargó la mano para recoger el anillo que colgaba de un ganchito entre las demás ofrendas, Félix le detuvo el brazo gordo y fofo.

—No lo reconocí sin su gorrito y su Talmud — dijo Félix.

Bernstein crispó los dedos, rozando el anillo de piedra blanca como el agua.

—Bienvenido a nuestro Baubourg sagrado, Félix — contestó con humor nervioso el profesor —. Y suéltame. No estamos solos.

—Ya lo veo. Debe haber tres mil personas aquí.

—Y una de ellas se llama Ayub. Suéltame, Félix. Tú eres judío como yo. No te pases a nuestros enemigos.

—Mi enemigo es el asesino de Harding.

—Fue el cambujo. Le dije que no quería sangre. Negro imbécil.

—El capitán era un hombre bueno, doctor.

—No cuenta, Félix, se juega algo más importante.

—No hay nada más importante que la vida de un hombre.

—Ah, por fin encontraste a tu padre. Llevas años buscándolo, desde que te conozco. Yo, y por eso te hiciste judío, Cárdenas, y por eso defiendes el petróleo, el Presidente en turno, y por eso te hiciste burócrata...

—Y usted encontró a su madrecita guadalupana, ¿no es cierto?

—Suéltame...

La cara de helado de vainilla de Bernstein se derretía hacia la coladera de una sonrisa misteriosa. Una penitente carmelita se acercó de rodillas al retablo de los milagros, canturreando y santiguándose repetidas veces, con un velo negro sobre la cabeza y una veladora prendida en la mano. Cesó de santiguarse para tomar el anillo, sin dejar de canturrear Oh María Madre mía oh consuelo del mortal, y enterrarlo en la cera de la veladora, amparadme y llevadme a la corte celestial, canturreó Rosita, se levantó y se fue caminando con la cabeza baja y la veladora en la mano.

Bernstein se zafó de Félix con una fuerza desesperada; no se libró del empujón de Maldonado que lo lanzó como una pelota desinflada contra la multitud que se acercaba constantemente al altar, presionando en sentido contrario al de la trayectoria incontrolada del profesor; Bernstein fue a estrellarse contra el ataúd de cristal de un Cristo yacente: la cara y las manos de cera bañadas en sangre; el cuerpo cubierto por un manto de terciopelo y oro.

El desconcierto de los fieles se convirtió en amenaza muda; Bernstein estaba tirado de espaldas contra el ataúd de vidrio quebrado por el golpe, el vidrio rajado parecía una herida más en el cuerpo santo, los ojos negros, velados, bovinos miraron con odio los ojos de náufrago de Bernstein, claros como la piedra del anillo que se alejaba enterrado en cera, las mujeres enrebozadas, los hombres con camisolas blancas, los niños de overol que se agolpaban en busca de la imagen bienhechora de la Virgen y encontraban en su camino a un extranjero gordo, confuso, que profanaba el altar, la muerte del hijo de la Virgen.

Félix miró la transformación instantánea de las máscaras de fe, devoción y bondad sumisa en algo que era el rostro de la violencia, el terror y la soledad reunidas en el momento en que varias manos le tomaron de los hombros y los brazos; olió el perfume de clavo y la voz de Simón Ayub le dijo al oído, caliente y aromática:

—Te dije que me debías el descontón, pendejo.

Un coro de voces autoritarias, los Caballeros de Colón vestidos con frac y los tricornios emplumados bajo los brazos, entonó somos cristianos somos mexicanos guerra guerra contra Lucifer.

37

«Así serás bueno, pinche enano», logró decir Félix amarrado a la silla frente al reflector que le calcinaba los ojos forzadamente abiertos por los dos palillos de dientes quebrados a la mitad y enterrados en los párpados antes de que Ayub lo silenciara con otra bofetada sobre la boca sangrante y los dos gorilas apestosos a cerveza y cebolla lo relevaran nuevamente para golpear el vientre de Félix, patearle las espinillas, hacer que la silla cayese y luego seguir pateándole los riñones y la cara untada sobre el cemento frío de esta pieza desnuda de todo menos esa silla, ese reflector y esos hombres.

Los gorilas se cansaban pronto y regresaban a empinarse sus dosequis y morder sus tortas compuestas. Félix no veía nada porque veía demasiado con los ojos empicotados y la mirada se le llenaba de nubarrones, la boca de sangre, las orejas de zumbidos que le impedían escuchar bien la cantinela entre quejumbrosa y desafiante de Ayub. Despojada de su tono de autocompasión y sus interjecciones más brutales, las palabras de Ayub se reducían a informar que él nació en México y se sentía mexicano, pero sus padres no. Tuvieron que regresar a Líbano porque querían morir donde nacieron. Se llevaron a la hermana de Simón. La muchacha se hizo militante falangista y cayó en manos de los guerrilleros de Líbano. Los viejos la buscaron y fueron a dar a una aldea de musulmanes. Allí los tenían prisioneros a los tres.

—El D. G. lo dijo en el hospital, me tienen cogido de los güevos, haces lo que te decimos o te mandamos las cabezas de tu papi, tu mami y tu hermanita, viejos tarugos, se hubieran ido solos, no con mi hermana, ¿cómo la iban a dejar aquí, a los catorce años, la edad más peligrosa?, tú eres mexicano como yo, yo sólo quería ser mexicano, tranquilo, ¿para qué te andas metiendo en lo que ni te va ni te viene?, todos te dicen lo mismo, los palestinos y los judíos, esa tierra es mía, no es de nadie más que de nosotros, y van a acabar matándose todos, allí no va a quedar más que el desierto cuando acaben de ponerse bombas y meterse en campos de concentración y contrabandear armas que van a dar a manos de sus enemigos, ¿no te das cuenta, pendejo?, los dos disparan a ciegas sus ametralladoras contra viejos y niños y perros y tú y yo cabrón, ¿qué chingados…?

La voz del Director General llegó de lejos, acompañada primero de un portazo metálico, en seguida de unas pisadas huecas sobre el cemento:

—Ya estuvo bien, Simón. Es inútil. No tiene el anillo.

—Pero sabe dónde está — jadeó Ayub.

—Y yo también. Es inútil. Despide a tus gorilas y apaga ese reflector. Tus amigos me ofenden tanto como la luz excesiva.

—Era para hacerlo cantar — dijo en son de excusa Ayub.

—Era para desquitarte — dijo secamente el funcionario—. Desamárralo. No temas. En ese estado, no podrá pegarte.

El Director General se equivocó. Los gorilas salieron bufando con las tortas en las manos. Ayub liberó las piernas de Félix atadas a las patas de la silla volteada. Maldonado logró darle una patada en los testículos al pequeño siriolibanés. Ayub gritó de dolor, doblado sobre sí mismo.

—No lo toques —ordenó el Director General en la penumbra que le permitía moverse como un gato, deshizo ágilmente los nudos de las manos de Félix y le retiró con cuidado los palillos de los ojos.

—Ayúdame — volvió a ordenar, indiferente a las quejumbres de Ayub —, vamos a sentar correctamente a nuestro amigo.

—Nuestro amigo... —se mofó Ayub, doblado, mientras ayudaba con una sola mano a su jefe. Era la mano con los anillos. Félix recordaría siempre el sabor metálico de las cimitarras.

—Sí, señor — dijo ahora con suavidad el Director General —, no ha dejado de sernos útil un instante y lo seguirá siendo, ¿cómo?, es su vocación, ¡qué le vamos a hacer! Es un caso de amor a segunda vista, *pas vrai?*

Rió y cortó la risa en el punto más alto de la alegría. Miró sombríamente a Ayub detrás de los *pince-nez* morados.

—Puedes retirarte, Simón.

—Pero...

—Anda. Afuera te esperan tus amigotes. Diles que te conviden un poco de sus tortas.

—Pero...

—Pero nada. Lárgate.

Félix temió que los ojos se le desprendieran de las órbitas y los mantuvo tapados con las manos que eran las nodrizas de su mirada herida. Estuvo a punto de pensar que esas manos no eran suyas. Lo distrajo el paso veloz de Ayub, el ruido de la puerta de metal abierta y cerrada.

Siguió con las manos sobre los ojos; para qué ver, no había nada que ver, sólo el hombre fotofóbico podía ver en esta penumbra que Félix agradeció. Eso los asemejaba, a él y al Director General, en ese momento.

—Pobre diablo — comentó la voz hueca —, sus padres y su hermana murieron la semana pasada en una miserable aldea libanesa. Es el destino de los rehenes. Los falangistas y sus aliados israelíes mataron a diez rehenes palestinos en el sur del Líbano. Ahora les tocó a otros tantos rehenes maronitas en manos de los fedayines del Frente del Rechazo.

Acercó el rostro de calavera al de Félix, como para cerciorarse de la gravedad de la golpiza.

—Qué lástima —prosiguió—, he perdido mi ascendencia sobre Ayub. Él no lo sabe todavía. Pero no faltará quien lo entere, en este mundo tan chiquito. Más vale que ese par de sujetos desagradables se ocupen de él de una santa vez, ¿cómo? Exit Simón Ayub. Lástima para usted también, licenciado Velázquez. Ayub creía a pies juntillas que usted es un tal Félix Maldonado. Nadie más lo cree.

El Director General esperó mucho tiempo, de pie, con los brazos cruzados, un comentario de Félix. Acabó por menear de un lado a otro la cabeza de puercoespín.

—¡Válgame Dios! Decididamente, cada vez que nos encontramos usted no puede pronunciar palabra. Recuerdo al difunto Maldonado una tarde en mi oficina, tan gallito, tan parlanchín, ¿sí? Todo lo contrario de usted, que es la quintesencia de lo taciturno. Válgame, ¿cómo? Pero no se preocupe. Soy paciente. Tome mi pañuelo. Límpiese la sangre de la boca. Vamos a entretenernos un rato mientras usted recupera el habla. Cuando lo haga, evite las repeticiones, ¿cómo? Nuestra gente le siguió desde que abandonó, con alardes dignos de un héroe de Dumas, la clínica de Tonalá. Lástima que acudiera a un recurso tan melodramático como el incendio. Esperaba más de su *finesse*. Pero en fin, estábamos a la merced de sus tretas. Lo importante, ¿cómo?, es que escapara creyendo que realmente escapaba, sin sospechar que nosotros deseábamos fervientemente el éxito de su fuga.

—¿Por qué? —dijo Félix mezclando sangre y saliva.

—¡Aleluya! ¡Primero fue el Verbo! —exclamó con deleite el Director General—. ¿Por qué? Memorables primeras palabras del señor licenciado don Diego Velázquez, nuevo jefe del Departamento de Análisis de Precios de la Secretaría de Fomento Industrial.

El Director General se relamió los labios delgados como navajas al pronunciar el nombre y los títulos que lo acompañaban.

—¿Por qué, pregunta el flamante funcionario? Porque al-

guien nos estaba estropeando las cosas y no sabíamos quién.
Porque trasladan inopinadamente a Félix Maldonado de Petróleos Mexicanos a Fomento Industrial y resulta que este mo-
desto funcionario que no puede tener hijos hasta que le aumen-
ten el sueldo y la posición se da el lujo de tener un cuarto
alquilado en permanencia en uno de los hoteles más caros de
la ciudad. Porque todo esto despierta mis legítimas dudas y
porque la información reunida en los archiveros del difunto
Maldonado en el Hilton revela, después de una somera investi-
gación, ser falsa, colocada a propósito allí para hacernos sospe-
charlo todo sin revelarnos nada. Pero a las guerritas de nervios,
como a todas las guerras, pueden jugar dos. Nuestros contrin-
cantes pierden a su agente Félix Maldonado pero como nosotros no somos tacaños, les regalamos en su lugar a Diego Velázquez, quien se bautiza a sí mismo para ahorrarnos dolores
de cabeza, ¿cómo?, y una buena noche se nos escapa de una
clínica porque queremos que se nos escape.

—¿Por qué?

—Su curiosidad resulta monótona, señor licenciado. Porque
necesitábamos una inocente paloma mensajera que nos condu-
jese hasta el nido oculto desde donde un zopilote nada inocente que usted y yo conocemos pretende descender en picada y
desbaratar nuestros planes. Ah, sonríe usted pícaramente, señor licenciado. Se dice que su amigo el buitre shakespeariano
nos ha ganado la partida y tiene el anillo en su poder. Usted
lo llama Timón de Atenas y por algo será. ¿Qué dice el Bardo
inmortal en el acto primero, primera escena de su drama sobre
el poder y el dinero, o más bien, el poder del dinero?

El Director General, con los brazos siempre cruzados, echó
hacia atrás la cabeza y permitió que la ensoñación penetrara la
oscuridad de sus espejuelos.

—«Ved cómo todos ofrecen sus servicios al señor Timón.
Su vasta fortuna subyuga a toda clase de corazones y los apro-
pia para su tendencia.» ¿Cito mal, señor licenciado? Perdón.
Mi formación no fue anglosajona como la suya y de su patrón,
sino francesa, de tal suerte que prefiero los alejandrinos al
verso blanco.

—Se equivoca de pájaros — dijo Félix escupiendo, entrenando su lengua para que volviera a reunirse correctamente con los dientes y los labios, Shakespeare compara a Timón con el vuelo del águila, directo y audaz.

—No se me vuelva demasiado elocuente — rió el Director General —. Simplemente deseo indicar que si Timón es poderoso y paga bien, nosotros somos más poderosos y pagamos mejor. Y admito tranquilamente, ¿sí?, que su patrón nos ganó el anillo. Pero su pérdida es un factor secundario. Este pequeño drama, ¿ve usted?, tiene dos actos. Acto primero: Félix Maldonado frustra involuntariamente nuestra misión. Acto segundo: Diego Velázquez, también involuntariamente, nos conduce a la madriguera de un servicio de espionaje que pese a nuestros esfuerzos no podíamos ubicar ni conectar con ninguna dependencia oficial del gobierno mexicano. De tal suerte que todos los pecados, los suyos y los míos, nos serán perdonados porque al cabo, gracias a usted, obtuvimos algo mejor que el anillo: el hilo que nos permitió llegar hasta Timón de Atenas.

—Tienen ustedes buenos escuchas telefónicos, pero nada más — dijo Félix con un rostro fatalmente impasible. Cualquiera puede grabar una conversación telefónica y jugar con los nombres propios.

—¿Quiere una prueba de mi buena fe, amigo Velázquez?

—Deje de llamarme así, carajo.

—Ah, es que ése es un nombre propio con el cual no me atrevo a jugar. Exíjame una prueba de confianza y se la daré con gusto.

—¿Quién está enterrado con mi nombre?

—Félix Maldonado.

—¿Cómo murió?

—Eso ya se lo dije en la clínica. ¿Por qué insiste en quedarse en el primer acto? Pase al segundo. Es mucho más interesante, se lo aseguro. Sea más audaz, mi amigo.

—¿Por qué murió?

—Hombre, también eso se lo conté. Atentó contra la vida del señor Presidente.

—No salió una palabra en los periódicos.

—Nuestra prensa es lo más controlable del mundo.

—No sea idiota. Había demasiada gente.

—Cuidado con las palabras feas. Bastante fea está su boca. Puede verse menos bonita aún, se lo aseguro, ¿cómo?

—¿Qué pasó realmente esa mañana en Palacio?

—Nada. Félix Maldonado sufrió un desmayo imprevisto cuando se le acercó el señor Presidente. Fue motivo de bromas para todos, menos para el señor Presidente.

—¿Cuál era el plan de ustedes?

—El que le dije a Maldonado en mi despacho, ¿sí? Préstenos su nombre. Sólo queremos su nombre. Necesitamos un crimen y un crimen necesita el nombre de un hombre. Usted se interpuso con su desmayo imbécil. No hubo crimen, aunque sí criminal.

—Es decir, ustedes pretendían realmente matar al Presidente y colgarme el muertito.

—Permita que no conteste a esa pregunta inconsecuente, ¿cómo?

—Me pidió preguntas difíciles. Se las estoy haciendo.

—Muy bien, pero no me negará la elegancia de una elipsis, ¿sí? Le mostré al señor Presidente la .44 que Maldonado traía en el bolsillo. Es una automática efectiva, fácil de esconder.

—Que le fue puesta a Maldonado en el bolsillo por Rossetti cuando Maldonado se desmayó y ustedes lo sacaron cargado del Salón e hicieron aparecer la pistola por arte de magia — dijo Félix rogando que sus palabras fuesen a la vez imprevistas y certeras pero derrotado de antemano por el temblor de su voz al referirse a sí mismo en la tercera persona.

La inseguridad no escapó a la atención del Director General.

—Si usted quiere. Había que salvar algo del naufragio, ¿cómo? Comentamos con el Primer Mandatario que Félix Maldonado era un judío converso y los conversos sienten gran necesidad de demostrar su celo para ser admitidos sin reservas en el seno de la nueva familia. Invoqué el caso en reversa. Recordé cómo se comportó el judío español Torquemada cuando se convirtió al catolicismo.

—¿Qué ganaba con todo ese rollo?

—¿Me lo pregunta en serio?

—Sí, porque no creo que el Presidente se haya tragado esas paparruchas.

—No se trataba de eso. Por culpa de Maldonado, fracasó el Plan A.

—Que era asesinar al Presidente.

—*Passons.* Aplicamos de inmediato el Plan B, que consistía en sembrar una simple sospecha en el ánimo del Presidente: ¿había pagado Israel a un agente para que eliminara físicamente al Presidente de México?

—¿Para qué? Generalmente, les basta con un boycott del turismo judío norteamericano, cuando quieren apretarnos las tuercas.

—Usted es libre de imaginar todos los guiones probables.

—Pero en todos ellos, Félix Maldonado aparecía como el chivo expiatorio ideal.

—Le repito: sólo el nombre, no el hombre. Pero en fin. Usted lo sabe tan bien como yo. No existen en México contrapesos al poder presidencial absoluto. Se requiere una gran ecuanimidad para ejercerlo sin excesos lamentables. Pero por lo general, ¿cómo se entera el pobre hombre de lo que realmente sucede? Vive aislado, sin más información que la que le dan sus allegados. Los presidentes que salen a oír a la gente son muy raros. La regla es que, poco a poco, la corte aísla al Presidente y también paulatinamente, ¿cómo?, el Presidente se acostumbra a oír sólo lo que desea escuchar y los demás a decírselo. De allí al reino del capricho, sólo hay un paso.

El Director General suspiró, como si se dispusiera a dictarle una lección a un niño demasiado obtuso.

—La primera regla de una política tan barroca como la mexicana es la siguiente: ¿para qué hacer las cosas fáciles si se pueden hacer complicadas? De allí la segunda regla: ¿para qué hacer las cosas bien si se pueden hacer mal? Y la tercera, que es el corolario perfecto: ¿para qué ganar si podemos perder?

Se quitó cuidadosamente los *pince-nez* y con ellos el parecido a Victoriano Huerta, pero al contrario de lo que sucedía con Bernstein, su mirada sin espejuelos no desfallecía; ganaba, acaso, en intensidad rasgada, verdosa.

—Los norteamericanos siguen el consejo de Thoreau, simplificad, simplificad, y su corolario es que nada tiene más éxito que el éxito mismo. Su política es transparente en el bien y en el mal; en eso se parecen un ángel bobo como Eisenhower y un demonio perverso como Dulles. Pero el que se mete a Maquiavelo terminado ahogado en Watergate, ¿cómo? En cambio, no hay político mexicano dispuesto a creer que las cosas simples lo sean; sospecha gato encerrado. Existe un explicable complejo defensivo nacional; México, para seguir con las asociaciones felinas, es un gato demasiadas veces escaldado. Hay que sospechar de todo y de todos y eso lo complica todo y nos complica a todos, *hélas!*

—¿El Presidente ordenó que me encarcelaran, me aplicaran la ley fuga y me enterraran?

—No fue necesario. Bastó con que un Secretario de Estado allí presente pidiera que se investigara a Félix Maldonado para que el Subsecretario corriera a la red privada a ordenarle al director de la policía secreta que lo detuviera y nosotros, gustosamente, entregamos el cuerpo de un hombre desvanecido a los agentes de la secreta, quienes interpretaron a su manera, aunque con una ayudadita nuestra, el pensamiento presidencial; en vista de la naturaleza del crimen le pasaron la papa caliente a las autoridades del Campo Militar, diciendo que eran instrucciones del señor Presidente, el cual, en realidad, nunca dijo esta boca es mía. Perdón por el retruécano. La boca sólo fue mía, ¿cómo? Fui esa noche al Campo Militar y me dirigí al oficial de guardia, un mero comandante, diciendo que venía de parte de la Presidencia de la República a conversar con el detenido. Tengo credenciales suficientes. Fuimos a la celda donde yacía Maldonado.

Interrumpió su relato para subrayar con toda intención el verbo.

—Dije bien yacía. El pobre ya estaba muerto, envuelto en una cobija bastante burda, apenas digna de un recluta. Imagí-

nese la confusión de un oficial segundón con el cadáver de un
presunto magnicida en sus manos. Le comenté que en estos
casos hay que hacer virtud de necesidad. Le sugerí que podía
hacer méritos balaceando al cadáver por la espalda y alegando
la ley fuga. Por supuesto, aceptó mi sugerencia como una orden
de hasta arriba. De paso, la aplicación de la ley fuga me eximía
de toda responsabilidad en la muerte de Maldonado, la trasla-
daba directamente al comandante de guardia y como éste com-
prometía con su acción a todo el Ejército Nacional, ni modo.
Se guardó el secreto público pero todo quedó aclarado y aceptado en las altas esferas. Entierro discreto al día siguiente, tras
de informar a los deudos que un súbito síncope, etcétera. Finis
Félix Maldonado. Los maliciosos siempre dirán que lo mató
la emoción de ver de cerca al señor Presidente. Tal es el amable recorrido que nos lleva de una simple sospecha expresada
ante el señor Presidente y recogida por sus colaboradores a
una brutal decisión de un oficial menor del ejército, antes de
elevarnos al digno dolor de la ceremonia en el Panteón Jardín,
¿sí?

—¿Cómo se llama el infeliz al que le pasó todo esto?

—Félix Maldonado. Era realmente un infeliz. Mediocre en
todo. Mediocre economista, mediocre burócrata, mediocre tenorio. Sí, un pobre diablo.

El Director General miró con ferocidad juiciosa a Félix.

—Velázquez, ponga en un platillo de la balanza la miserable insignificancia de Maldonado y en la otra una crisis interna
de repercusiones internacionales. Verá que no debemos llorar
por alguien como Félix Maldonado.

Volvió a colocarse los espejuelos ahumados.

—En cambio, debemos preocuparnos por el licenciado Diego Velázquez. Félix Maldonado no aceptó nuestra oferta y ya
ve cómo le fue. A Diego Velázquez le espera todo: un puesto
oficial con aumento considerable de salario, comisiones jugo-
sas, viajes al extranjero con viáticos generosos, todo lo que
pueda desear.

Félix sentía la cara como un nudo.

—Tengo una mujer, ¿recuerda?

Tuvo que adivinar la mirada invisible pero intrigada del Director General.

—Por supuesto. Y ahora podrán tener todos los hijitos que Dios quiera mandarles, ¿cómo?

—Seguro. Una bola de hijitos de la chingada que se llamarán todos Maldonado.

El Director General no tuvo que golpear a Félix; le bastó acercar el rostro verdoso, impreso para siempre en hondas comisuras y huesos próximos a la imagen de la muerte, si no a la muerte misma, aunque el aliento que salía por las aletas anchas de la nariz y los labios largos, sin carne, parecidos a dos navajas de canto, sí venía de una tumba interna capaz de hablar con una amenaza peor que cualquier tranquiza de Simón Ayub.

—Óyeme bien. Lo único cierto de esta aventura es que tú nunca sabrás si eres el verdadero Félix Maldonado o el que por órdenes nuestras te sustituyó. ¿Quieres seguir negando que eres un hombre enterrado en el Panteón Jardín? Regresa al momento en que despertaste en la clínica y pregúntate si puedes asegurar que entonces sabías quién eras. Habrá para siempre un antes y un después en tu vida. Un abismo los separa y nunca podrás salvarlo, ¿me entiendes bien? De ahora en adelante, lo que puedas saber de tu pasado quizás sea sólo lo que nosotros, benévolamente, queramos enseñarte. ¿Cómo podrás saber la verdad?

—Ruth... —murmuró Félix hipnotizado por la voz de muerte, la mirada de muerte, el gesto de muerte de este hombre inasible como una serpiente embarrada de aceite.

—Te lo aseguro —continuó el Director General sin oír a Félix—, cada vez que pienses en el pasado de Félix Maldonado, estarás recordando algo que yo te enseñé mientras estabas inconsciente en el hospital. Y mientras vivas el presente de Diego Velázquez, sólo sabrás de él lo que yo te diga sobre él. Cada opción te remitirá a un contrario imposible. Si eres el de ayer, ¿puedes asegurar dónde comenzó tu hoy? Si eres el de hoy, ¿puedes saber dónde terminó tu ayer? No hay salida para ti, hagas lo que hagas, vayas a donde vayas. Félix

Maldonado fue un infeliz que frustró mis planes perfectamente concebidos. Diego Velázquez cargará la maldición de esa culpa.

Félix buscó en vano el sudor en la frente del Director General; la intensidad de sus palabras era como su aliento, mortalmente frío. El alto funcionario se recompuso, se alejó de Félix y se incorporó plenamente.

—El pobrecito de Félix Maldonado es un hombre ideal, no por sus discutibles méritos, sino porque *no es*. Seguirá muerto para que podamos seguirlo utilizando. Su propio jefe está de acuerdo.

Hizo un gesto despreciativo con la mano, pidiéndole a Félix que se incorporara.

—Ahora sígame, señor licenciado. Le ofrezco llevarlo en mi automóvil.

Félix se puso de pie. Se sintió mareado y débil. Apoyó un instante las manos sobre el respaldo de la silla. El Director General le dio la espalda y encendió de manera deliberada un cigarrillo, tapando con una mano el fulgor intolerable del briquet. Félix cayó de cuclillas, enchufó el reflector con el que Ayub y sus gorilas lo torturaron y la luz blanca, congelada como el aliento de hombre que encendía un cigarrillo frente al ojo sin párpados del reflector, cegó al Director General con un aullido de dolor.

Se tapó la cara con las manos, el briquet pegó contra el piso de cemento y el cigarrillo le rodó, desamparado y desparramando un minúsculo simulacro de lava, por el pecho.

—Lo sigo — dijo Félix aplastando el cigarrillo con el talón.

El Director General suprimió los borbotones agónicos de su grito inicial. Se agachó para buscar y encontrar, a tientas, el encendedor y se reincorporó con toda su dignidad recuperada.

—Sea mi huésped — le dijo a Félix Maldonado.

38

La puerta de metal se cerró detrás de ellos. Caminaron
por una galería de vidrio y fierro ventilada por chiflones de
frío nocturno; olía a lluvia reciente.

Descendieron por unos escalones de fierro a un garage donde se encontraba estacionado un viejo Citroën de los años cincuenta, negro, largo y bajo. El Director General abrió la puerta y con un gesto silencioso le pidió a Félix que subiera.

Maldonado entró a la imitación de un ataúd de lujo. Su
anfitrión le siguió y cerró la puerta. Se instaló mullidamente,
con un suspiro, y tomó la bocina negra que colgaba de un
gancho de metal.

Dio órdenes en árabe y la carroza fúnebre arrancó. Todo
el espacio interior del Citroën estaba tapizado de fieltro negro,
las ventanillas cubiertas por cortinas negras y dos hojas co-
rredizas de metal pintado de negro separaban al invisible chofer de los pasajeros.

Félix sonrió para sus adentros imaginando la conversación
que serían capaces de sostener, en este lugar y estas circunstancias, su anfitrión y él. Pero el Director General estaba demasiado ocupado poniéndose en los ojos las gotas que le ali-
viaban del fogonazo. Luego guardó el frasco en el mismo bo-
tiquín frente a los asientos de donde lo sacó y descansó la
cabeza, con los ojos cerrados, sobre los cojines del respaldo.

Habló como si no hubiese sucedido nada durante la hora
anterior, con un tono de cortesía extrema. Diríase que ambos
se dirigían a un banquete o regresaban juntos de un entierro.
Con tonos de afabilidad modulada, el Director General recordó su vida de estudiante en La Sorbonne. Allí formó lazos de
amistad imperecederos, dijo, con la élite del mundo árabe.
Le abrieron las puertas de una sensibilidad junto a la cual la
del Occidente le pareció roma y pobre; añadió que, sin los
árabes, el mundo occidental carecería de su propia cultura,
pues las herencias griegas y latinas fueron destruidas o igno-

radas por los bárbaros, conservadas por Islam y diseminadas desde Toledo a la Europa medieval. Los hijos de los palestinos ricos estudiaban en Francia; le hicieron comprender que su diáspora, por actual y tangible, era peor que la de los judíos, iniciada dos mil años antes. Los palestinos eran las víctimas contemporáneas del colonialismo en las Tierras de Dios y vivían ahora mismo el destino que los judíos sólo evocaban y que jamás hubiese pasado del estado de una vaga nostalgia sionista si Hitler no los convierte, de nuevo, en mártires. Pero mientras los judíos sólo eran ricos banqueros, prósperos comerciantes y laureados intelectuales en la Alemania pre-nazi, los palestinos ya eran víctimas, prófugos, exiliados de la tierra que ellos y sólo ellos habitaban realmente.

—El Medio Oriente es una geografía apasionada —murmuró—, y basta entrar a ella para compartir sus pasiones, incluyendo la violencia. Pero la violencia del Occidente moderno se diferencia de todas las demás porque no es espontánea, sino rigurosamente programada. El colonialismo occidental la introdujo en el Medio Oriente; el proyecto sionista es su prolongación. La violencia palestina es otra cosa: una pasión. Y la pasión se consume en el instante, no es un proyecto sino una vivencia inmediata, inseparable de la religión con todo lo que ello implica. En cambio, el sionismo es un programa que por fuerza se separa de la religión a fin de ser compatible con el proyecto laico de Occidente cuya violencia comparte. Considere usted, amigo Velázquez. Palestina ya estaba habitada. Pero para los judíos de Europa, todo lo que no era Europa, era, como lo fue para el colonialismo europeo, ocupable. Es decir, colonizable ¿sí? Los judíos obligaron al mundo árabe a pagar el precio de los hornos nazis; el resultado fue fatal: los palestinos se convirtieron en los judíos del Medio Oriente, los perseguidos de la Tierra Santa. Pero Israel carga la penitencia en la culpa. Poco a poco, los israelitas se orientalizan y, como los árabes, se empeñan en una lucha que ya no será laica sino también religiosa, pasional e instantánea. La orientalización de Israel hace inevitable una nueva guerra, quizás muchas guerras sucesivas, pues la política oriental sólo concibe la negociación como resultado y jamás como impedimento de la guerra.

Félix no quiso decir decir nada. Llegaba vacío al final de una aventura en la que no sabía si actuó de acuerdo con una voluntad, propia o ajena, o si sólo fue objeto ciego de movimientos azarosos que no dependían de la voluntad de nadie.

El Director General le palmeó la rodilla:

—Bernstein debe haberle dado sus razones. No abundaré en las mías. Debe usted pensar lo mismo que el pobrecito de Simón, usted es mexicano, ¿qué le va ni le viene todo esto? Se trata de cumplir un encargo y ya, ¿cómo? Pero sus amigos tienen razón. El petróleo mexicano será una carta cada vez más importante en una situación de guerra permanente en el Mediterráneo oriental. De allí, ¿cómo?, todos nuestros esfuerzos. Es inútil aislarse, señor licenciado. La historia y sus pasiones se cuelan por la rendija universal de la violencia. ¿Estudió usted a Max Weber? El medio decisivo de la política es la violencia. Y como todos, personalmente, poseemos una dosis más o menos amaestrada de violencia, el encuentro es fatal; la historia se convierte en justificación de nuestra violencia escondida. Dirá usted que habló por mí. Piénselo. En este momento se siente exhausto y quiere dar por terminado todo esto. Lo entiendo. Pero le exijo que se pregunte si no queda en usted una reserva personal de violencia, totalmente ajena a la violencia política que le circunda, y que se propone aprovecharla para averiguar lo único que sólo usted puede averiguar, ¿cómo?

Félix y el Director General se miraron largamente en silencio; Maldonado sabía que su propia mirada era algo vacío, opaco, sin comunicación; los espejuelos del Director General, en cambio, brillaban como dos estrellas negras en el seno negro del viejo Citroën.

—Vamos — sonrió el Director General —, creo que llegamos. Perdone mi palabrería. En realidad, sólo deseaba decirle una cosa. La crueldad siempre es preferible al desprecio.

Corrió una de las cortinillas del automóvil y Félix pudo ver que se acercaban al puente de piedra de Chimalistac. El alto funcionario volvió a reír y dijo que los españoles habían aprendido de los árabes que la arquitectura no puede estar en pugna con el clima, el paisaje o las almas. Lástima, añadió, que los mexicanos modernos hayan olvidado esa lección.

—Toda la ciudad de México debía ser como Coyoacán, de la misma manera que toda la ciudad de París, en cierto modo, es similar a la Place Vendôme, ¿cómo? Hay que multiplicar lo bello, no aislarlo y aniquilarlo como por desgracia hacemos nosotros.

El auto se detuvo y el tono del Director General volvió a la sequedad hueca.

—Descanse. Repose. ¿Sí? Cuando se sienta bien, regrese a su oficina. Le esperamos. Es el mismo cubículo de antes. Malenita le aguarda ansiosa. Pobrecita. Es como una niña y necesita un jefe que sea como su papá. Le cobrará la quincena puntualmente, sin que necesite usted desplazarse y hacer colas. Y cada mes, pase a ver a Chayito mi secretaria. Las compensaciones no pasan por la contaduría pública del ministerio.

Abrió la puerta e invitó a Félix a descender.

—Baje, licenciado Velázquez.

—Hay una cosa que no me ha explicado. ¿Por qué me dijo en la clínica que Sara Klein había asistido a mi sepelio?

La mirada del Director General pareció por un segundo ciega como la arena. Luego suspiró.

—Recuerde mis palabras. Dije que Sara Klein también acudió a la cita con el polvo. En este carnaval de mentiras, señor licenciado, admita al menos una verdad metafórica, ¿cómo?

Brilló el anillo matrimonial de este hombre de vida privada inimaginable. Se le ocurrió a Félix que las ocho mujeres de Barba Azul, incluyendo a Claudette Colbert, no tenían nada que envidiarle a la señora del Director General.

—Baje, licenciado Velázquez. Yo voy a seguir. Y dígale a su amigo Timón de Atenas que recapacite en las palabras de Corneille, con algunos cambios toponímicos. *Rome a pour ma ruine une hydre trop fertile; une tête coupée en fait re-naître mille.*[58] ¿Ve usted? Yo también tengo mis clásicos.

Félix descendió sin darle la mano. Pero desde la banqueta introdujo las dos manos abiertas en el auto, mostró las palmas con sus signos de vida, fortuna y amor cerca de los espejuelos ahumados del Director General y le dijo con saña:

—Mire. Hay algo que se les olvidó. Tengo mis manos. Tengo mis huellas digitales. Puedo probar quién soy.

El Director General evitó esta vez la risa seca y alta.

—No. También pensamos en eso. Nos reservamos para la próxima vez rebanarle las yemas de los dedos, señor licenciado. Siempre hay que tener un as en la manga. La crueldad debe ser gradual. Pero estoy seguro de que no se expondrá más a nuestra cirugía, ¿cómo?

Cerró la puerta y el Citroën arrancó. Félix estaba frente a la puerta de mi casa en Coyoacán.

---

58. Para mi ruina reserva Roma una hidra demasiado fértil; de una cabeza cortada habrán de renacer mil. *Cinna,* iv, 2, 25.

CUARTA PARTE

LA GUERRA CON LA HIDRA

39

Cuanto llevo dicho es el informe, lo más detallado posible, de lo que Félix Maldonado me contó durante la semana que pasó, recuperándose, en mi casa. Le he dado un cierto orden, pues él me entregó su narración en fragmentos discontinuos, como opera en realidad la memoria. Y la memoria de Félix, ya me lo había dicho por teléfono, tenía algunos derechos. La mía también.

He transcrito con toda fidelidad sus sensaciones del momento, sus descripciones de lugares y personas, los hechos y las conversaciones, así como las escasas reflexiones internas suscitadas por todo ello. Algunos — acaso demasiados — comentarios laterales son exclusivamente míos.

Me doy cuenta, a medida que Rosita pasa mis notas a máquina, de que he reunido cerca de doscientas cuartillas. La muchacha de la cabecita de borrego es una excelente taquimeca, pero las tareas de secretariado no le gustan, las siente por debajo de su dignidad de Mata Hari en potencia. Su novio Emiliano es mucho más dócil, está dispuesto a aprenderlo todo y lee con muchísima atención las páginas que Rosita transcribe.

El caso que convendremos, con el triple agente Trevor-Mann, en llamar la Operación Guadalupe, amerita esa curiosidad. Fue el primero de nuestra embrionaria organización de inteligencia secreta. Las lecciones de esta experiencia piloto habrían de resultarnos de suma utilidad para el futuro.

Conocí bien a Félix Maldonado hace unos quince años, cuando los dos realizamos estudios de post-grado en la Universidad de Columbia en Nueva York. A pesar de ser compañeros de generación, no nos tratamos en la Escuela de Economía de la Universidad de México. Nuestra mal llamada «máxima casa de estudios» no favorece ni los estudios ni la amistad. La ausencia de disciplina y normas de selección impide aquéllos; la plétora indiscriminada de una población de doscientos mil estudiantes dificulta ésta.

Además, las diferencias sociales alejan a los alumnos ricos de los pobres. Yo llegaba en automóvil propio a la Ciudad Universitaria; Félix, en camión. Ni los ricos como yo deseábamos fraternizar con los pobres como Félix, ni ellos con nosotros. Se creaban demasiados problemas, lo sabíamos bien. Ellos se sentían avergonzados de invitarnos a sus casas, nosotros incómodos de su incomodidad en las nuestras. Nosotros pasábamos los fines de semana en las casas privadas de Acapulco; ellos, con suerte, llegaban al balneario de Agua Hedionda en Puebla. Nuestros bailes eran en el Jockey Club; los de ellos, en el Salón Claro de Luna.

Había también el problema de las muchachas. No deseábamos que nuestras hermanas o primas se enamoraran de ellos; ellos, aunque en esto no los secundaran sus padres, tampoco querían que las suyas les fueran birladas por los juniors millonarios como yo.

No era el caso de Félix; se sabían su fidelidad al maestro de historia de las doctrinas económicas, Leopoldo Bernstein, y su amor hacia una chica judía, Sara Klein, compañera nuestra en la escuela. Pero esta era una barrera más. A fines de los cincuenta, las familias judías de México no acababan de ser aceptadas en la buena sociedad, los padres hablaban con gruesos acentos teutónicos o eslavos, se sospechaba que las muchachas eran demasiado emancipadas y, sobre todo, las familias no eran católicas.

La distancia, espontáneamente, derrumbó estas barreras. Mis privilegios nacionales no impresionaban a nadie en Nueva York y en cambio Félix los aceptaba de manera natural sin estimar que por ello dos jóvenes mexicanos en los Estados

Unidos debían cultivar rencores sociales, sino aliarse amistosamente para compartir bromas, recuerdos y lengua.

Félix sentía una pasión por el cine y su historia; la cinemateca del Museo de Arte Moderno le colmaba de gusto y me invitó varias veces a acompañarle en sus excursiones de descubrimiento de Griffith, Stroheim y Buñuel. Yo nunca le dije que ya había visto todo eso en el Instituto Francés de la calle de Nazas, donde dos veces por semana un espigado y joven poeta español de cabellera prematuramente encanecida nos daba, a los trescientos y algunos más, lúcidas clases de cultura cinematográfica antes de que todos guardásemos un silencio religioso ante las fluidas ondulaciones de la Swanson y las férreas del Potiomkin.

Por mi parte, yo descubrí el teatro en Nueva York y la pasión de Félix por el cine sólo fue comparable a la mía por Shakespeare. Dediqué un verano a seguir las representaciones shakespearianas en el Festival de Ontario y a lo largo de lo que entonces se llamaba «el circuito de los sombreros de paja» en pequeños teatros estivales de la costa de Nueva Inglaterra. Invité a Félix a acompañarme y vencí sus resistencias ofreciéndole un trato: él sería mi huésped en los teatros y yo el suyo en los cines.

Así se selló nuestra amistad y en septiembre, al iniciarse nuestro segundo año en Columbia, decidimos vivir juntos y tomar un pequeño apartamento en el edificio Century del lado *démodé* de Central Park, el oeste. Félix me puso una condición: que yo recortase la mesada que me enviaba mi padre hasta igualar la suma exacta de la beca que él recibía del gobierno. Acepté y nos instalamos en el apartamento amueblado de una sola pieza más baño y *kitchenette*. Compartimos el Castro Convertible que de día era sofá y de noche cama. Convenimos en no recibir muchachas sino en las tardes y colgar un letrero en la puerta de entrada cuando no queríamos ser molestados. Nos robamos en la calle 68 una pancarta de obras públicas que decía MEN AT WORK y la utilizamos para darnos aviso mutuo.

Hablábamos mucho de México, sentados frente al panorama que era nuestro único lujo: la vista del Hudson al atardecer desde la ventana del vigésimo piso. El padre de Félix había sido uno de los escasos empleados mexicanos de las compañías petroleras extranjeras. Trabajaba en Poza Rica para la Compañía El Águila, subsidiaria de la Royal Dutch, como contador.

—El gerente recibía a mi padre dos veces al mes. Pero mi padre nunca le vio la cara. Cuantas veces entró al despacho, encontró al gerente dándole la espalda. Era la costumbre, recibir de espaldas a los empleados mexicanos, hacerles sentir que eran inferiores, igual que los empleados hindús del raj británico. Mi papá me contaba esto años después, cuando su humillación ya se había convertido en orgullo. En 1938, Lázaro Cárdenas expropió las compañías petroleras inglesas, holandesas y norteamericanas. Mi papá me contó que al principio no sabían qué hacer. Las compañías se fueron con sus técnicos, sus ingenieros y hasta los planos de las refinerías y las refacciones de los pozos. Dijeron bébanse su petróleo, a ver a qué les sabe. Fue declarado el boycott de los países capitalistas contra México. Dice mi papá que tuvieron que improvisarlo todo para salir adelante. Pero valía la pena. Se acabaron las guardias blancas que eran el ejército privado de las compañías, les robaban las tierras a los campesinos y les cortaban las orejas a los maestros rurales. Y sobre todo, las gentes se miraron a la cara.

Todo esto es una parte bien conocida de la historia moderna de México. Para Félix era una experiencia personal y conmovedora. Alegaba con calor, en medio de mis risas, que fue concebido el 18 de marzo de 1938, día de la nacionalización, porque nació exactamente nueve meses después. Y si hubiera nacido nueve años antes, no hubiese tenido todo lo que tuvo, las escuelas creadas por Cárdenas en los campos petroleros, los servicios médicos que antes no existían, la seguridad social, las pensiones. Sus padres no se habían atrevido a tener hijos antes; Félix pudo ir a la escuela de Poza Rica, su padre ascendió, fue jefe de contadores en la Dirección de Petróleos Mexicanos en la capital, Félix pudo seguir sus es-

tudios y llegar a la Universidad, su padre se retiró pensiona-
do, pero los hombres activos se mueren cuando dejan de trabajar. Félix sentía veneración por su padre y por Cárdenas;
casi eran uno solo en su imaginación, como si hubiese una
correspondencia inseparable entre una humillación, una dignidad y un destino compartidos por ambos y heredados por él.

Félix contaba esta historia de manera muy íntima, mucho
más de lo que yo soy capaz de referirla ahora. No perseguía
con ello una confesión análoga de mi parte. Mi vida siempre
había sido fácil y me avergonzaba admitir que también mi
familia lo debía todo al Presidente Cárdenas; la fabriquita de
productos farmacéuticos de mi padre pudo expandirse y diver-
sificarse, después de la expropiación, hasta convertirse en una
poderosa empresa petroquímica y, de paso, mi papá acaparó
un buen número de concesiones; nuestras gasolineras se ubicaron estratégicamente a lo largo de la Carretera Panameri-
cana entre Laredo y Valles y gracias a todo ello yo no sólo fui
a la Universidad sino a los bailes del Jockey Club.

En cierto modo, envidié a Félix la vivacidad de sus expe-
riencias y de las emociones que derivaba de ellas; pero por las
mismas razones, me daba cuenta de que cierta excentricidad
marcaba a mi amigo. No me refiero a nuestras divergencias religiosas; en este caso, yo podría parecer excéntrico en un medio donde todos se dicen católicos pero sólo las mujeres y los
niños son practicantes. Félix era producto de escuelas socialistas; yo no era católico por simple tradición, sino por convicción y esta convicción era gemela de las razones por las que
Félix rechazaba la noción de Dios: el creador no pudo crear
el mal.

—Pero sólo Dios hace necesario el mal —le contestaba durante nuestras discusiones—. Acumula todo el mal sobre la
espalda de Dios y sólo así comprenderás la existencia de Dios,
porque sólo así sabrás y sentirás que Dios nunca nos olvida.
Si es capaz de soportar todo el mal humano es porque no le
somos indiferentes.

Cuando Félix recibió en Nueva York la noticia de la muerte de su madre, rechazó mi compañía y colocó el famoso le-

trero a la entrada del apartamento. Regresé lo más tarde posible; el letrero seguía allí y me fui a pasar la noche a un hotel. La mañana siguiente, alarmado, hice caso omiso de la pancarta y entré. Estaba con una muchacha muy bonita en la cama. Me dijo:

—Te presento a Mary. Es judía y es mexicana. Anoche perdió la virginidad.

La muchacha de ojos violeta no se inmutó; yo me sentí incómodo y, debo confesarlo, celoso. Mientras Félix respetase nuestro arreglo y yo no viese a las mujeres que pasaban por nuestra cama, no me importaba. Pero la presencia física de Mary me turbó. Racionalicé y me dije que era culpa de mi buena o mala educación, depende; yo hubiese tomado un avión a México para enterrar a mi madre. Pero secretamente añadí que consideraba a Félix como algo mío, el hermano que vivió el lado difícil de la vida que a mí no me tocó, el amante platónico que todas las noches se tendía junto a mí en la cama convertible y me contaba extraordinarias películas que jamás se filmaron o más bien superpelículas ideales fabricadas de trozos que él amaba particularmente, un rostro, un gesto, una situación, un lugar arrebatados a la muerte por la cámara.

—¿Quién va a pagar las sábanas y el colchón manchados? — dije groseramente y los dejé solos.

Caminé hasta San Patricio; Félix no iba a rezar por su madre.

Durante los dos últimos meses de nuestra vida común en Nueva York ni él ni yo volvimos a colocar la pancarta en la puerta.

Regresamos juntos a México y prometimos vernos muy seguido, canjeamos números telefónicos y nos separamos. Todos nuestros intentos de proseguir la relación de intimidad fracasaron. Félix entró a trabajar a Petróleos Mexicanos; sus antecedentes familiares y su maestría en Columbia le facilitaron las cosas. Yo reingresé a mi círculo social y empecé a hacerme cargo de los negocios de mi padre. Supe que Félix frecuentaba mucho a la colonia judía. Sara Klein se había ido a vivir a Israel, pero Félix anduvo con Mary, luego la muchacha se casó con un comerciante judío y Félix con otra muchacha judía llamada Ruth.

Yo tuve suerte en los negocios y al morir mi padre los incrementé, pero la compensación de mis esfuerzos me parecía vana. Los dos años en Columbia, la amistad con Félix, mi amor por la literatura inglesa, me hacían ver con una perspectiva deplorable al mundo de los burgueses mexicanos, ignorantes y orgullosos de serlo, dispendiosos, voraces en su apetito de acumular dinero sin propósito ulterior, ayunos de la menor dosis de compasión social o de conciencia cívica. Los medios oficiales con los que forzosamente trataba no me depararon mejor opinión; la mayor parte de los funcionarios pugnaba por saquear lo suficiente en seis años para luego acomodarse en los círculos burgueses y vivir, actuar y pensar como ellos.

Los dos aspectos de mi vida se trabaron en el matrimonio de mi hermana Angélica, dueña de todos los vicios de nuestra clase, con Mauricio Rossetti, propietario de todos los defectos de la suya: un aristócrata empobrecido que hacía carrera en la burocracia. Imaginé que Félix habría salvado a mi hermana de una vida idiota en la que derrochaba su parte de nuestra herencia para humillar a su marido al mismo tiempo que lo acicateaba para que aprovechara la corrupción a fin de redimirse de la humillación. No sé si, muy dentro de mí, le guardé un imposible rencor a Félix por no haberme buscado y, con suerte, enamorado a Angélica, salvado a Angélica...

Cultivé a las excepciones que encontré, algunos abogados, economistas, funcionarios y hombres de ciencia inteligentes, honrados y sobre todo preocupados por el destino de un país que no tenía por qué estar destinado a la pobreza, la corrupción y la tontería. Compré una vieja casona en Coyoacán. La llené de mis libros, las pinturas que empecé a adquirir, la música que cada vez, convencido de que mi soltería no tenía remedio, amaba más. Mis negocios, casi por inercia, marchaban bien y yo era considerado eso que se llama un empresario nacionalista.

En realidad, detrás de las apariencias de mi vida siempre tenía presentes unas conversaciones en un pequeño apartamento con vista al Hudson, cuando un joven estudiante de economía me contaba lo que pasó el día en que fue concebido.

Ese día, los mexicanos se miraron a la cara.

Mi constante recuerdo de Félix se convirtió, poco a poco, en necesidad de volverle a ver durante los meses primero y luego los años que siguieron a la crisis política y económica de octubre de 1973. La guerra del Yom Kippur y el embargo petrolero de los países árabes coincidió con la ubicación de un cuadrilátero con veinte mil millones de barriles potenciales escondidos a 4.500 metros bajo las tierras de Tabasco y Chiapas.

No fue difícil para el dueño de una gran empresa petroquímica percibir los signos de peligro, calibrar por igual la avaricia que provocaban los grandes mantos petrolíferos mexicanos y el papel que semejante reserva podría jugar en caso de una crisis internacional. Pude averiguar cosas que parecían muy simples: las idas y venidas de nuestro antiguo profesor Bernstein con el propósito ostensible de reunir fondos para Israel, los contactos que establecía, las preguntas que formulaba; la relación del Director General de la Secretaría de Fomento Industrial con los diplomáticos y jerarcas de los países árabes. Las indiscreciones de mi hermana Angélica me fueron preciosas. No las necesité para comprobar personalmente las presiones ejercidas sobre mi propia empresa para asociarla con compañías transnacionales y acoplarla a proyectos que acabarían por arrebatarnos el dominio sobre nuestros recursos.

Imaginé el día en que los mexicanos dejaríamos de mirarnos a la cara.

40

Volví a establecer contacto con Félix. Le di cita una tarde en mi casa de Coyoacán. Nos comparamos físicamente, después de trece años de no vernos. Él era el mismo, morisco, viril, muy parecido al autorretrato de Velázquez, alto para ser mexicano. En cambio, mi aspecto había cambiado bastante.

Relativamente bajo de estatura, con una cabeza demasiado grande para mi cuerpo pequeño y esbelto, la calvicie acentuaba mi pequeñez; intentaba compensar la alopecia con un bigote ancho, negro y grueso.

Le expliqué en términos muy generales de qué se trataba. No entré en demasiados detalles. No deseaba prejuiciarlo en exceso; además, sabía que sólo los incidentes personales motivaban la acción de Félix Maldonado y no los argumentos políticos abstractos: el petróleo era la vida de su padre, no una ideología determinada. Me recordó que era judío converso, aunque no practicante, para darle gusto a su mujer. Me preguntó si nunca me había casado; me había perdido la pista por completo. No, yo era un solterón de treinta y ocho años. Quizás algún día.

Establecimos un código simple, las citas de Shakespeare; alquilé el cuarto en el Hilton como una especie de panal al que acudirían abejas de distinta estirpe y allí plantamos muy cuidadosamente los documentos falsos pero con todas las apariencias de verdad. Félix se quejó.

—Me has dado muy pocos nortes. Temo equivocarme.

—Es mejor así. Sólo tú puedes cumplir esta misión. Cuando algo te sorprende, siempre reaccionas con imaginación. Si no, actúas rutinariamente. Te conozco.

—Entonces me considero libre de proceder como mejor lo entienda.

—De acuerdo. Nuestra premisa es que carecemos de información o de proyectos para contrarrestar las ambiciones que nos amenazan. Vamos a actuar solos, sin más elementos que los que merezcan nuestra confianza y sin más recursos que los de mi propia fortuna.

Me miró de una manera extraña; a veces la memoria desdeña su nombre verdadero y se nubla de emociones que no son sino recuerdos.

—Qué bueno volverte a ver.

—Sí, Félix, qué bueno.

—Fuimos muy buenos amigos, amigos de veras, ¿no es cierto?

—Más que eso. En Columbia nos llamaban Cástor y Pólux.

Aproveché el momento e intenté un primer acercamiento personal; lo acompañé de un acercamiento físico, de intimidad, rodeando su espalda con mi brazo, esperando algún temblor que delatara su emoción.

—Tengo prejuicios — me dijo —. Estoy casado. Con una chica judía. Tengo muchas relaciones en ese medio.

Retiré mi brazo.

—Lo sé perfectamente. También sé que el gerente inglés de Poza Rica le daba la espalda a tu padre cuando lo recibía.

—Eso no puede volver a suceder.

Lo miré con una gravedad triste que intencionalmente mezclaba las relaciones personales con las profesionales.

—Te equivocas.

—Pero sabes que yo haré cualquier cosa para que no pueda volver a suceder, ¿verdad?

Contesté indirectamente a su pregunta; el chantaje sentimental al que lo sometía debía quedar implícito.

—Escucha esto.

Acaricié las teclas de la grabadora de bolsillo que siempre guardo en el interior de mi saco; apreté una de ellas y se escuchó mi voz sin que yo dijera palabra. Félix me miró sin más asombro que el que merecería un ventrílocuo de cabaret, hasta que otra voz, con grueso acento norteamericano, contestó a la mía:

«—... en Tabasco y Chiapas. Los Estados Unidos requieren seis millones de barriles diarios de importación para el consumo interno. Alaska y Venezuela sólo nos aseguran las dos terceras partes de ese suministro. México tendrá que vendernos la tercera parte faltante.

»—¿Por las buenas o por las malas?

»—Preferiblemente por las buenas, ¿correcto?

»—¿Creen ustedes que estallará una nueva guerra?

»—Entre las grandes potencias no, porque el arsenal nuclear nos condena al terror de la extinción o al equilibrio del terror. Pero los países pequeños serán el escenario de guerras limitadas con armas militares convencionales.

»—Y también de contiendas limitadas con armas económicas igualmente convencionales.

»—Yo me refería a las armas que empleamos en Vietnam; todas se relacionan con su profesión, usted lo sabe, las guerras limitadas y convencionales significan el auge de la industria petroquímica, usted lo sabe, napalm, fósforo, armas de defoliación de las selvas...

»—Y yo me refería a armas más convencionales, chantajes, amenazas, presiones...

»—Así es, son ustedes muy vulnerables porque dependen de tres válvulas que nosotros podemos cerrar a nuestro antojo, compras, financiamiento y venta de refacciones.

»—Nos beberemos el petróleo, pues, a ver a qué nos sabe...

»—Ugh. Mejor adáptese al futuro, amigo, la Dow Chemical está ansiosa de asociarse con usted, es una garantía para la expansión y las ganancias de su empresa, se lo aseguro. En la década de los ochenta, México contará con una reserva probada de cien mil millones de barriles, la más grande del Hemisferio Occidental, la segunda del mundo después de Arabia Saudita. No pueden sentarse eternamente sobre ella, como el proverbial indio dormido sobre una montaña de oro...»

Con la mano dentro de la bolsa de mi saco, interrumpí la grabación. Me divertí sacudiendo mi dedo índice frente a la cara de Félix, de la misma manera que el gringo lo hizo conmigo cuando me visitó en las oficinas de mi fábrica.

—Estamos al filo de la navaja —le dije a Félix—. Podemos amanecer un buen día con todas las instalaciones petroleras ocupadas por las fuerzas militares de los Estados Unidos.

—Tendrían que ocupar el país entero, no sólo los pozos y las refinerías —contestó Félix, ensimismado, como si acabase de escuchar un diálogo espectral entre su padre y el gerente inglés de Poza Rica.

—Así es.

—Entiendo que acudas a mí, conoces mi debilidad sentimental, la historia de mi padre —dijo sin asomo de cinismo —. Pero tú, ¿por qué haces todo esto? Tú debías ser conservador.

—Lo soy, Félix. Llámame un conservador nacionalista, si quieres. Me gustaría conservar eso, un proyecto nuestro y evitar que jueguen con nosotros los bandos extranjeros.

—¿Debo estar en contacto con alguien más que contigo?

—No. Sólo conmigo. Te mandaré ayuda cuando sea necesario. Dinero. Amigos.

—¿Hay alguien más?

—Los verdaderamente necesarios. Piensan como tú y yo. Somos pocos, pero no estamos solos.

—¿Cómo te debo llamar?

—Timón. Timón de Atenas.

—Cómo no. La vimos en un teatro al aire libre en Connecticut. Es un hombre de enorme fortuna que adquiere, también, los corazones. Algo así dice Shakespeare, ¿verdad?

—Vas a tener que releerte las obras completas para que nos entendamos.

—¿Sabes una cosa? No te hubiera reconocido en la calle.

—Cómo no, Félix. Pero no olvides mi voz. Todas nuestras comunicaciones serán por teléfono. No nos volveremos a ver hasta el final. No confíes en nadie.

—Tengo prejuicios. Bernstein fue mi maestro.

—¿Sabes lo que era el Irgún Tsvai Leumi?

—No.

—Una organización de terroristas judíos tan terroristas como cualquier grupo de la O.L.P.

—¿Quieres decir que luchaban por una patria contra los ocupantes ingleses? Oye, yo vi cómo se las gastaban los ingleses en Poza Rica.

—No es cierto. No habías nacido.

—Lo vio mi padre. Es lo mismo.

—Los palestinos también luchan por una patria. El Irgún no se limitó a actos de terrorismo contra los ingleses; al mismo tiempo, exterminó a cuanto árabe encontró en su camino.

—Me resulta muy abstracto todo esto.

—Te daré un ejemplo concreto. El 9 de abril de 1948,

nuestro profesor Bernstein participa en la matanza de todos los habitantes de la aldea palestina de Deir Yassim. Doscientos muertos, en su mayoría niños, mujeres y ancianos. Esto sucedió tres años después de la muerte de Hitler.

La información no conmovió a Félix. Hacía falta el elemento personal, enterarse de que Bernstein había logrado lo que Félix nunca quiso ni pudo lograr, acostarse con Sara; hacían falta la muerte de Sara, el relato de la tortura del llamado Jamil, el asesinato de Harding para que Félix entendiera mis palabras de despedida, cuando nos pusimos de acuerdo en las grandes líneas de la «Operación Guadalupe» y él fue por primera vez al cuarto del Hilton:

—Verás que nadie tiene el monopolio de la violencia en este asunto.

Hacía falta el exterminio de la familia de Simón Ayub por los palestinos en el Líbano; hacía falta la muerte de mi hermana Angélica a manos de Trevor-Mann y su aliada Dolly.

41

Félix me contó lo que aquí he escrito. Ahora me correspondía a mí darle mi versión de los hechos, la versión global de lo que Félix sólo había vivido y comprendido parcialmente. Mi tarea se dificultaba porque Félix, sin decírmelo, creía saber más como actor que yo, pues suponía que yo no me había movido de mi biblioteca durante los pasados diez días. Una vez más, él aparecía como el hombre al que le tocaba vivir la parte difícil de la vida; yo, como el comodín al cual todo se le facilitaba.

En más de una ocasión, durante esa semana en mi casa, temí que Félix sintiera rabia y compasión de sí mismo al mirarse al espejo y desconocer su cara humillada. Cuchillos y puños ajenos jugaron con lo más distintivo que tiene un hombre como si fuera plastilina. Y temí también que al hacerlo, reconociese en esa manipulación física algo más intolerable, una manipulación moral. Emiliano y su novia ya me habían hablado del irritado orgullo de Félix cuando supo que no era el único depositario de mi confianza. Temí, en fin, que apareciese brutalmente un rencor hasta entonces latente o que, sumergido por el cariño muy real que nos unía, Félix convirtiese el rencor, pura y simplemente, en dolor.

El dolor de Félix Maldonado, lo sabía desde que murió su madre, tendía a encontrar cauces desorbitados. Esa noche desvirgó a Mary en nuestra cama. Otra, cuando se enteró de que Sara era la amante de Bernstein, agredió físicamente al profesor en casa de Angélica y Mauricio. El dolor y en seguida la fatiga del dolor, alejaban a Félix de su deber, lo conducían a poseer el cuerpo de Mary o a visitar el cadáver de Sara.

Pensé todo esto cuando Félix regresó a mi casa y estábamos tranquilamente, una noche, en mi biblioteca bebiendo una copa y oyendo a Rubinstein, Szeryng y Fournier interpretar el maravilloso Trío número 2 de Schubert. Sólo entonces intenté derivar una conclusión de nuestra experiencia. Nuestra: para Félix era sólo suya. Dije:

—No tiene que ver con la música, pero al escucharla se me ocurrió que lo que me has contado tiene un aspecto falsamente melodramático, ¿sabes? Y sin embargo, mi impresión es que hay algo más, posiblemente algo trágico, en todo esto, porque la razón no está de un solo lado, sino que las dos partes tienen razón y no la tienen, ¿me explico?

Félix me miró varios minutos, sin hablar, con el vaso de coñac entre las manos. Luego, como para desmentirme, arrojó la copa contra el cuadro del martirio de San Sebastián empotrado encima de la chimenea. Primero se hizo añicos y en seguida el líquido goteó hacia el fuego y lo avivó.

—Carajo, llevo siete días aquí contigo — me dijo —, te lo he contado todo y tú sigues allí con tu maldita placidez de siempre, oyendo Schubert, citando a Shakespeare y con una copa de coñac que se te evapora igual que tus palabras.

Se pegó repetidas veces con el pulgar sobre el pecho.

—Yo corrí los riesgos y expuse el pellejo; tengo derecho a saber.

—¿Por dónde quieres que empiece? —le contesté tranquilamente.

Félix sonrió y se levantó a recoger los pedazos de vidrio roto frente a la chimenea.

—Perdón.

Me encogí de hombros.

—Por Dios, Félix, entre tú y yo...

—Está bien. Empieza por lo que te gusta, esas grandes generalizaciones, sácate eso del cuerpo primero. Entiendo que las dos partes querían información sobre las reservas de petróleo de México y sospecho que el anillo tenía que ver con eso. Pero el teatro en Palacio, ¿para qué?, ¿cómo?, ¿qué pretendía cada parte?

—Pues con tu venia, trataré de ser sistemático. Deja que termine el disco.

Cuando concluyeron los acordes del allegro moderato, junté las manos y bajé la cabeza. No deseaba mirar a Félix.

—Ambos querían la información. Eso es cierto y es lo primero que hay que saber. ¿Para qué la querían? Por una razón evidente. Desconocían, y gracias a nosotros seguirán desconociendo, la extensión, la ubicación y la calidad de los nuevos yacimientos. En caso de un nuevo conflicto en el Medio Oriente pueden suceder muchas cosas.

—Trevor ya me enumeró todas las hipótesis en Houston —dijo Félix con impaciencia—. Conozco la conclusión: en todos los casos, el petróleo mexicano puede ser el inesperado as de la baraja. ¿Qué más?

—Las razones particulares de cada bando.

Me levanté y caminé hasta Félix. Acerqué mi cabeza a la suya. Sabía que animar la intimidad era inútil; quizás pensé que la supliría la incomodidad vecina a un miedo postergado que suele acompañar este tipo de acercamiento físico desprovisto de esperanzas.

—Los árabes querían la información para presionar a México; nuestro ingreso a la O.P.E.P. fortalecería a la organización, pero debilitaría a México. Podemos ser solidarios de la O.P.E.P., pero no miembros. Somos dueños únicos de nues-

tro petróleo desde 1938; los árabes no. No compartimos ganancias con ninguna compañía extranjera; los árabes sí. Somos
capaces de manejar por nosotros mismos todas las etapas del
petróleo, desde la exploración hasta la exportación; los árabes
no. Ingresar a la O.P.E.P. es meterse en batallas que ya libra-
mos y ganamos. Y perderíamos, de paso, los beneficios de la
Ley de Comercio norteamericana. Los árabes lo saben; los
gringos también. Resultado: una debilidad aún mayor de México. Israel, por su parte, tiene interés en que México no com-
prometa su petróleo y siga una política de exportación masiva
que compita con la O.P.E.P. y asegure, directa o indirectamente, suministros al Estado judío. De allí la necesidad de
los israelitas y los norteamericanos de conocer con exactitud
las reservas con las que contaría el mundo occidental en caso
de un nuevo conflicto. Pues si se llega a la guerra, no lo du-
des, Washington apretará todas las tuercas para que el petróleo mexicano sea la respuesta al petróleo árabe.

—No me has contestado la pregunta sobre lo que pasó en
Palacio.

—Simplemente, el Director General decidió adelantarse a
los acontecimientos. Es un viejo zorro; su inteligencia sólo es
comparable a su audacia y una alimenta a la otra; es el más
peligroso de todos. Se dio cuenta de que existía la seria po-
sibilidad de una entrega más o menos disfrazada del petróleo
mexicano a los Estados Unidos y a Israel. El hecho sería fatal
para los árabes. El Director General decidió jugarse el todo
por el todo. Una vez que te ubicó, te convirtió en el candida-
to ideal para su maquinación. Sospechaba que trabajabas para
un servicio de inteligencia ilocalizable. Al mismo tiempo, eras
judío converso. Decidió matar dos pájaros de una pedrada.
O más bien, tres. Porque preparó realmente el asesinato del
Presidente.

Metí la mano en la bolsa y acaricié la .44 que allí se escondía inocente como un pájaro más de esta charada, negro
y frío.

—¿Cuál era su plan? — preguntó nerviosamente Félix, sin
atender al movimiento de mi mano.

—Dispuso a su gente en el Salón del Perdón. Al acercarse a ti el Presidente, un tirador dispararía a matar. En la confusión inmediata, Rossctti te pondría en la mano la pistola. Así.

Saqué rápidamente la .44 y la puse en la mano sorprendida de Félix; la tomó automáticamente.

—Basta un gesto nervioso, toma Félix, tú hubieras tomado la pistola como la acabas de tomar ahorita, quizás la hubieras dejado caer en seguida, en todo caso quedarías incriminado.

Félix me tendió el arma; la rechacé con un gesto.

—Guárdala. Quizás sientas ganas de usarla más tarde.

Vi que en los ojos de mi amigo renacía el temor de ser utilizado ciegamente. Me aislé de esta amenaza con un fruncimiento del ceño, como si pretendiera pensar lo que iba a decir, lo que conocía de sobra.

—El plan era audaz — proseguí precipitadamente —, pero de haber resultado todo el país habría dicho lo que el Director General quería que dijese: Israel mandó asesinar al Presidente de México. Calculó que la reacción hubiese sido tal que fatalmente México se hubiese alineado con el mundo árabe. La crisis política, en todo caso, habría precipitado la debilidad del gobierno y en esas aguas revueltas el Director General confiaba en ser mejor pescador que su contrincante Bernstein.

—Pero el plan le falló; y le falló por el simple hecho de que yo me desmayé. ¿Por qué?

—Porque yo aseguré que te desmayaras.

—¿Tú?

Miré la pistola en la mano de mi amigo; no era éste, aún, el momento que temía. No la iba a usar porque el asombro era todavía peor que la rabia.

—Félix, la fábrica de farmacéuticos que heredé de mi padre sigue trabajando y trabajando bien. El gerente del Hilton me informó la hora exacta en que habías ordenado el desayuno. Yo estaba en el hotel.

—¿Tú? — repitió con una risa sin desprecio porque el asombro seguía imponiéndose a cualquier otro impulso, ¿tú que nunca te mueves de tu casa...?

—Estaba en el hotel desde la noche anterior. Yo mismo puse en tu café una dosis precisa de propanolol. ¿Te interesa la fórmula exacta? Isopropylamino-1 (naphthyloxy-1')-3 propanol-(2). Bien. Se trata de un compuesto antiadrenalínico. Ingerido con los alimentos en una cantidad no menor de cincuenta miligramos — la que yo puse en tu café — opera paralelamente a la digestión. Sabía la hora de la ceremonia. La droga funcionaría en los momentos en que, digiriendo tu desayuno, saludarías al Presidente.

—Eso es imposible, se requeriría un cronómetro perfecto.

—Ese cronómetro existe: lo pone a funcionar el flujo de adrenalina al encontrarse con una droga que la bloquea dos horas después de tomarse. Te sirvieron el desayuno a las ocho de la mañana. La ceremonia tuvo lugar a las diez. Quizás confundiste los signos de hipotensión, el sudor, el nerviosismo general, con tu emoción al disponerte a saludar al señor Presidente. Lo cierto es que al conjugarse los tres factores, digestión, droga y adrenalina, el efecto es inmediato: la sangre se vacía de la cabeza, se agolpa en el vientre y el sujeto cae desmayado. Es lo que te sucedió a ti. Y así se frustró el plan A del Director General.

—Entonces puso en marcha el plan B.

—Exactamente. El verdadero asesino no tuvo tiempo de disparar.

—¿Quién era?

—No importa. Uno de tantos matones a sueldo de los árabes. Las instrucciones del Director General eran definitivas: todo o nada, basta un accidente cualquiera, el menor hecho imprevisto, para que se suspenda el plan A. Tú fuiste ese accidente. Mientras el Director General le explicaba al Presidente lo sucedido, su gente te ponía a buen recaudo en la clínica de Tonalá. Fue Rossetti el encargado de la operación; tú eras funcionario de la misma dependencia que él, se trataba de un simple desmayo, él te llevaría a tu casa.

—Pero si el plan A no fracasa, no hubiese ido a dar a la clínica, sino al campo militar y de allí al cementerio.

—No, el Director General fue perfectamente franco contigo. Sólo quería tu nombre para atizar la animosidad oficial contra Israel. Pero a ti te quería vivo para que escaparas de la clínica, transfigurado, y lo guiases hasta mí.

—Hay algo que sigo sin entender. Ayub me advirtió en el Hilton que no debía asistir a la ceremonia en Palacio. Cuando desperté en la clínica, el Director General me recriminó mi presencia en la entrega de premios. Dijo que sólo quería mi nombre y que mi presencia en Palacio echó a perder sus planes; me acusó de entrometido y me dijo claramente que si me hubiera abstenido de asistir, como me lo pidió Ayub, todo habría resultado como él lo quería.

—Te conocen bien. Sabían que harías exactamente lo contrario de lo que ellos te pidieran, por orgulloso y por testarudo. La realidad era otra: tu presencia les era indispensable.

—¿Por qué insistieron en esa versión falsa en la clínica, cuando todo había pasado?

—Simplemente, para que la creyeras y te alejaras de la versión real de los hechos. Al Director General no le interesa que nadie ande diciendo que quiso asesinar al Presidente. Ni siquiera como hipótesis.

—¿Es algo más que eso? ¿Existe alguna prueba?

Afirmé fingiendo tranquilidad:

—La libertad de Mauricio Rossetti. Ha sido extraditado. La justicia mexicana, en este caso, ha sido expedita. Se atribuye la muerte de Angélica a un accidente. El cargo de Trevor no prosperó. Rossetti ha sido reinstalado en su puesto de secretario privado del Director General. Le debe todo a su jefe y sabe por qué se lo debe: Rossetti es el único que conocía el plan A. El Director General le ha procurado la libertad a cambio del silencio. No teme chantaje alguno. Sabe que Rossetti perderá algo más que la libertad si habla: la vida.

—En cambio Ayub me pidió que no fuera a Palacio. Tú dices que por instrucciones de su jefe. Pero en realidad Ayub es enemigo del Director General; le hubiera convenido convencerme para que fracasara el plan A. Se hubiera vengado de un hombre que primero encarceló y luego mandó matar a la familia de Ayub en Líbano.

—El Director General corrió ese riesgo. Pero su audacia, te repito, siempre es inteligente. Si tú te dejas convencer por Ayub, la vida del pequeño siriolibanés y la de su familia no hubieran valido un cacahuate.

—La verdad es que no valieron un cacahuate.

—Convence a un hombre condenado a morir mañana que sería mejor morir hoy. Eso sólo pasa en el corrido de La Valentina.

—Por lo visto, debo darme de santos. Ese viejo siniestro ha sido de lo más decente conmigo, comparativamente.

—Es cierto. Si el plan A no hubiese fracasado, te habría dado todo lo que te prometió en la clínica: pasaportes, pasajes y dinero para ti y para Ruth.

Félix manejó peligrosamente la pistola, apuntándomela al pecho. Pero yo sabía que su cólera potencial ya no estaba dirigida contra mí.

—Carajo, ¿entonces quién fue tiroteado en el campo militar y enterrado al día siguiente con mi nombre?

—Enterrado, sí, pero también exhumado.

Miré distraídamente el San Sebastián encima de la chimenea, un buen ejemplo de la pintura colonial del siglo xvii. Si la cara de Félix era la de Velázquez, su cuerpo era el del mártir. Pero las flechas no eran sino palabras. Regresé pausadamente a mi sillón y volví a esconder el rostro detrás de las manos unidas.

—Ves, yo también trabajé un poquito, Félix. Cada quien puso a jugar sus influencias y como en este país no hay más ley que esa, me permitieron exhumar el cadáver enterrado con tu nombre.

Félix se inclinó ante mí y me tomó de los hombros.

—¿Quién es?

Aparté mis manos y lo miré fijamente.

—Un muchacho palestino. Era maestro de escuela en los territorios ocupados. Se enamoró de Sara Klein. Fue torturado. Los agentes del Director General lo ubicaron y le dijeron que Sara estaba en México, acompañando a Bernstein, el responsable de las torturas que sufrieron ese muchacho y su madre. Le dijeron que Sara era amante de Bernstein. El muchacho se enloqueció. Un palestino apasionado es la pasión misma, Félix. El Director General le procuró documentos, lo hizo pasar a Jordania en secreto y de allí el chico voló a México. Quizás quería matar a Sara o a Bernstein o a los dos, no lo sé. No tuvo tiempo. Antes lo mataron a él, lo metieron en una celda del campo militar diciendo que eras tú desmayado y el resto de la historia la sabes.

Félix soltó mis hombros.

—Jamil.

—Así lo llamó Sara en el disco. En realidad su nombre era Isam Al-Dibi. Se parecía bastante a ti. Hubiera sido el asesino ideal de Sara Klein. Pero el Director General no pudo prever ese acontecimiento. No se puede tener todo en la vida. Bastante trabajo le dio seguirte para obtener el anillo. No lo obtuvo. Eso es lo importante.

—Pero sí averiguó quién eres tú, la existencia de la organización, todo lo que...

—Porque yo quería que lo averiguara. Y lo quería porque es importante que las dos partes sepan de nuestra existencia. La regla del discurso político es la duplicidad. La del discurso diplomático, la multiplicidad. El espionaje es una contracción de ambos: doble y múltiple a la vez.

Félix se dejó caer en el sillón junto al mío, como si desease interrumpir una conversación que le fatigaba más, al escucharlos narrados, que los hechos mismos que vivió. Paseó la mirada extraviada por el decorado, los espejos patinados, los cofres con cuarterones y bocallaves de hierro, las taraceas opulentas, las molduras, los peinazos y entrepaños, la labor de torno de las mesas y las sillas de esta mansión que compré, un día, a los herederos de un viejo millonario llamado Artemio Cruz.

Al cabo dijo con una voz tan hueca como la del hombre al que inconscientemente mimaba:

—Entonces el Director General asesinó a Jamil.

—A Isam Al-Dibi, sí.

—Pero era un palestino, un hombre que sufrió...

—Te dije que nadie tiene el monopolio de la violencia. Tampoco el de la injusticia. Mucho menos el de la moral.

Me miró con la mirada perdida:

—¿Cómo te enteraste de todo esto, los planes del Director General, la muerte de Jamil...?

Esperé antes de contestarle. Temía mi propia respuesta. Pero todas las razones del mundo, las más subjetivas, también las más objetivas, me comprometían a decirle la verdad a Félix Maldonado.

—Angélica me lo contó. Tú la conociste. Era muy nerviosa. No soportaba sentirse culpable. Menos aún, sentir que había fracasado. Me lo contó por un solo motivo: su desprecio hacia Rossetti. Era muy locuaz. Tú la conociste.

—¿Por qué querías que las dos partes supieran de tu existencia? No creo que se asusten mucho. Lo que saben es que somos muy pocos, unos pigmeos al lado de ellos.

—Precisamente. Creerán que somos más insignificantes de lo que realmente somos o vamos a ser. Continuarán subestimándonos.

—¿A pesar de que les ganaste la partida del famoso anillo?

—Sí. Están convencidos de que nos será inútil. Primero, porque ya sabemos lo que contiene. Segundo, porque no nos creen capaces de descifrar su contenido. Por ello repetirán la misma treta y volveremos a ganarles.

Félix me observó sin demasiada convicción.

—Es lo mismo que dijo Trevor en Houston. Me imagino lo que había en el anillo. ¿Cómo descifraste su información, si es que la descifraste? Me has dejado fuera de tantas cosas...

Reí.

—A ti hay que explicártelo todo, Félix. No deduces nada por ti mismo porque estás demasiado preocupado por ti mismo. Cuando no lo estés, serás de verdad un buen agente.

—¿Quién te ha dicho que quiero serlo? —me devolvió la risa.

Pasé por alto la impertinencia. Félix merecía un sentimiento de triunfo que me permitiera pasar, sin brusquedad, a un tema neutro. No soltaba la pistola, pero la mantenía como un juguete en la mano.

—Es una técnica diabólicamente ingeniosa —le expliqué y le invité a que pasara conmigo a la capilla.

42

Caminé hasta un estante de libros y apreté el lomo quebradizo de mi edición *in folio* de *Timon of Athens*; el estante giró sobre sus goznes, abriéndonos el paso hacia la antigua capilla de la casona colonial. Félix me siguió sin soltar la pistola; cerré la falsa puerta detrás de mí y encendí las luces del pequeño oratorio, totalmente enjalbegado y desnudo de muebles, con la excepción de un atril de fierro.

El piso de tezontle se detenía al pie de un altar de madera blanca con filetes dorados. Allí había un cofre de hostias y un sagrado; encima de ellos, un cuadro de la Virgen de Guadalupe.

Abrí el cofre y saqué la piedra blanca del anillo de Bernstein. Se la mostré, sostenida entre el pulgar y el índice, a Félix.

—Dentro de esta piedra hay doscientas imágenes reducidas a la dimensión de otras tantas puntas de alfiler. Cada una está impresa sobre una película finísima de alto contraste y alta resolución fotosensitiva. Pero no se trata de fotografías que sólo imprimen las diferentes intensidades de luz del objeto, sino de holografías que también retienen la información de todas las fases de las ondas de luz que emanan del objeto. Al contrario de la película normal, el holograma retiene, si se quiebra o se corta, la totalidad de la imagen en cada una de sus porciones. La razón es muy simple: la luz del objeto no está ubicada en un solo punto de la película, sino que está diseminada a través del espacio entre el objeto y el holograma.

Coloqué el anillo de Bernstein en la cabeza giratoria del atril y apagué las luces. Regresé al altar y le pedí a Félix que se colocara junto a mí. Extraje del sagrado un estuche electró-

nico pulsátil, sensible al apoyo de mis dedos y le pedí a Félix
que no mirara la luz que se proyectaría desde atrás de nosotros para chocar contra los puntos precisos del anillo en rota-
ción determinada por mis impulsos.

—La maravilla de este objeto es que, impreso por rayos
laser, sólo funciona si su fuente de luz, al proyectarse, es
otro laser. Verás.

Oprimí mi estuche electrónico y desde el ojo izquierdo de
la Virgen de Guadalupe un rayo de luz delgado y preciso como
una navaja punzó la superficie del anillo. Oprimí mi comando
de velocidades.

Frente a nosotros, sobre el muro encalado, comenzaron a
proyectarse las imágenes virtuales, dotadas de movimiento, color y efecto estereoscópico, de extensiones de territorio foto-
grafiadas desde el aire. Cada una llevaba sobreimpuesto el nombre de la región de la cual se trataba. En seguida, se proyec-
taban, con una realidad alucinante, presente, al alcance de la
mano, las imágenes de la roca caliza correspondientes a la región fotografiada, las reproducciones en vivo de los registros
eléctricos, magnéticos, gravitacionales y sismológicos del sub-
suelo, las lecturas refractarias de las capas impermeables, in-
ferencias, presiones y temperaturas, hologramas de la conifica-
ción de los yacimientos y el cálculo matemático de la cantidad
de fluido que contenían: un espléndido y espantoso retrato
subterráneo de México, el descenso tecnológico de Laser al
infierno mitológico de Mictlan, la fotografía en ebullición de
las arterias, los intestinos, el tejido nervioso de un territorio
cuadriculado, explorado metro por metro como por una sonda
con la mirada atroz de Argos.

Cactus, Reforma, La Venta, Pajaritos, Cotaxtla, Minatitlán, Poza Rica, Atún, Naranjos en la vertiente del Golfo y de
Rosarito en la Baja California a los llanos entre Monterrey y
Matamoros en el Norte, de Salamanca en el Centro a Salina
Cruz en el Pacífico, la red completa de oleoductos, gasoductos,
propanoductos, poliductos y ductos petroquímicos, las plataformas de perforación submarina, las plantas de absorción, lu-

bricantes y criogénicas, las baterías de separadores, las refinerías y los campos en operación.

Ni un solo lugar, ni un solo dato, ni una sola estimación, ni una sola certeza, ni una sola válvula de control del complejo petrolero mexicano escapaba a la mirada de piedra fluida del anillo de Bernstein; quien lo poseyera y descifrara tendría a la mano toda la información necesaria para interrumpir, ocupar o aprovechar, según las circunstancias, el funcionamiento de esa maquinaria, la hidra fértil a la que se refirió el Director General, que la piedra del anillo de Bernstein proyectaba en la pared como las sombras de la realidad en la cueva platónica.

Apoyé los dedos sobre el tablero de mano. La luz del ojo de la Virgen se extinguió. La cabeza del atril cesó de girar. Encendí las luces. Retiré la piedra blanca del aparato giratorio y la devolví al cofre de las hostias.

Regresamos sin decir palabra a la biblioteca. Oprimí el lomo de *Timon of Athens* y el estante recobró su posición acostumbrada.

43

—¿Quieres saber algo más? —le pregunté arqueando las cejas mientras le ofrecía una copa de coñac.

Rechazó la copa; tenía la mano ocupada jugueteando con la pistola. Pero contestó mi pregunta con otra:

—¿Quién mató a Sara Klein?

Miró mis ojos grises con la misma frialdad con que yo miré sus ojos negros.

—Ah, eso es lo único que no sé.

—Entonces lo tendré que averiguar yo. ¿Sabes quién es la monja?

Suspiré hondo, negué con la cabeza y bebí rápidamente un sorbo de coñac.

—Te pedí con Emiliano y Rosita que averiguaras el número de placas del convertible en el que iban los niños bien que llevaron serenata esa noche...

Saqué un pedazo de papel de la bolsa y se lo entregué.

—¿De quién es el automóvil? — insistió.

Metí las manos en las bolsas del saco cruzado.

—No sé. Las placas corresponden a un taxi de ruleteo.

—¿Cómo se llama el propietario de las placas?

—Un tal Guillermo López.

—Don Memo — murmuró Félix y me miró por primera vez con desconfianza.

Caminé fingiendo indiferencia hasta la chimenea, tomé unas tenazas negras y aticé el fuego moribundo. Dejé que Félix mirase largamente mi espalda, el corte de mi traje azul de finísimas rayas blancas.

—¿Algo más, Félix? — dije dándole siempre la espalda.

—Ruth — dijo Félix con una voz de sonámbulo —, necesito ver a Ruth, ¿cómo voy a explicarle?

—No dejes de verla. Te aseguro que no tendrás problemas. Se alegrará de saber que estás vivo. Créeme. Y cuando hayas visto a Ruth, ¿qué piensas hacer?

—El Director General dijo que me llamo Velázquez, que tengo mi oficina, mi secretaria, mi sueldo — dijo Félix con ese humor forzado que reclama su propia negación.

—Acepta su oferta. Nos conviene.

—¿Nos conviene?

—Naturalmente. Félix Maldonado está muerto y enterrado. Diego Velázquez es su sustituto ideal. Nadie lo busca. Nadie lo reconoce. No tiene pasado. No tiene cuentas pendientes.

Escuché el paso de Félix detrás de mí, amortiguado por el espeso tapete persa. Luego sus tacones chocaron sobre el piso de tezontle alrededor de la chimenea. Me tomó de los hombros y me obligó a mirarle. Su mirada era muerta; también era mortal.

—Me estás repitiendo lo que me dijo el Director General...

Solté las tenazas; cayeron con estrépito sobre la piedra ardiente del hogar.

—Tenía razón. Suéltame, Félix.

Me libré de sus manos pero no me alejé de él.

—Ahora nos eres más valioso que nunca — le dije con
los labios tiesos —. A todos nos interesa que no vuelvas a
ser quien eres, sino que sigas siendo otro. El espía perfecto
no tiene vida personal, ni mujer, ni hijos, ni casa, ni pasado.

Lo dije de la manera más flemática posible. Nuevamente,
contestó con la contrapartida de la fatalidad.

—No te entiendo. Yo no importo. Pero no entiendo este
juego. Volverán a reunir toda la información, la partida se
reiniciará igual que antes...

—Para ti, se inició de veras en un taxi, ¿recuerdas?, ese
fue el momento del vuelco, Félix, ese paso insensible de la
realidad a la pesadilla, esa rendija por la que se cuela cuanto
parece cierto y seguro en tu vida para volverse incierto, inse-
guro y fantasmagórico. ¿Crees que puedes regresar impunemente a la situación anterior, recobrar la realidad que perdiste para siempre, volver a ser el oscuro burócrata, tenorio y
marido que se llamaba Félix Maldonado?

Corrí el riesgo de tomar la mano de Félix, de que sintiera
de cerca mi piel seca, de saurio.

—Te necesito, Félix. Tienes razón. La partida se reiniciará. Es como una justa entre caballeros con miedo y con tacha
en un laberinto sin luces. La próxima vez, sin embargo, se
encontrarán con un adversario no sólo más fuerte, sino distinto. Y así sucesivamente. Por eso quise que esta vez me cono-
cieran, para que la siguiente vez me desconozcan. Y tú me se-
guirás necesitando porque soy la única persona en el mundo
que te seguirá llamando Félix Maldonado.

—Ruth...

—No, no me respondas. Vas a ofenderme gravemente si
me subestimas. No cometas el mismo error de nuestros enemigos. No me subestimes ni subestimes mis capacidades de me-
tamorfosis. ¿Sabes? La calvicie puede ser una ventaja en estos casos. Basta una peluca entrecana con un mechón displicente, rasurarme el bigote, abultarme con maquillaje, exagera-
damente, los párpados, añadirme unas cuantas arrugas, hacerme
la nariz un poco más aguileña, hablar con cualquiera de los

acentos ingleses que aprendí en los teatros viendo obras de Shakespeare contigo. Aunque a veces es preferible citar a Lewis Carroll. *Welcome to Wonderland.*

—Trevor...

—*And you, my friend, would have to take on the role of the March Hare...*

—Pero Angélica era tu hermana...

—*Poor Ophelia.* No te sueltes de mí, Félix, aunque mi piel te repugne. Añade un acento neutro de colombiano, interjecciones madrileñas de hace ochenta años, cáspita, abur, recórcholis... ¿Me estás siguiendo, Félix?

—Pero estabas sirviendo a los árabes en Houston...

—Ellos me conocen como Trevor, un homosexual inglés expulsado de la Foreign Office por riesgo a la seguridad, los israelitas y la C.I.A. me conocen como Mann, agente mercenario cubierto por un empleo itinerante con la Dow Chemical, tú como Timón de Atenas, tu viejo compañero de escuela y dueño de una empresa petroquímica en México. Sirvo a todos para servirme de todos y para que todos me teman. No estoy sentado en mi biblioteca esperando tus telefonazos, Félix, mientras tú expones la piel. Recibo tu telefonazo en México anunciándome la muerte de la pobre Ofelia — es la única vez que de verdad me sorprendiste— y a las tres horas estoy en Houston con una cabeza de senador romano y una imitación pasable de Claude Rains; mañana vuelo a Washington en cuatro horas y me presento en las oficinas de la C.I.A. en Langley como el incierto Mr. Mann, un ligero acento teutón y otra imitación pasable de Conrad Veidt...

Solté la mano de Félix sólo porque me faltó el aliento para seguir hablando, sólo porque sin palabras no podía tocarlo, sólo porque quise que tuviese las manos libres para hacer lo que quisiera, le estaba dando esa libertad, al fin le había demostrado que yo también me arriesgaba, que él no era el único en vivir la parte peligrosa de la vida; al fin cancelaba esa deuda de nuestra juventud.

—Pero Angélica era tu hermana — replicó Félix con la

voz, la mirada, el cuerpo incrédulos y la mano con la pistola colgándole inerte.

Ahora lo miré con tranquilidad.

—Félix, ¿qué piensas hacer cuando salgas de mi casa?

—No sé. No sé qué decir. Buscaré a Ruth.

—Sí. ¿Y después?

—Ya te lo dije. Tendré que averiguar quién mató a Sara.

—¿Para qué? Sara Klein murió dos veces, de niña en Alemania y de mujer en Palestina. Su asesinato en México fue una mera formalidad.

—Tú no la amabas.

—¿Vas a comprometer toda nuestra operación lanzándote a una pesquisa idiota que nada tiene que ver con lo nuestro, vas a poner en entredicho cuanto hemos logrado sólo para satisfacer tu vanidad de amante platónico y vengarte de la muerte de la única puta israelita que nunca se acostó contigo mientras te cornamentaba con un viejo profesor judío y un joven terrorista palestino?

Me apuntó directamente al pecho con la pistola.

—Tú no la amabas, cabrón.

—Dispara, Félix. Dale un giro de tuerca a la leyenda. Esta vez, Pólux mata a Cástor. Los dos no pueden ser inmortales, ¿sabes?, sólo uno.

—Tú no la amabas, cabrón.

Me acerqué a él; volví a tomarle la mano, pero esta vez la mano armada. Le quité la pistola y hablé muy cerca de su cara.

—Ah, la pasión vuelve a levantar su espantosa cabeza de hidra. Corta una y renacerán miles, ¿verdad? Llámala celos, insatisfacción, envidia, desprecio, miedo, asco, vanidad, terror, escarba en los motivos secretos de todos los que hemos participado en esta comedia de errores, Félix, y ponle a la pasión el nombre que quieras. Nunca acertarás, porque detrás de cada nombre de la pasión hay una realidad oscura, política o personal, da igual, que nadie puede nombrar y que te impulsa a disfrazar de acción, lícita o ilícita, también da igual, lo que sólo es pasión, hambre, padecimiento, deseo, un amor que se alimenta de su odio y un odio que se alimenta de su amor. ¿Crees ser subjetivo? Nutres la objetividad. ¿Crees ser objetivo? Nutres la subjetividad. Igual que en una novela, donde las palabras acaban siempre por construir lo contrario de sí mismas.

—Angélica era tu hermana...

—Y Mary tu amante, Ruth tu esposa, Sara no sé, algo más fuerte que tú y que no acabas de comprender o nombrar. Anda. Regresa un día a contármelo todo. Puede que entonces yo te cuente cómo murió Angélica y por qué.

—Ya sé cómo; Dolly la empujó de una ventana.

—Pero no el porqué. Mejor no trates de explicártelo, ni eso ni nada.

—¿Sabía que Trevor eras tú?

—Por supuesto. De niños nos disfrazábamos y pretendíamos ser otros. Fue una prolongación de nuestros juegos.

—Pero no sabía que este juego iba a ser mortal.

—No. Creía que se trataba de matar a Rossetti, deshacernos de una vez por todas de él. Pobrecita. Rossetti es útil porque es innocuo y manejable; Angélica no, era locuaz y caprichosa. Aprovecha la experiencia, Félix, aunque no te la expliques. Ese es tu destino, ser utilizado ciegamente. No te quejes. Los grandes males suelen ser monótonos. La pasión sin imaginación, como tú la vives, es más divertida.

—La imaginación sin memoria, como tú la vives, es más dolorosa. Te compadezco.

—Soy católico, Félix. Sé que cuando se carece de pasión, la gracia fortuita puede salvarnos de su ausencia. Un día, de jóvenes, te dije que el crimen y la condenación me parecen igualmente estériles. Es preferible que no haya castigo. El deber del amor es preferible a cualquier condena. Rossetti no lo merecía.

—¿Así amabas a Angélica?

—No te voy a explicar nada. Entiende. No tengo argumentos contra ti. También a ti te amo.

En la mirada de Félix estaba todo lo que yo temía cuando me dijo:

—Claro que entiendo. Hay algo que el poderoso Timón no pudo comprar. Un corazón. *'Tis deepest winter in Lord Timon's purse.*[59]

Quise disfrazar la herida continuando la humorada cultural:
—*You're a dog.*[60]

—*Thy mother's of my generation*[61] — contestó Félix — y creo que por primera vez alguien me mentó la madre citando a Shakespeare.

Mi estupefacción duró un minuto; me lancé sobre Félix, insultado, con rabia, herido por cuanto insinuaba, despojado de mis justificaciones perfectamente calibradas, pensadas, fraseadas; me arrebató la pistola de la mano pero antes yo había sido desnudado moralmente por este hombre, mi hermano, mi enemigo, al que finalmente poseía en un abrazo de odio, una lucha en la que nuestros cuerpos, que nunca se tocaron en la cama convertible del apartamento en Nueva York, se trenzaron ahora con rabia, rabia sólo mía, impotente, derrotada de antemano porque la cercanía sudorosa, tensa, apasionada del cuerpo de Félix, su mano con la pistola bajo mi axila, su brazo rechazando la impulsión de mi cintura, su pierna clavada entre mis testículos, no era sino el rechazo de un cuerpo que no deseaba el mío, despreciaba todas mis pasiones y había descubierto la más secreta de ellas, me convertía en un objeto animado pero inerte porque Félix se defendía de mi agresión física fríamente, como quien se defiende de un mosquito nocturno, sin importarle mi agresión pasional y al mismo tiempo queriéndome como siempre, como su viejo amigo, porque su imaginación tenía memoria y carecía de dolor y yo quería que me amara pero quería más que me temiera.

Aflojé los brazos, solté a Félix, me di por vencido pero vi en sus ojos que él no lo tomaba así, para él era un empate. Me alejé de él, me senté a recuperar el aliento y también Félix jadeaba, de pie, junto a la chimenea, con la .44 en la mano.

59. En la bolsa del señor Timón reina el más profundo invierno. *Timón de Atenas*, iii, 4, 15.
60. Eres un perro. Ibíd., i, 1, 204.
61. Tu madre es de mi generación. Ibíd., 1, 205.

San Sebastián no acababa de morirse nunca, con la mirada perdida en el cielo y el cuerpo atravesado de flechas.

—Anda, Félix. Olvidarás y te recuperarás.

Me lanzó una sonrisa indeseada.

—No. Soy mexicano. Olvidaré pero no me recuperaré.

No quise mirarlo más.

—Entiende lo que hice, Félix, para que yo entienda lo que tú vas a hacer.

—Trece años son muchos años — dijo con la voz opaca —. Ya no nos conocemos.

Lo escuché alejarse, quizás para siempre. Pero a pesar de todo, confiaba en que algún día regresase a verme y contarme lo que había hecho al salir de ·mi casa.

—Félix — levanté la voz —, te entiendo, sé todo lo que perdiste por mi culpa. Dime por favor, ¿ganaste algo?

—Sí. Encontré a un padre en el dique seco de Galveston.

Creo que Félix iba a reír. No lo escuché. No me hubiera gustado. Salió y yo saboreé de nuevo el coñac y me lamí el bigote. Le faltaba mucho a Félix para ser un buen agente. Si entiendo bien la narración de mi amigo, Trevor no usaba bigote; Félix describe varias veces sus labios rígidos, limpios como dos navajas. Ningún bigote crece en cuatro días.

Suspiré. Debía ser comprensivo. Los calendarios de Félix Maldonado pertenecían a las fechas de una pesadilla. El suspiro me fue cortado por una inhalación involuntaria. Llevábamos trece años sin vernos. Ya no nos conocíamos. Pero había algo peor, más ofensivo aún. Recordé las palabras de Bernstein. Félix no me quería, no me buscaba; me veía siempre idéntico a su recuerdo de mí cuando éramos jóvenes, no se había fijado en mi nueva cara de cuarentón, recordaba sólo la de los veinticinco años, esa permanecía, la actual no tenía existencia.

Pasé el resto de la noche hojeando mi edición de las *Obras completas*. Releí los dramas del asesino del castillo de Dunsinane y del príncipe del castillo de Elsinore. Mi pensamiento caminó lentamente al lado de los textos, sin interrumpir la lectura, insinuándose entre frase y frase, a veces sumergido por ellas, a veces sobrevolándolas. Sí, Félix Maldonado era un mal agente, un James Bond del subdesarrollo. Pero mi servicio de inteligencia tenía que organizarse con lo que la realidad mexicana me ofrecía: Félix, Emiliano, Rosita. Ashenden y Richard Hannay tenían detrás de ellos a Shakespeare; mis pobres agentes, a Cantinflas en *El gendarme desconocido*.

Me justifiqué de las crueles decepciones de esta noche, en las que al engañar a Félix fui descubierto por Félix, diciéndome que mi empresa fracasaría si, a cambio de la pobreza de mis recursos humanos, no era capaz de hacer lo que hice: sentar un principio de autoridad jerárquica fundado en el miedo. La base de toda mi acción en el futuro sólo podía ser el miedo que inspirara a mis amigos y a mis enemigos.

Cerré la edición Oxford con amargura. Sólo podía derivar una lección de esta primera aventura del servicio secreto mexicano. El terror es universal, pero la justicia no. Y toda organización de inteligencia, por más que se proponga las metas de la justicia, es pervertida por sus medios, que son los del terror, y termina por ser sierva de la opresión y no instrumento de la justicia que originalmente se propuso. Pequeña célula de estructura fascista, el espionaje acaba por infectar como un cáncer la sociedad en la que se inserta y a la que pretende proteger. Todos sus héroes son reaccionarios, de Ulises a James Bond. De allí la fatiga de su heroísmo, tan quebrantado como el rostro de goma de Howard Hunt.

Confié, mientras apagaba las luces de mi biblioteca, en que a pesar de todo Félix Maldonado, mi héroe inconsciente, triste y cansado, regresaría a contarme lo que hizo después de abandonar el refugio de mi casa.

Lo imaginé mientras subí por la escalera rumbo a mi recámara. Ojalá pudiese cotejar un día mi guión de probabilidades con la versión de las certezas de Félix. ¿En qué coincidiríamos ¿En qué nos apartaríamos? ¿Cuál de las dos historias concluyentes sería la verdadera: la que yo me disponía a imaginar o la que él se disponía a vivir?

Pensé todo esto sentado frente al espejo de mi vestidor, despegándome lastimosamente el bigote falso. Me dolía, porque la base de goma etílica me arrancaba las cerdas del verdadero bigote que estaba creciendo debajo del falso.

Guardé el bigote grueso y negro en el lugar que le correspondía dentro de un cajón de pilosidades clasificadas, barbas, bigotes, cejas, patillas de distintos colores y edades. Me rodeaban en el vestidor los cristales y los gabinetes, las pelucas y los trajes nuevos y viejos, los zapatos lustrosos y gastados, las diferentes marcas de camisa, ropa interior y sacos que podían atribuir su origen a tiendas tan distintas como Lanvin en París, Gath & Chávez en Santiago de Chile, Harrod's de Buenos Aires, Austin Reed de Londres, Hart, Schaffner & Marx de Houston, la sucursal de Mark Spencer en Rijad, la de la camisería Arrow en Tel Aviv y la de la zapatería El Borceguí en México, D.F.

Iba a declamar ante el espejo la famosa tirada de Macbeth en el acto quinto, escena quinta, pero me sentí ridículo. El rumor y la furia habían cesado, junto con mi hora en el escenario, aun cuando la noche, cuando me acosté en mi cama sin compañía, se asemejaba en verdad a una sombra en movimiento.

44

Fatalmente, regresará a las suites de la calle de Génova y pedirá la misma recámara que ocupó con anterioridad, el mismo lecho donde murió Sara Klein, donde amó a Mary Benjamin. Las camas de Félix Maldonado siempre están ocupadas por una mujer, viva o muerta. Ya lo conocen; da buenas propinas; es un excéntrico; no les extraña que regrese sin equipaje después de una ausencia de una semana; yo mismo telefoneé y les pedí que guardaran las pertenencias en la valija; el señor licenciado Velázquez debió ausentarse inopinadamente y no tuvo tiempo de recoger sus cosas.

—¿La suite de siempre, señor Velázquez?

Llueve afuera de mi casa en Coyoacán. En agosto las tormentas del altiplano se agolpan en las cimas de las montañas, descienden de los antiguos volcanes nevados y derraman su vendimia puntual, vespertina y nocturna, antes de ceder el lugar a los huracanes del Golfo que sólo se apaciguan a principios de octubre y se despiden con el cordonazo de San Francisco, antes de que una paz luminosa e ininterrumpida bendiga nuestros inviernos. Luego ese cristal de fríos soles se empañará con el polvo de la prolongada sequía y los vientos de la primavera levantarán las tolvaneras sofocantes, verdaderos gritos de la lengua seca y quebrada de la tierra.

Empapado después de buscar largo tiempo y bajo la lluvia un taxi en la Calzada de la Taxqueña, llegó sin maletas, el portero indio envuelto en el sarape gris lo reconoció, cómo no, despertaría al administrador de turno, se quedó dormido viendo una película en la tele de la cocina.

—¿La suite de siempre, señor Velázquez?

—Si está libre —le dijo Félix al joven empleado soñoliento, flaco y ojeroso.

—Siempre está libre para usted, señor.

—Pensé que a estas alturas todos se olvidaron de la historia de la muerta.

—¿Perdón? El señor presidente ejecutivo de la Petroquímica Industrial del Golfo habló personalmente para que la suite estuviera siempre a disposición de usted.

—Es muy considerado.

—Cómo no. Es un cliente distinguidísimo. Nos manda aquí a todos sus huéspedes extranjeros.

—Lo conozco; se ocupa de todo. Tiene vocación de titiritero.

—¿Perdón? ¿Desea que le suba ahora su maleta, señor Velázquez?

—No hace falta; mándemela mañana.

—Como ordene, señor. Aquí está su llave.

Durmió sin seguridad. Recibió la maleta a las diez y después de asearse y desayunar caminó hasta la Plaza Río de Janeiro. La cruzó entre los niños juguetones y gritones de las escuelas primarias del rumbo que allí pasaban los minutos de recreo. El parque de palmeras mojadas es una mañana de globos rojos, amarillos y azules. Llegó a la puerta del edificio de ladrillo colorado y torreones de pizarra y entró por la reja al corredor.

Sabía que don Memo trabajaba a estas horas. Quizás Lichita habría reanudado su trabajo en el Hospital de Jesús, quizás estaba de vacaciones, disfrutando de las horas suplementarias ganadas al servicio de Ayub y el Director General. Mejor si no había nadie; investigaría a su antojo y luego don Memo no podría mentirle.

No; Licha le abrió la puerta. Tenía la cara amodorrada y despintada; se cubrió los senos pequeños y firmes con una bata de seda bordeada de encaje que reclamaba una visita a la tintorería. La muchacha lo miró con sorpresa; no sabía si cerrar la puerta o dejarla entreabierta para hablar con Félix.

Él no le dio tiempo de dudar: entró al cuartucho del edificio de ladrillo rojo y Licha lo abrazó, corazón, dichosos los ojos, creí que me habías olvidado, qué pena, estoy hecha una facha, ¿por qué no regresas dentro de una hora?, déjame darme una manita de gato, vete y vuelve al rato, ¿sí?

Lo abrazó tratando de alejarlo, pero Félix permaneció plantado a la entrada del cuartito, Licha siguió abrazándolo pero ahora tratando de que Félix le diera la espalda al lecho conyugal.

—¿Me extrañaste, corazón? Yo a ti tantito, palabra, no, miento, te extrañé muchísimo, abrázame corazón.

—¿Dónde está don Memo?

—Chambeando, ¿qué crees?

Félix miró hacia la cama y luego hacia la ropa de hombre arrojada con descuido sobre una silla.

—Dile que se levante. Quiero hablarle.

—Ay amorcito, si ya te dije que está trabajando...

—¿Entonces quién está acostado en la cama?

—No hagas ruido, corazón; es una compañera. Tuvo un caso difícil anoche, un moribundo, y ya no pudo regresar del hospital a su casa, que queda por Azcapotzalco. La invité a pasar la noche, amorcito. Regresa al rato, ¿sí?

—Dile a tu compañera que se haga la cirugía estética.

—Ay, ay — rió forzadamente Licha —, ¿vas a echarme eso en cara?, yo no te tasajié, sólo te cuidé, guapote, sin mí no hubieras quedado tan cuero.

—No se trata de cara, sino de cuerpo. Está mal distribuida tu amiga. No tiene las cosas en su lugar...

Félix levantó violentamente la sábana y un muchacho desnudo lo miró con terror. La erección no estaba sanforizada. En seguida cambió la mirada por una de furia y la dirigió a Lichita.

—Oye babosa, ten horarios de trabajo más formales, dijiste que tu viejo se iba a trabajar a las seis de la mañana, que nadie nos iba a interrumpir antes de la una — dijo el muchacho cubriéndose de vuelta con la sábana.

Licha taconeó y se cruzó de brazos.

—Pícale, Sergio. Esto es en serio. Otro día nos vemos.

—Oye no, que se largue este tipo. O que haga cola. Total.

Sergio se recostó con una sonrisita chueca, acomodando la cabeza sobre las manos unidas en la nuca.

—No importa — dijo Félix —. ¿Dónde está el registro de llamadas de tu marido?

—No sé qué es eso — siguió taconeando Licha.

—Está obligado a llevar un registro. Si no le quitan las placas. Un ruletero ruletea, ¿sabes?, no transporta naranjas al mercado.

—Uuy — suspiró Sergio —, cuando no se las quitan, él las presta. Es de lo más gente con los cuates don Memo. Si le pagan bien. Lo presta todo. Hasta su vieja.

—Tú cállate el hocicote — se volteó a mirarlo con furia Lichita; en seguida acarició las solapas de Félix y lo miró con ternura. Lichita cambiaba de mirada como se cambian las estaciones de un radio.

—Me he sentido muy sola, amorcito.

—Luego se nota.

—No, en serio. ¿Supiste lo de Simón?

—Lo mataron.

—Ay nanita — rió Sergio desde la cama.

La enfermera asintió muchas veces, con lágrimas en los ojos y la cabeza apoyada sobre el hombro de Félix.

—Se lo dije. El viejo ese de los anteojos raros no se anda con cuentos. Se lo dije. No debió ir al Hilton esa noche a decirte que no fueras a Palacio. Traicionó al viejo, el viejo quería que tú estuvieras en esa ceremonia con el mero mero, le dije a Simón que se anduviera con cuidado, ese viejo se las cobra todas...

—¿Crees que por eso mataron a Ayub?

—Corazón, te estoy contando la verdad sin que tú me lo pidas nomás para que sepas todo y me quieras tantito...

—Ya sé todo lo que pasó — dijo Félix oyendo a Licha, pero mirando a Sergio, otro güerito de ojos claros, muy blanco y pequeño, por lo visto era el tipo que más le gustaba a Licha, pero éste no era un pobre diablo como Ayub. Félix volvió a ver el blazer azul con botonadura de oro arrojado sobre una silla, los pantalones de franela gris, la camisa con la marca Pierre Cardin visible en el cuello, los mocasines negros de Gucci.

—No tenía a nadie en México, yo era su única amiga — lloriqueó Licha.

—También lo sé. ¿Cómo murió?

—Me lo dejaron aquí, en la puerta de la casa, tiroteado, hecho una coladera, de pie, apoyado contra la puerta, se le cayó en los brazos a don Memo cuando la abrió...

—¿Por qué aquí, Licha?

—Ya te dije, no tenía a nadie más, el viejo tenebroso ese lo sabía...

—¿Crees que el Director General ha acabado de cerrarle la boca a todos los que pueden abrirla? No seas inocente.

Todas las defensas de Licha se derrumbaron de un golpe; dejó de lloriquear y no pudo taconear, empezó a mover las mandíbulas como si mascara un chicle, pero era su cara la que parecía una goma sucia y gris. Félix le apretó la nuca.

—Dame el registro.

—Palabra...

La apartó con fuerza de su hombro y empezó a hurgar en

los cajones del cuartito, el de la mesa con tapa de linóleo, los de la cocina improvisada con una parrilla encima del mueble despintado, dos cacerolas, un sartén, un molcajete, las botellas vacías de cerveza y los tarros de Nescafé, los trastes chipoteados de barro pintado con flores y patos. Licha no se movía. Sergio arrojó la sábana a un lado y se puso de pie, dirigiéndose a la silla donde estaba amontonada la ropa.

—Tienes razón, Lichis. Yo mejor me voy.

Félix lo volvió a sentar en la cama de un empujón y se inclinó sobre el teléfono que don Memo escondía como un tesoro entre las almohadas. Debajo del teléfono estaba el cuaderno con tapas de mármol. Licha rió.

—Ay, ¿ese es el cuadernito que decías? Qué boba seré. Allí apunta don Memo las direcciones de sus clientes cuando lo llaman, ¿eso se llama un registro? ¡Perdona mi falta de ignorancia, como quien dice!

Le habló a Félix pero miró a Sergio.

—¿Qué quieres saber, corazón?

Félix hojeaba velozmente el cuaderno. No le contestó a Licha. La muchacha, simultáneamente, apretó la mano de Félix y negó con la cabeza en dirección de Sergio.

—¿Qué misterio te traes, corazón? Si don Memo nunca hace nada fuera de lo normal. Trabaja dos turnos, de seis a tres y de seis a doce normalmente, salvo cuando un cliente lo toma por hora o para que vayan fuera de la ciudad, tú sabes, de excursión...

Le mostró a Licha el papel que le entregué en mi casa.

—¿Este es el número de placas del taxi de don Memo?

—Sí — Licha inflexionó una duda, miró a Sergio —, creo que sí, no se me pegan esas cosas.

—La noche del diez de agosto don Memo le prestó sus placas a alguien. El registro no dice nada. ¿A quién? Tu amiguito el majo desnudo admitió que don Memo acostumbra prestar las placas, si le pagan bien.

El triángulo de miradas era como tres bolas de billar esperando el golpe que desencadenara la carambola. Sergio lo dio con una risa forzada y aguda:

—Hombre, señor, lo dije en broma, don Memo presta todo, las placas de su coche, las nalgas de su vieja, eso lo sabemos todos...

—¿Quiénes somos todos? — dijo Félix.

Sergio entrecerró los ojos y se rascó una tetilla.

—Oiga, ¿que es usted de la poli o qué? Todos los tecolotes son medio pendejos, pero usted es el mero campeón. Yo vine a coger, no a contestar preguntas pendejas.

—Está bien — dijo Félix y caminó hacia la puerta con el cuaderno bajo el brazo.

Se detuvo en el umbral y le dijo a Licha:

—Lástima de chaparrita linda. Tu cuerpo de uva va a amanecer agujereado un día, y no como te gusta ni por quienes te gustan.

Félix dio media vuelta y salió del cuarto; Licha lo siguió al pasillo sombrío y húmedo. Lo tomó de la manga y lo volvió a abrazar. Sergio los miró, divertido, desde la cama.

—Corazón, yo sé lo que tú quieres, espera.

—Me lees el pensamiento.

—Espera, ¿quieres saber quién mató a esa muchacha que estaba en Gayosso, verdad?

—Te digo que eres pitonisa.

—Corazón, ahorita corro a este rotito, quédate conmigo, ámame tantito y yo te ayudo a encontrar al que la mató, palabra. Ándale, entra, deja ese cuaderno y vamos a querernos como tú sabes.

—Te está esperando tu bebé, Lichita.

—No me martirices, corazón. Cada quien hace su luchita. Los centavos no alcanzan. Anda, devuélveme el cuaderno. No tiene nada que ver con lo que andas buscando, palabra.

—¿Entonces para qué lo quieres?

—Piensa en el pobre de don Memo, tan bueno. Va a estar perdido sin su lista de clientes. ¿Quieres de plano amolarlo? ¿Qué te ha hecho? Anda, corazón, no hay que ser...

Félix apartó a Licha. El rostro despintado de la mujer mostró los colmillitos de rata; se le fue encima a arañazos a Félix, sin preocuparse de que la bata se le abriera y los senos

le rebotaran pequeños pero firmes y las injurias se le escapa-
ran de los labios torcidos, cabrón, ¿qué sabes de nosotros?,
¿qué chingados sabes de los que tenemos que jodernos para
no morirnos de hambre?, cabrón comemierda.

Los pitidos de los globeros llegaban desde la plaza. Licha
se desinfló como un globo pinchado entre los brazos de Félix.
Él le apretó juguetonamente la naricilla colorada.

—Ándale, chata, deja que termine este asunto y vuelvo a
verte.

—¿Palabra, corazón? ¿Palabra, santo? Es que me gustas
con ley.

—¿Qué quieres saber, Lichita?

—Tú eres el preguntón, no yo.

—Porque quieres saber lo que no sé oyéndome preguntar.

—¿Para qué quieres el cuaderno de don Memo? Tú mismo dijiste que no trae nada...

—Dos cabezas piensan mejor que una, Lichita. Puede que
yo no entienda nada de este cuaderno, pero el Director General sí.

—¿Se lo vas a enseñar al viejo?

—Claro. Con sus anteojos negros, de repente lee por qué
te interesa tanto recuperar un cuaderno que no dice nada el
diez de agosto.

—Te juro que no tiene nada que ver con Simón ni con el
viejo tenebras.

—¿Tanto miedo le tienes?

—Hubieras visto a Simón, toditito agujereado...

—Escoge, Lichita. O todo está ligado, tú, don Memo,
Simón, el Director General y la muerte de la muchacha...

Licha sólo tenía fuerzas para temblar débilmente:

—No, papacito, te lo juro por mi madre...

—O se trata de dos cosas distintas. Escoge.

—Sí, corazón, es como tú dices, al hospital fui como enfermera, por amistad con Simón, no sabía de qué se trataba, no
tiene nada que ver con el coche ni con Memo, por mi madre,
es como tú dices, son dos cosas distintas.

—No tiembles tanto, Lichita. Si me estás diciendo la verdad, no debes temer. Pero la policía puede entender otra cosa. Pueden creer que todo es parte del mismo asunto, ¿me entiendes?, que tú y don Memo saben de un atentado contra el Presidente, ¿me entiendes?, y el Director General no se anda con cuentos, te consta, sabe cerrar las bocas para siempre.

—¡Jijos! —exclamó Sergio brincando de la cama y corriendo en busca de sus calzoncillos—, yo nada más vine a coger, ¿qué relajo es éste?

—Métete esto en la cabeza, Licha —continuó Félix mientras Sergio se vestía de prisa—, esa muchacha asesinada era la amante del enemigo mortal del Director General. El viejo va a sacar cuentas y luego va a exigirlas.

—Eso no, papacito, corazón, lo que quieras pero no nos eches encima al viejo...

—Oye, babosa, ¿qué relajo es éste? —dijo Sergio mientras se metía nerviosamente los pantalones entre las piernas—, ¿en qué lío me andas metiendo?

—Sólo quiero la verdad —dijo Félix sin escuchar a Sergio.

—Corazón, yo le debo todo a don Memo, ya te lo dije, no me obligues a traicionarlo, ya te lo dije, hay que ganarse la vida.

—A veces hay que ganarse la muerte.

—¡Le tengo miedo al viejo, papacito, le tengo miedo!

—La verdad.

Sergio se anudaba la corbata. Licha lo miró y luego colgó la cabeza atarantada.

—Cuéntale, Sergio.

—Yo no sé nada de tus enjuagues, cabrona —Sergio se puso el blazer.

Félix miró con atención al muchacho pequeño y elegante.

—¿Tú usaste las placas de don Memo el diez de agosto?

Sergio ladeó su ridícula cabecita rubia, aún más pequeña que la proporción exigida por su cuerpo.

—Hombre, no se exalte por una broma inocente. Mire nomás cómo ha puesto a la gordita. Bueno, nos vemos otro día, Lichis.

Félix detuvo a Sergio del brazo.

—Cuidado, gorila —dijo Sergio—, no me gusta el manoseo.

—Dile, Sergio —repitió Lichita, abatida sobre una silla de hulespuma—. Mejor dile o vamos a amanecer como coladera tú y yo sin ninguna culpa, palabra.

Sergio se acarició la manga donde Félix lo había apretado.

—Hombre —sonrió—, fue eso, una broma inocente, unos cuates y yo le pedimos las placas a don Memo para echar vacile esa noche, estábamos enamorando a unas gringuitas que vivían en las suites de Génova, prometimos llevarles gallo, usted sabe cómo son las güeritas, esperan mucho romance en México, no se querían ir sin una serenata, ¿qué hay de malo?

—Nada —dijo Félix—. Por eso mismo no hacía falta cambiarle de placas al convertible.

—N'hombre, usted no entiende, señor. Nuestros jefes nos traen muy cortos, con los tiempos que corren, dicen, nada de escandalitos, nada de llamar la atención o acabamos secuestrados por los comunistas, ¿quihubo pues?, nos queríamos divertir sin comprometer a nuestros papás, ¿ya entiende usted?

Sergio encendió un cigarrillo, arrojó el fósforo al piso y miró con suficiencia a Félix; además, se estaba luciendo con Licha y su vanidad era más fuerte que su miedo.

—Nuestros papás son muy influyentes —dijo con satisfacción y un asomo de amenaza.

—Se me hace que no, si no los protegen por armar un escandalito pinche con unos mariachis frente a un hotel de la Zona Rosa. ¿Entonces para qué sirven las influencias? ¿Para que nos los regañen si comen caramelos antes de la cena?

Sergio volvió a entrecerrar los ojos.

—Ya lo dije. Todos los de la poli son medio pendejos, pero tú eres el mero campeón, cuate. Si no quieres entender…

—Estás bien entrenadito, Sergio. No, no soy de la poli. Soy de la Liga Comunista. Dile a tu papá que se cuide.

Sergio frunció los labios con desprecio.

—Otro día seguimos donde nos quedamos, Lichita. Chao.

Salió chiflando *Blue Moon* y Licha cerró los ojos colorados de sueño, amor y miedo.

—Quédate, papacito — murmuró.

Abrió los ojos. Félix caminó hasta la puerta con el cuaderno en la mano.

—Ya sabes la verdad. Deja el cuaderno, corazón.

—Me interesan más y más los clientes de don Memo — dijo Félix —. Adiós, Lichita. Deja que salga de esto y te llevo a Acapulco.

—¿Palabra, santo? No te pido lujos. Prefiero verte a la segura, una vez por semana, nada más.

—¿Quepo en tus horarios, chata?

—Cabrón. Te dije la verdad. Por ésta.

Se quedó sola con la señal de la cruz sobre los labios.

45

Alcanzó a ver el convertible Mustang color mostaza que arrancaba por la calle de Durango. Tomó nota del número de las placas y lo apuntó en el cuaderno de don Memo, precisamente bajo la fecha del diez de agosto.

Regresó a las suites de Génova y pidió que le subieran al cuarto carne asada, ensalada mixta y café. Estudió largamente el registro del taxista. Tomó el teléfono y pidió la jefatura de policía del Distrito Federal. Denunció el robo de su automóvil, un convertible Mustang color mostaza. Dio el número de las placas.

—Soy el propietario, el licenciado Diego Velázquez, director de precios de la Secretaría de Fomento. No se me duerman.

Le dieron seguridades obsequiosas. Miró su reloj. Eran las tres de la tarde y el sol de la mañana desapareció detrás de las nubes lentas y cargadas. Tenía tiempo y le faltaría energía. Durmió hasta las cinco con la tranquilidad que le faltó la noche anterior. Ahora estaba seguro. Ahora sabía.

Revisó la .44 y se la guardó en la bolsa interior del saco. Caminó de Génova a Niza y se compró un impermeable en Gentry. Cuando salió de la tienda de hombres se desató el aguacero, el tráfico se hizo nudos y la gente buscó refugio bajo los toldos y marquesinas. Se puso el impermeable, una buena trinchera de Burberry's, demasiado nueva para investirlo satisfactoriamente con el papel cinematográfico que su inconsciente le proponía. Sonrió mientras caminaba bajo la lluvia en la dirección del Paseo de la Reforma. Si por afuera pretendía parecerse a Humphrey Bogart, por dentro se sentía, ridículamente, idéntico a Woody Allen. Recordó a Sara Klein en Gayosso y dejó de sonreír.

Se detuvo a esperar en la esquina de Hamburgo. Le quedaban cinco minutos. Prefirió estar a tiempo. Era el funcionario más puntual de la burocracia mexicana, pero esta vez su cita no era con un subsecretario más o menos amable, sino con un criminal más o menos salvaje.

Al cuarto para las seis, el taxi se detuvo frente a la boutique Cronopios en Niza y pitó insistentemente. El joven Sergio salió sonriendo y despidiéndose de las empleadas del lugar. Abrió la portezuela trasera del taxi y subió. Félix montó detrás de él, sacó la .44 y la apretó contra las costillas del muchacho rubio, pequeño y elegante. Don Memo volteó la cabeza con alarma.

—No te preocupes —le dijo Félix al chofer—. Hay balas para los dos. Depende de cuál quiere morir primero. Vamos a llevar al señorito al mismo lugar donde lo llevas todos los lunes, miércoles y viernes a la misma hora. Un movimiento falso y Lichita se queda viuda.

Un sudor grasoso brotó de la frente plisada de don Memo. No dijo palabra y avanzó como caracol entre el tráfico congestionado de Niza hacia la Avenida Chapultepec. Félix miraba la nuca de don Memo pero no dejaba de apretar la .44 contra las costillas de Sergio.

—¿Cómo está tu papá? —le preguntó al muchacho.

—Chingando a tu madre —dijo Sergio con los labios mojados y la pupila dilatada.

—No, tendría que ser muy influyente para eso —sonrió Félix—. Los hijos de millonarios no trabajan de dependientes en una boutique de lujo. Sólo logran vestirse como hijos de millonarios. No es lo mismo.

—No vayas a donde siempre, Memo, este tipo es puro jarabe de pico, ya lo conozco...

Félix estrelló el cacho de la pistola contra la boca de Sergio; el muchacho chilló y se hundió en el asiento, limpiándose la sangre de los labios con la mano. El taxi giró a la derecha en Chapultepec y pudo acelerar un poco.

—Si no te rompo la jeta es porque necesito que hables.

—Dame por muerto, cabrón — escupió Sergio.

—¿Te sientes muy protegido por tu jefe? ¿Qué **te da** además de un Mustang prestado para que le borres las pistas cuando andas de mandadero?

—Yo estoy protegido — Sergio sonrió chueco.

—Conocí a un güerito muy parecido a ti. También se sentía muy protegido. Acabó balaceado y tirado como una res en la puerta de un chofer de taxi.

—Yo nomás cumplo — murmuró don Memo —, voy a donde me dicen.

Avanzaron lentamente junto al acueducto colonial de la avenida.

—Ya lo sé — dijo Félix —. Gracias por apuntar tan cumplidamente tus llamadas. Qué chistoso que tres veces por semana al cuarto para las seis recoges a un tal Sergio de la Vega, supuesto niño bien que le lleva serenatas a las turistas gringas.

—De a tiro buey. Ya te lo expliqué. Fue una broma.

—Dos bromas. Una monja llega a pedir ayuda para sus obras de caridad y una banda de muchachos se presentan a cantar serenatas con mariachis. Las dos bromas sirven para crear una distracción en la calle mientras dentro del hotel tiene lugar la tercera broma.

—No sé de qué hablas, cuate.

—Hablo de la broma de tu jefe. La muerte de Sara Klein.

—El nombre no me suena.

—Lo que te va a sonar es un balazo en el riñón.

—Qué miedo. Haré pipí como coladera.

Félix apretó la boca de la .44 contra la nuca del chofer.

—Tu amiguito es muy reservado, Memo.

—Yo no sé nada, jefecito, tembló el viejo parecido a Raimu, a mí nomás me contratan para traer y llevar.

—Memo, los ricos están protegidos, pero a un infeliz como
tú lo van a meter de por vida al tambo por complicidad en
un asesinato.

—No digas nada, cornudo — dijo Sergio —. El patrón es
más fuerte que este pobre diablo. No sabe nada. Nos está
blofeando. No le hagas caso. Cambia de camino, te digo.

—Conozco la ruta — dijo tranquilamente Félix —. Don
Memo apuntó la dirección. Sé a donde vamos. Sé a quién vamos a ver.

—Para lo que te va a servir. El patrón es influyentazo.

—¿Como tu papá?

—Chinga a tu madre.

—Te repites, chamaco. A ver si te sigues repitiendo cuando te pongan a sufrir los de la judicial.

—No me hagas reír. ¿Por qué? ¿Por llevar serenata? ¿Por
usar una vez placas ajenas? ¿Dónde vives, buey?

—No. Por andar con un coche robado.

—El patrón lo puso a mi nombre.

—Está estacionado frente a tu casa. A estas horas, la policía ya lo ubicó y te está esperando.

Por primera vez, Sergio sudó igual que don Memo.

—De qué te alarmas, Sergito. Probarás que el coche te
lo dio tu patrón. No sudes. ¿Qué van a encontrar dentro del
coche? ¿Es eso lo que te asusta? ¿Por eso puso tu patrón el
coche a tu nombre, para que tú pagues los platos rotos? ¿Así
te protege de bien?

Sergio intentó abrir la portezuela; el taxi entró al periférico en la Fuente de Petróleos y siguió la indicación hacia la
carretera de Querétaro. Sergio intentó abrir la portezuela; Félix lo sujetó rodeándole el cuello con el brazo; Sergio se ahogó,
tosió y cayó violentamente contra el piso del auto. Félix lo recogió como a un muñeco de trapo del cuello de la camisa.
Siguió tosiendo largo rato.

—La pinche placera no tuvo tiempo, seguro que no tuvo
tiempo — dijo con la voz ronca y dolorosa Sergio.

—A ver si nos espera en Cuatro Caminos — dijo nerviosamente don Memo.

—¡No te detengas! — gritó Sergio.

Félix volvió a apretar el cañón de la pistola contra la nuca de don Memo. Sergio se entregó a un acceso de tos interminable; parecía un cupido tuberculoso.

No volvieron a hablar hasta llegar al Toreo de Cuatro Caminos. Desde una esquina, la mujer gorda, envuelta en un rebozo y con la canasta bajo el brazo, hizo una seña con la mano libre al taxi. Parecía la madre de los dioses indios, una Coatlicue de piedra, imperturbable bajo la lluvia.

—¡No te detengas!

Don Memo frenó. La placera gorda abrió la portezuela delantera y asomó la cabeza dentro del taxi. Se detuvo al mirar a Félix, pero la mirada impasible no varió. Ni siquiera cuando vio la pistola apuntada directamente hacia su cara ancha y oscura.

—Suba, señora.

La placera se acomodó al lado de don Memo. Olía a ropa mojada y a digestión de frijoles refritos.

—¿Qué trae esta vez en la canasta? — preguntó Félix —, ¿más pollitos? Pásemela.

La gorda prieta primero se volteó para entregarle unas llaves a Sergio.

—Toma. No pude abrir la cajuela. Los cuicos tenían rodeado el coche.

Félix le arrebató las llaves del Mustang:

—La canasta.

La placera levantó la canasta y la mostró; venía colmada de lechugas. La arrojó violentamente contra el rostro de Félix; don Memo frenó; la mujer descendió del taxi con una agilidad insospechada; Sergio intentó imitarla, pero la pistola le punzaba contra la cintura.

Don Memo arrancó; Félix forcejeó un instante con Sergio; el muchacho se rindió y Félix vio alejarse la figura de la vieja diosa azteca, bajo la lluvia gris como la tierra que pisaba. Una bruma que parecía emanar del cuerpo de la mujer la envolvió.

Félix recogió la canasta. Debajo de las lechugas estaban las bolsas de celofán impermeable con un contenido que no era lo que parecía, ni harina ni azúcar.

46

El chofer disminuyó la velocidad frente al Supermercado de Ciudad Satélite. Detrás de la cortina de agua, las columnas esbeltas y triangulares de Goeritz eran el velamen de coral de un galeón hundido. Félix le ordenó a don Memo que se estacionara donde siempre lo hacía los lunes, miércoles y viernes. El viejo dio la vuelta frente a la entrada principal del enorme negocio cerrado y rodeado de estacionamientos vacíos a esta hora y se detuvo junto a la entrada de mercancías a espaldas de la carretera.

—Baja —le dijo Félix a Sergio sin apartarle la pistola de la cintura y lo siguió.

Dejó la canasta sobre el asiento del automóvil.

Don Memo asomó la cara por la ventanilla. La lluvia le esparció los escasos cabellos. Miró a Félix con una expresión de cura viejo, humilde pero disipado.

—¿Y yo, jefecito? Aquella noche me prometiste que me ibas a pagar doble, ¿te acuerdas?

—Te voy a pagar triple —le contestó Félix—. Lárgate, Memo.

—¿Y eso? —don Memo meneó la cabeza tonsurada hacia el asiento de atrás.

—Es tu primer premio. Haz lo que gustes. Entrégalo a la policía de narcóticos y cobra una recompensa. O véndelo por otro conducto y llévate a Licha a Acapulco. Les hace falta una vacación. Ese es tu segundo premio. Y el tercero es que te largues de aquí vivito y coleando.

Don Memo arrancó sin decir nada. Sergio miró con curiosidad a Félix.

—Entonces de veras no eres cuico...

—Ahora vas a ver quién soy. Abre la puerta.

—Sólo el patrón puede abrirla por dentro. Es un *gadget* electrónico. Tengo que comunicarme por el interfón.

—Anda. Oye, Sergio, recuerda que tu patrón no te va a proteger. Te va a dejar colgado de la brocha con el Mustang y la nieve.

Las pupilas de Sergio se dilataron alegremente.

—¿Qué pasó valiente? Ahora vamos a ser dos contra uno, ¿verdad?

Sergio apretó un botón tres veces cortas y una larga. El interfón se comunicó y una voz dijo:

—Entra.

Simultáneamente, la cortina de fierro comenzó a levantarse electrónicamente. Sergio dudó un instante antes de gritar:

—¡No, patrón, no abra, nos agarraron!

Félix se arrojó entre el piso y la cortina y disparó tres veces seguidas. Gastó dos balas; el muchacho rubio y pequeño torció por última vez los labios con el primer balazo y cayó de cara sobre el pavimento mojado. La tercera bala se estrelló contra la cortina de fierro que se cerraba silenciosamente. Félix se levantó en la oscuridad del bodegón de mercancías y caminó hacia la puerta que comunicaba con los espacios públicos del supermercado; lo guió el brillo de las luces fluorescentes más allá de la puerta.

Se apagaron de un golpe antes de que llegara a ellas. Entró en silencio a la vasta caverna oscura y hueca, y sólo pensó que este hangar comercial debía oler a todo lo que contenía pero Félix no olía nada sino una asepsia sobrenatural; el silencio, en cambio, era imposible; la hoquedad del recinto amplificaba cada paso, cada movimiento; Félix escuchó sus propias pisadas y luego una lejana tos.

Se movió a tientas entre los altos estantes; tocó latas y luego jarros y luego gritó:

—Se acabó el juego, ¿me oyes?

El eco retumbó fragmentado y líquido como las ondas de un estanque cuando una piedra choca contra el agua.

—La policía tiene el Mustang. La vieja me entregó la droga. Sergio está muerto allí afuera. Se acabó el juego, ¿me oyes?

Le respondió una bala diabólicamente certera que atravesó una botella junto a la cabeza de Félix. Oyó la ruptura del cristal y por fin olió algo: el líquido derramado del whisky. Se agachó y avanzó doblado sobre sí mismo, casi tocándose las rodillas con la cara; avanzó como un gato pero se dijo que esta era una batalla entre murciélagos en la que llevaba todas las de perder; su enemigo conocía el terreno, era el propietario de la cadena de supermercados. Félix topó contra una barrera y una pirámide de latas se derrumbó; el ruido del metal fue sofocado por la ráfaga de balas dirigidas al lugar exacto del accidente. Félix se tiró boca abajo, defendido por un parapeto de mercancías.

—Sigue hablando — dijo la voz —, de aquí no sales vivo.

Félix trató de ubicar el lejano punto de donde venía la voz; era un lugar más alto. Recordó que a veces las oficinas de los supermercados están a un nivel superior desde donde los encargados vigilan el movimiento de los clientes. Se quitó los zapatos. Corrió, derrumbando lo que encontró en su camino, hasta parapetarse pegando la espalda a una estantería opuesta a la única trayectoria posible de las balas de su enemigo: a derecha o a izquierda, pero siempre de arriba hacia abajo y siempre de frente. La ventaja de su rival era también su limitación. Lo cazaba desde un torreón sitiado.

—Lo preparaste todo muy bien. Tomaste la suite bajo un nombre supuesto. Siempre tendrías la excusa de que ibas a una cita galante. No importaba que te vieran. Tenías la mejor coartada del mundo. Estabas con tu mujer. Entraste con ella a las suites de Génova. Se registraron con nombres falsos. Nadie dice nada en un lugar como esos. Su clientela son turistas y parejas de amantes.

Calló y corrió a otro lugar de la tienda; la hebilla del impermeable chocó contra una fila de carros de metal; Félix cayó de bruces y los disparos le pasaron volando sobre la cabeza. Se arrastró hasta el final de la fila de carritos para la

mercancía y se despojó del impermeable, lo colocó sobre la
barra de conducción del carrito como sobre un gancho y empujó de una patada. La balacera acompañó el breve trayecto
del carro de metal por un pasillo, fue a chocar contra una
estantería y el fuego se repitió. Félix permaneció donde estaba, guarecido por el estante.

—Tu mujer te había desafiado. Podían ir como amantes a
ese hotel, a ver si así lograban excitarse un poco. Pero ella
quiso añadirle pimienta al caldo. Te dijo que ya no bastaba
ir juntos a un hotel. Ni así la excitabas. Te enfureciste. Te
dijo que sólo cuando te ponías celoso le resultabas un poco
más atractivo. Pero como te ponías celoso de cualquier cosa,
hasta ese resorte se estaba gastando. Tú le contestaste con otro
desafío. Le pediste que esa noche en las suites de Génova
podía buscar la manera de ponerte más celoso que nunca. Ella
se rió de ti y aceptó el desafío. Te dijo que esa misma noche,
cuando estuvieran en el hotel, antes de acostarse contigo, se
acostaría conmigo. Hasta te dio el número del cuarto donde
tendría lugar nuestra cita: el 301. Te pidió que reservaras cuarto en el mismo piso, para estar cerca. Con suerte, así oirías
nuestros gemidos de placer.

—Conoces bien a Mary — dijo la voz —. Sigue inventando historias.

—Seguro, Abby — contestó Félix moviéndose sigilosamente contra el estante alto, evitando rozar con la espalda las
bolsas de celofán ruidoso —. Mary te dio el número del cuarto de nuestra supuesta cita porque sabía que allí estaba viviendo Sara Klein. Tú también lo averiguaste y caíste en la trampa
de tu mujer. Ella quería que lo supieras para que pensaras
que su desafío iba en serio, para ponerte a dudar. ¿Estaba
yo aprovechando mi amistad con Sara para utilizar su cuarto
y darle cita a tu mujer? ¿Por qué no?

Calló y volvió a correr a otro lugar más cercano al nivel
alto de la tienda mientras Abby decía:

—¿Sabes quién le dijo a Mary que Sara estaba viviendo
en las suites?

Félix volvió a parapetarse y volvió a hablar:

—No importa. Estoy casado con una judía. Conozco las costumbres de la tribu. Es una malla muy bien tejida; todos saben todo de todos.

—Lo sé — rió Abby —, lo sé de sobra.

—Pero no sabías a quién ibas a matar, si a tu mujer o a mí o a los dos juntos. Tu mente corría por dos rieles paralelos, uno calculador y el otro apasionado. Los desafíos entre tú y Mary son como un juego de ping-pong. Ella te desafió diciéndote que se iba a acostar conmigo bajo tus narices. Tú la desafiaste a tu vez con una pregunta: ¿A qué hora pensaba engañarte? Ella te fijó una hora exacta, riéndose de ti; a las doce en punto, la medianoche, la hora fatal de la Cenicienta, algo así te dijo, es su estilo ¿no?

La voz en el nivel más alto lanzó un mugido de toro herido. Félix disparó por primera vez en dirección de la voz de Abby; era el momento para hacerle saber que también él venía armado.

—Preparaste para las doce y media en punto tus distracciones. Sergio con sus amigos y los mariachis se detuvieron a esa hora frente al hotel y cantaron la serenata. La monja pasó a pedir limosna para sus obras. La policía interrumpió el gallo y le ordenó a Sergio que circulara. Pero tú ya habías logrado lo que querías. El portero recordaría esos dos hechos inusitados. La policía perseguiría dos pistas falsas. Tú estabas protegido. El Mustang traía las placas del taxi. Por lo visto, la policía no las anotó. Una serenata es cosa de todos los días; una broma que interrumpe el tránsito. Sergio dio la mordida de costumbre y no le levantaron infracción. No quedó rastro del Mustang. Y tú estabas seguro de tu gente. Don Memo creyó siempre que era una broma y como nadie lo molestó, se olvidó del asunto. Sergio era tu esclavo, el intermediario de tu negocio de drogas, drogadicto él mismo: te obedecía sin pedir explicaciones. Perfecto; tus aliados eran ciegos y sólo tú sabías lo que te proponías hacer.

—¿Y la monja? — rió la voz —, ¿sabes quién es la monja?

—No, pero me lo vas a decir, Abby.

—Capaz que sí, porque de aquí no sales vivo.

Agachado, Félix volvió a acercarse al nivel alto. Su pie descalzo topó contra un peldaño. Buscó el refugio más cercano. Sus manos tocaron el vidrio helado de una congeladora. Apoyó el cuerpo contra la superficie fría. Estaba al resguardo de las balas de Abby Benjamin; los escalones ascendían paralelos al costado de la congeladora.

—Poco antes de las doce de la noche, Mary salió en bata del cuarto. Volvió a injuriarte y a seducirte al mismo tiempo. Dijo que iba a verme y que regresaría en media hora a amarte como nunca. Se permitió el lujo de un desafío final: arrojó sobre la cama la llave del cuarto 301.

—Estás muy cerca. Cuidado. ¿Cómo obtuvo Mary la llave del cuarto de Sara?

—No sé pero lo imagino. En ese hotel las normas son muy elásticas. Las gentes se visitan entre sí constantemente y reciben visitas inopinadas a todas horas del día y de la noche. El portero está acostumbrado a eso. Pero la respuesta más obvia debe ser la verdadera: Mary bajó a la administración y tomó la llave extra de Sara del casillero correspondiente. El portero está afuera, de espaldas al vestíbulo. Y el encargado de turno se la pasa dormido o viendo tele en la cocina.

—La conoces bien, cabrón. Tú la desvirgaste. Tú la tomaste antes que nadie. Antes que yo. Un muerto de hambre como tú.

—A ella no le importó. Sólo a los hombres les importa la virginidad de una mujer.

—Tú has sido mi pesadilla, Maldonado. Tú destruiste mi felicidad. Ella saca todos los días tu nombre a relucir, tú su primer hombre, el único hombre, el que de veras la hizo sentir, yo no, ni me acercaba, tú un miserable muerto de hambre...

—Yo iba a ser la víctima esa noche.

—Sí, esa noche me iba a desquitar de diez años que pasaste metido en mi cama, entre mi mujer y yo, invisible...

—Pero cuando abriste la puerta del 301 la pieza estaba a oscuras. Te acercaste a la cama. Todas las suites son idénticas. Tanteaste en la oscuridad. Tocaste un cuerpo de mujer.

Oíste la música de los mariachis en la calle. Ya no te importó que no fuera yo. Era ella. Era Mary. De todas maneras te ibas a desquitar de las humillaciones de tu matrimonio y yo iba a aparecer como el culpable. Ibas a matar dos pájaros de un tiro, Abby. Sacaste tu navaja de afeitar del bolsillo, le tapaste la boca a la mujer y le rebanaste el cuello.

—Sí.

—Regresaste temblando a tu cuarto y encontraste allí a Mary tirada de la risa sobre la cama. Empezó a decirte que se había burlado bonito de ti, como siempre, una vez más, te había seguido de lejos en el pasillo, estaba mirándote desde el lavabo del piso, te vio entrar al cuarto de Sara y...

—Sí.

—La sonrisa se le congeló cuando vio la navaja que traías idiotamente en la mano. Imbécil, te dijo, te equivocas siempre.

—Sí.

—Te equivocaste dos veces, Abby. No me mataste a mí. No mataste a Mary. Mataste a Sara Klein. Te equivocaste de víctima, pendejo.

Todas las luces neón del supermercado se prendieron de un golpe. Félix cerró los ojos con un gesto de dolor y asombro.

—Voy por ti, Maldonado. Vamos a vernos las caras.

Los pasos de Abby descendieron muy lentamente los escasos peldaños del mirador a la planta baja.

—Esta vez no me voy a equivocar, Maldonado. Tejiste tu propia soga. Van a encontrar tu cuerpo y el de Sergio juntos, en un basurero mañana por la mañana. El Mustang está a nombre de él. No hay nada que me ligue ni con él ni contigo. ¿Te dolió la muerte de Sara Klein? Entonces nada fue en balde. Me dije que te iba a doler y ya no sentí remordimientos, ¿sabes? Fue como matarte una primera vez. Ahora voy a matarte por segunda vez, Maldonado, antes de matarte por tercera vez. La tercera es la vencida, dicen. Ya no hablarás ni oirás ni te cogerás a las mujeres ajenas. ¿Sabes quién le contó a Mary que Sara estaba en las suites de Génova?

Aplastado contra el congelador, Félix vio aparecer a cuatro metros la punta del zapato de Abby.

—Ruth — dijo Abby.

Félix sintió la tensión animal, sin odio ni memoria, de un leopardo. En el instante en que asomó el cuerpo de Abby, Félix saltó encima de él pero impidió que cayera ahorcándolo con una llave alrededor del cuello; la espalda de Abby oprimía el pecho de Félix, ambos estaban abrazados con las armas en las manos derechas. Félix disparó contra la mano de Abby; el hombre con las patillas canas y el bigote negro aulló y dejó caer la pistola, Félix soltó la .44, abrió la puerta del congelador y empujó a Abby adentro.

El hombre del rostro burdo, feo y coloradote cayó sobre la nieve del piso, entre las reses colgantes y extendió sus hermosas manos, implorando, hacia Félix.

Félix cerró de un golpe la puerta del congelador. Estas puertas no se abren desde adentro, se dijo, como si las vacas muertas pudieran descolgarse de los garfios y escapar de la tumba helada. Nadie vendrá a abrir antes de las seis de la mañana. Nueve horas son muchas horas a cincuenta grados bajo cero.

Miró a Abby encerrado dentro del congelador. Había perdido para siempre su aspecto florido y sus ademanes agresivos. En sus ojos el frío del terror anticipaba el frío de la muerte. Apartó los cadáveres de las reses para levantarse, resbaló y cayó de nuevo apoyado contra la puerta de vidrio enmarcada de escarcha.

Con la mano sangrante escribió sobre la escarcha de la puerta unas letras. Félix las descifró al revés, rojas sobre blanco, antes de que Abby se llevara la mano a la boca con una mueca de terror, cerrara los ojos y permaneciera de rodillas, como un penitente en la Antártida. Sólo pudo escribir *ajnom al.*

47

El Burberry's colgado como un espantapájaros se veía más animado que Abby Benjamin. Félix Maldonado lo retiró del carrito de metal y se lo puso. Subió al mirador del supermercado y encontró sobre la mesa el tablero electrónico empleado por Abby. Oprimió primero la tecla que indicaba CORTINA DE SEGURIDAD. BODEGA DE MERCANCÍAS. La oprimió apenas; lo suficiente para salir como había entrado, de barriga; no quería despertar sospechas si alguien veía la cortina levantada totalmente.

En cambio, apagó por completo las luces fluorescentes. La catedral aséptica se hundió en una oscuridad casi sagrada; sólo la escarcha de los congeladores brillaba, tenue, como minúsculas lámparas votivas.

Se coló debajo de la cortina y luego regresó a la bodega arrastrando del cuello el cadáver empapado de Sergio de la Vega. Tampoco esa presencia amortajada por Cardin debía ser motivo para interrumpir las vacaciones de Abby Benjamin en la nieve. Depositó a Sergio sobre unos cartones de detergente Ajax y se despidió de él con un gesto de desprecio divertido:

—Cuídale la tienda a Abby.

Volvió a salir por la rendija entre la cortina de metal y el piso de concreto. Caminó bajo la lluvia hasta la carretera México-Querétaro y allí esperó, con pocas esperanzas, el paso de un taxi o un camión. Unos grupos dispersos de hombres con sombreros anchos, envueltos en sarapes, ateridos, pasaron corriendo a un trote regular junto a la carretera. Esta ciudad de trece millones de habitantes carece de los medios elementales de transporte colectivo. El caballo y la rueda llegaron tarde, pensó Félix, y antes había siglos de andar a pie. Ahora el que no tiene automóvil es un paria, un tameme indígena condenado a repetir las caminatas de sus antepasados. Los vio pasar, trotando; recordó las figuras de los cuadros de Ricardo Martínez la noche de su reencuentro con Sara Klein; no los podía describir porque no se atrevía a acercarse a esas figuras de miseria, compasión y horror.

La lluvia no cejaba y limpiaba al impermeable de los galones que se había ganado en la justa contra Abby Benjamin; polvo, lodo y grasa. No era mucho pero Félix se sintió libre por primera vez desde que aceptó, en nombre de la humillación de su padre, la misión que le encomendé. Por fin había hecho algo por sí solo, sin que yo se lo ordenara o le preparase las circunstancias para obligarlo a hacer lo que yo quería pero haciéndole creer que él lo hacía por su propia voluntad. Había vengado a Sara Klein. Y no había comprometido a los humildes, Memo, Licha, la placera gorda.

Los automóviles y los camiones de materiales y subsistencias pasaron velozmente frente a él, sin hacerle caso. Solo bajo la lluvia, huésped de sí mismo, le concedió la razón a Abby, Félix Maldonado era un miserable más, uno de esos que logran apropiarse de ciertas apariencias de la prosperidad sin ser ricos. Pero todo el secreto de las sociedades modernas es ese: hacerle creer al mayor número que tienen algo cuando no tienen nada porque muy pocos lo tienen todo. Miró hacia el supermercado de Abby Benjamin del otro lado de la carretera; era la catedral de este mundo. Volvió a pensar en Sara Klein, en su enorme fe en la sociedad igualitaria de Israel, en el esfuerzo de su población, en la democracia de ese país donde una abogada comunista podía defender a los miserables como Jamil; la propia Sara había comparado todo esto con la desigualdad, la injusticia, la tiranía de los países árabes.

Ahora que estaba solo bajo la lluvia frente a las columnas rojas, amarillas y azules de Ciudad Satélite recordó mi advertencia, nadie tiene el monopolio de la violencia en este asunto, mucho menos el de la verdad o el de la moral; todos los sistemas, sea cual sea su ideología, generan su propia injusticia; acaso el mal es el precio de la existencia, pero no se puede impedir la existencia por temor al mal y esa, para Félix esa noche, a esa hora, en ese lugar, era la verdad y la concedió a los únicos que pedían ante todo la existencia, aunque el precio fuese el mal, el muchacho Jamil que amó a Sara más que Félix, los palestinos que oponían el mal de su inexistencia a todas las existencias injustas porque negaban la de ellos.

El Citroën negro, largo y bajo se detuvo frente a Félix. La portezuela negra se abrió y la mano pálida lo convocó. Félix subió automáticamente. El Director General lo observó con una sonrisa irónica. Dio una orden en árabe por la bocina y el auto semejante a un ataúd sobre ruedas se puso en marcha.

—Lo he andado buscando, señor licenciado Velázquez, ¿cómo? Pero está usted hecho una sopa. Lo voy a dejar en su hotel; dese un baño caliente y una friega, tómese un buen coñac. Va a pescar una pulmonía. Sería el colmo, después de vencer tantos peligros.

Rió con la voz alta y hueca, suspendida como un hilo de araña repentinamente cortado por unas tijeras invisibles.

—¿Por qué me buscó? —dijo Félix vencido de nuevo, pensando que prefería la libertad de su presencia solitaria bajo la lluvia a la comodidad tibia del automóvil del Director General.

Rió; suspendió la risa; habló con una gravedad deliberada:

—Hizo usted muy mal en decir que ese Mustang era suyo. Traía veinte kilos de M + C, morfina y cocaína, en la cajuela. La policía me lo comunicó en seguida, porque usted se identificó como funcionario del ministerio. Pero hizo usted muy bien. El asunto está arreglado; le atribuyen el contrabando a un tal Sergio de la Vega, a cuyo nombre estaba el coche.

Miró con la intensidad que desmentían sus *pince-nez* ahumados a Félix y le sonrió con la expresión propia de las calaveras de azúcar del Día de Muertos.

—Qué bien —le repito—, ¿sí? Ya está usted identificado para siempre con el licenciado Diego Velázquez, jefe del departamento de análisis de precios. Su buena voluntad será recompensada, ¿cómo? Le espera en su hotel una invitación muy especial, para pasado mañana. No vaya a faltar.

—No voy a ningún hotel. Voy a ver a mi esposa. Ahora puedo hacerlo, al fin.

—Cómo no, señor licenciado. Lo llevaré a su casa primero.

—No, no me entiende. Voy a quedarme allí, allí vivo, con mi esposa.

El Director General dio una nueva orden por la bocina y en seguida se dirigió a Félix:

—Su invitación le espera en el Hilton.

—Se hace usted bolas. Tengo mis cosas en las suites de Génova.

—Ya han sido trasladadas al Hilton.

—¿Con qué derecho?

—El que nos da haberle salvado gracias a nuestras influencias de una acusación de tráfico de drogas, ¿cómo?

—No oigo hablar más que de influencias.

—Claro, es la única ley vigente en México, ¿cómo? Regresará usted al Hilton. El mismo cuarto de antes. Es un frente perfecto.

—Le digo que no me entiende — dijo Félix con irritación fatigada —, este asunto ya se acabó, ya hice lo que tenía que hacer por mi cuenta, sin ayuda de nadie.

—Acabo de estar en el supermercado, ¿cómo? Confía usted demasiado en los poderes mortales de la refrigeración. El señor Benjamin sigue enfriándose. Pero esta vez para siempre. Se ve muy tranquilo con una bala en el cráneo.

Félix se sintió enfermo; se dobló sobre sí mismo para que el vómito se le escapara, no deseaba morir ahogado por su propia basca. La náusea se apaciguó cuando el Director General volvió a hablar con una voz aterciopelada, de encantador de serpientes.

—No sé qué motivos atribuye usted al difunto señor Benjamin. Es usted un hombre muy apasionado, siempre lo dije. ¡Cómo me he reído con las travesuras que le hizo al pobrecito de Simón, a la señora Rossetti en la piscina y al profesor Bernstein! Se necesita mucho *culot*, ¿cómo? Vamos, señor licenciado, ya pasó el tiempo de las violencias entre usted y yo, suélteme las solapas, tranquilitos todos, ¿sí?

—¿Quiere usted decirme que Abby no mató a Sara porque la confundió con Mary? ¿No fueron los celos el móvil del crimen?

Esta vez, el Director General no interrumpió sus carcajadas; rió tanto que tuvo que quitarse los espejuelos y limpiarse los ojos con un pañuelo.

—Sara Klein fue asesinada porque era Sara Klein, mi querido. No la confundieron con nadie. ¿Qué dice Nietszche de las mujeres? Que los hombres las teman cuando aman, porque son capaces de todos los sacrificios y cuanto es ajeno a su pasión les parece desdeñable. Por eso una mujer es lo más peligroso del mundo. Sara Klein era una de esas mujeres verdaderamente peligrosas. El nombre de su amor era la justicia. Y esta mujer enamorada de la justicia estaba dispuesta a sufrirlo todo por la justicia. Pero también a revelarlo todo por la justicia. Sí, el ser más peligroso del mundo.

—Su amor se llamaba Jamil; ustedes lo mataron.

El Director General pasó por alto el comentario con una mueca de indiferencia bélica: todo se vale. Habló sin justificarse:

—Cuando visité a Sara a las diez de la noche en las suites de Génova le dije que se precaviera; le dije que Bernstein había matado al llamado Jamil cuando Jamil pretendió matar a Bernstein. El hecho era creíble en sí mismo; le sobraban razones a Jamil para asesinar a Bernstein y viceversa. Pero apuntalé mi versión pidiéndole a Sara que se comunicara telefónicamente con el profesor. Lo hizo. Bernstein admitió que estaba herido, alguien intentó matarlo esa tarde, después de la ceremonia en Palacio, pero sólo le hirió un brazo. Sara insultó a Bernstein y colgó el teléfono, sacudida por los sollozos. Ello bastó para dar crédito a mi versión de los hechos.

—Jamil ya estaba muerto y encerrado con mi nombre en una celda militar. ¿Quién hirió a Bernstein?

—Claro, fue herido ligeramente por Ayub y por instrucciones mías. Se trataba de exacerbar a Sara, hacerla romper las hebras de su fidelidad quebrantada hacia Israel y ponerla a hablar. *Quel coup, mon ami!* Una militante israelita como Sara Klein se pasa a nuestro bando y hace revelaciones sensacionales sobre la tortura, los campos de concentración, las ambiciones militares de Israel. Imagínese nada más, ¿cómo?

—Pensaba regresar a Israel. Tenía los boletos. Me lo dijo en el disco.

—Ah, una verdadera heroína bíblica, esa Sara, una Judith moderna, ¿sí? También me lo dijo a mí. Iba a denunciar a Israel pero desde adentro de Israel. Tal era la moralidad de esta desventurada aunque peligrosa mujer. Le di unos *cachets* de somníferos y le dije que descansara. Pasaría por ella para llevarla al aeropuerto la mañana siguiente. Dispuse una vigilancia frente a las suites de Amberes. Mis agentes tomaron nota de todo, la serenata, la monja. Pero no entró nadie sospechoso. Los israelitas nos engañaron. Sus agentes ya estaban dentro del hotel. Se llamaban Mary y Abby Benjamin.

—Pero Abby admitió que mi versión era exacta...

—Por supuesto. Le convenía que usted pensara que los motivos del crimen fueron pasionales. No, fueron políticos. Se trataba de callar para siempre a Sara Klein. Lo lograron. Pero no se torture, señor licenciado. Abby Benjamin está muerto dentro de una nevera y usted está vengado, ¿cómo?

Detrás de las cortinillas negras del Citroën se ocultaba la ciudad de México. Los dos hombres no hablaron durante mucho tiempo. El abatimiento de Félix cancelaba la cólera que latía detrás de la fatiga, tan disfrazada como la ciudad por las cortinas del automóvil.

—Me arrebató usted el único acto mío, mi único acto libre —dijo Félix al cabo—. ¿Por qué?

El Director General encendió lentamente un cigarrillo antes de responder.

—La hidra de la pasión tiene muchas cabezas. Pregúntese si Sara Klein merecía morir como usted lo imaginó, por una pasión equivocada. Debió usted suponer que ese crimen escondía otro misterio, como las muñecas rusas que se contienen a sí mismas en número creciente pero en tamaño disminuido. No. Piense que Sara Klein, al cabo, mereció su muerte. La pasión de Otelo no se hubiese identificado con la vida de Sara. La pasión de Macbeth, sí. Todas las aguas del gran Neptuno no borrarán la sangre de nuestras manos, señor licenciado, lo sé. Sara murió con las manos limpias. Pero creo que vamos llegando.

El Citroën se detuvo. Félix abrió la puerta. Estaba frente a la casa de apartamentos en Polanco.

—Aquí lo espero — dijo el Director General cuando Félix descendió.

Félix se agachó frente a la puerta para ver al hombre dibujado como un fantasma entre la mullida oscuridad del automóvil francés.

—¿Para qué? Estoy en mi casa. Aquí me quedo.

—De todos modos, recuerde que aquí lo espero.

Félix cerró la portezuela y miró hacia el noveno piso del edificio. Las luces estaban encendidas, pero eran las de las más bajas y tenues del apartamento.

48

Tomó el ascensor y pensó en la última vez que vio a Ruth. Le pareció un siglo, no tres semanas. Recordó la mirada de su esposa, nunca lo había mirado así, con los ojos llenos de lágrimas y ternura, negando lentamente con la cabeza, con el entrecejo preocupado, como si por una vez supiera la verdad y no quisiera ofenderlo diciéndosela.

—No vayas, por favor, Félix. Quédate conmigo. Te lo digo así, tranquila, sin hacer tangos. Quédate. No te expongas.

Tierna, dulce Ruth, ni tan inteligente como Sara ni tan guapa como Mary, pero capaz de arrebatos coléricos alumbrados por los celos y abatidos por el cariño, una chica judía pecosilla, se disfraza las pecas con maquillaje, las gotas de sudor se le juntan en la puntita de la nariz, la señora Maldonado es una chica judía bonita, graciosa, activa, su Penélope fiel, ahora que regresaba vencido de la guerra contra una Troya invisible, la mujer que necesitaba para que le resolviera los problemas prácticos, le tuviese listo el desayuno, planchados los trajes, hechas las maletas, todo, hasta ponerle las mancuernas. Y él sólo tenía que recompensarla con paciencia y piedad.

Sacó el manojo de llaves. Las llaves de su hogar. Paciencia y piedad. Ojalá Ruth le diese sólo eso. Lo necesitarían más que nunca para rehacer su relación. Ella lo creía muerto, ¿cómo iba a recibirlo? Ella lo conocía, lo recordaba con tristeza pero ya no lo buscaba, ¿lo reconocería con el rostro cambiado, muy poco en verdad, lo suficiente para crear una sospecha, será él o será otro, Bernstein tenía razón?

Se miró en el vestíbulo, creyendo en verdad que la reproducción del autorretrato de Velázquez era un espejo, ¿cómo iba a aceptar la señora Maldonado que de ahora en adelante se llamaría la señora Velázquez, cómo iba a salvarse ese obstáculo práctico, papeles, familia, relaciones? Eso no se lo habíamos explicado ni el Director General ni yo. Entonces Félix habrá sentido frío: de la misma manera que lo cambiamos a él, habíamos transformado a su esposa, sólo un poco, sólo lo necesario para inducir el error, provocar la duda. Se sintió como Boris Karloff a punto de tocar los dedos electrizados de Elsa Lanchester.

Escuchó una voz que no era la de Ruth. Provenía de la sala. Las puertas dobles entre el vestíbulo y la sala estaban entreabiertas. Se sintió ridículamente melodramático; ¿cuánto tiempo aguanta una viuda joven sin recibir visitas masculinas, cómo se llama y cuándo se presentó el primer pretendiente de Penélope?

Se detuvo con la mano sobre la puerta. La sala estaba en penumbra. Sólo las luces bajas, las lámparas de mesa, estaban encendidas. No, la voz era de mujer. Ruth tenía una visita femenina. Era tarde, cerca de las once de la noche, pero se explicaba; Ruth estaba tan sola, necesitaba compañía.

Escuchó la voz de la mujer que visitaba a Ruth.

—... te dejé a ti para seguirlo a él. Pero lo seguí a él para cumplir con el deber que él mismo me señaló. Le era difícil a Bernstein suplantarte, ofrecerse en tu lugar, desvirtuar mi sentido del deber añadiéndole el de un amor distinto al que sacrifiqué, el tuyo, Félix...

Entró con las manos ardientes a la sala, buscando el origen de la voz, ciego a todo lo que no fuese la presencia de esa voz, la voz de Sara Klein.

La cinta giraba pacíficamente dentro de la casette. Félix apretó una tecla, la cinta chilló y se adelantó velozmente, *esa noche nos acostamos juntos con Jamil desaparecieron todas las fronteras de mi vida dejé de ser una niña judía perseguida...*

Oprimió la tecla de interrupción y sólo entonces escuchó el rumor regular de la mecedora.

Dio media vuelta y la vio sentada allí, meciéndose, sin decir palabra, vestida con los hábitos de monja, el rosario desgranado sobre el regazo, las manos tensas sobre los brazos de la silla, los faldones negros y largos que le ocultaban los pies, la cofia blanca enmarcando una cara demasiado pintada, suficiente para ocultar las pecas pero insuficiente para disipar las gotas de sudor en la punta de la nariz, meciéndose en la penumbra.

—Nunca te convertiste en serio, ¿verdad? —dijo Ruth sin dejar de mecerse, con la voz dolorosamente neutra.

Félix cerró los ojos, quiso cerrarlos para siempre, salió de la sala con los ojos cerrados, conocía a ciegas la disposición de su propio hogar, llegó a la puerta de entrada, la abrió al abrir los ojos, los había cerrado por temor de verse a sí mismo en el autorretrato que Ruth y Félix Maldonado compraron un día, entre risas, en Madrid, descendió por la escalera corriendo, saltando peldaños, estrellándose contra el barandal, imprimiendo el sudor de sus manos contra los muros de cemento del cubo, la asfixia, la necesidad de aire, el aire de la calle.

Se detuvo jadeando en la acera.

La puerta del Citroën se abrió.

La mano pálida lo convocó.

49

Durmió doce horas seguidas en su antiguo cuarto del Hilton. El Director General lo acompañó hasta la recámara y le dio unos somníferos y un vaso de agua. Estuvo con él mientras se adormecía. Félix Maldonado articuló mal su última pregunta, tenía la lengua pastosa y los dientes blandos como granos de maíz cocidos, me doy, me doy, dijo con un delirio tranquilo que el hombre con rostro de calavera observó con curiosidad, ¿quién tiene este poder, este poder para cambiar las vidas, torcerlas a su antojo, convertirnos en otros, me doy?

El Director General no era capaz de compasión; cuando la sentía, la transformaba en desprecio; pero ya lo había dicho, prefería la crueldad al desprecio.

—No te has preguntado una cosa, y sin embargo es la que más te debería inquietar — dijo con una intención cruel que a pesar de él mismo adquirió un tono de piedad—. ¿Por qué regresó Sara Klein a México? ¿Por qué hizo un viaje desde Tel Aviv de sólo cuatro días?

No supo si Félix lo escuchó; deliraba tranquilamente y la verdadera locura, se dijo el hombre de los espejuelos color violeta como los ojos de Mary Benjamin, es siempre una locura serena: la que se expresa sin alterar la vida llamada normal, la locura que se levanta, se baña, desayuna, va al trabajo, come, regresa, se lava los dientes, duerme y vuelve a levantarse cuando suena el despertador. La locura de alguien como el que se llamó Félix Maldonado.

—Regresó a verte a ti, ¿me oyes?, sólo a eso vino, a verte por última vez. Eso es lo que debía importarte, pero nunca te lo preguntaste, nunca intentaste averiguarlo. Ella te quería más a ti que tú a ella; su amor hacia ti era actual, no una nostalgia ni una promesa igualmente imposibles, ¿me oyes?

Pero Félix se iba hundiendo en el sueño, repitiendo la pregunta, ¿me doy, quién gobierna al mundo, cómo voy a oponerme, no se puede con ellos, quiénes son, a quiénes obedecen ustedes, todos ustedes, me doy?

Nunca recordaría bien las palabras del Director General. Yo se las repetiría cuando regresase a verme a mi casa de Coyoacán si es que lo hacía, si es que llegaba a admitir que después de todo yo era el mal menor, su amigo de la Universidad de Columbia, la cinemateca del Museo de Arte Moderno y el Festival Shakespeare de Ontario, Castor que compartió con Polux el lecho convertible en los apartamentos Century con vista al Hudson, le diría lo mismo que el Director General esa noche en que Félix Maldonado, un loco sereno, se hundía rápidamente en el sueño que a veces, cuando de verdad es sueño, verdadero sueño con todos sus poderes, *dream* y no sólo *sleep, rêve* y no sólo *sommeil*, es capaz de transformar a un hombre.

—Eres sólo una cabeza de la hidra. Corta una y renacen mil. Tus pasiones te mueven y te derrotan. El águila lo sabe. El águila de dos cabezas. Una se llama la C.I.A. La otra se llama la K.G.B. Dos cabezas y un solo cuerpo verdadero. Casi la Santísima Trinidad de nuestro tiempo. Sin saberlo, querrámoslo o no, acabamos por servir los fines de una de las dos cabezas de ese monstruo frío. Pero como el cuerpo es el mismo, sirviendo a una servimos a la otra y al revés. No hay escapatoria. La hidra de nuestras pasiones está capturada entre las patas del águila bicéfala. El águila sangrienta que es el origen de toda la violencia del mundo, el águila que asesina lo mismo a Trotsky que a Diem, intenta asesinar varias veces a Castro y luego llora lágrimas de cocodrilo porque el mundo se ha vuelto demasiado violento y los palestinos reclaman violentamente una patria. A veces es el pico del águila de Washington el que nos corta la cabeza y se la come; a veces es el pico del águila de Moscú. Pero las tripas de la bestia alada son las mismas y el conducto de evacuación el mismo. Somos las mierdas de ese monstruo. Bernstein sirvió a la K.G.B. cuando los rusos apadrinaron la creación del Estado de Israel en los cuarentas; sirvió a la C.I.A. mientras los norteamericanos le dieron apoyo incondicional a los judíos; ahora jugue-

tea entre ambos y cree servirse de ambos mientras ambos se
sirven de los israelitas: tanques soviéticos para que Israel re-
prima a los palestinos en el sur del Líbano, petróleo norteamericano para que Israel combata a los árabes armados con
tanques y aviones norteamericanos. El Director General sirvió a la K.G.B. cuando los árabes se acercaron a Moscú, a la
C.I.A. cuando murió El Raïs Nasser y Sadat buscó el apoyo
yanqui y los saudís se pusieron de acuerdo con Kissinger para
crear la crisis del petróleo. Mañana las alianzas pueden cambiar radicalmente. El águila bicéfala ríe y devora, devora y
ríe, digiere y caga, caga y ríe de nuestras pasiones de hidra...

El rostro del Director General se fue perdiendo detrás de
los velos del sueño, hasta que sólo dos ojos de vidrio negro
brillaron en el fondo de una calavera blanca.

A la una de la tarde, un mozo entró sin tocar y lo despertó. Empujaba una mesa sobre ruedas con un desayuno cubierto por tapaderas de plata, un periódico y un sobre. Salió
sin decir palabra.

Diego Velázquez se levantó atarantado, tosiendo y estor-
nudando. Arrimó la mesa a la cama. Bebió el jugo de naranja y destapó el plato humeante de huevos rancheros. Le dio
asco y lo volvió a cubrir. Se sirvió una taza de café y leyó la
inscripción del sobre, Sr. Lic. Diego Velázquez, Jefe del Departamento de Análisis de Precios de la Secretaría de Fomento Industrial, Hotel Hilton, Ciudad. Sacó la tarjeta que
contenía. El Colegio de Economistas de México se complace
en invitar a (Ud.) al coloquio que tendrá lugar el 31 de Septiembre a las diez horas en punto en el Salón de Recepciones
del Palacio Nacional de México, en presencia del Señor Presidente de la República. Se ruega la más estricta puntualidad.

El periódico venía doblado pero abierto en una página
interior. Dentro de un enmarcado negro bajo la estrella de
David, se anunciaba el sensible deceso del señor Abraham Benjamin Rosemberg. El sepelio tendría lugar a las cinco de la
tarde en el Panteón Israelita. Su esposa, hijos y demás parientes lo participan a ustedes con el más profundo dolor.

Se seguirá el rito hebraico. Se suplica no enviar ofrendas florales.

Diego Velázquez se unió a las cinco al centenar de personas reunidas en la sinagoga del cementerio. Hizo cola para pasar frente al cadáver de Abby Benjamin. El cántico se repetía sin cesar, *Israel adenoi elauheinou adenoi echot*. Esa mañana habían lavado el cuerpo de Abby, le había cortado las uñas y lo habían peinado, ocultando el hoyo quemado en la cabeza. Lo miró sereno dentro de su sargenes, con el bonete cubriéndole el rostro y el taleth del día de su boda sobre la cabeza y los calcetines de tela ocultándole los pies helados. Sonrió pensando que este hombre era enterrado dentro de un sudario blanco sin bolsas para que no se llevara consigo ninguno de los bienes de este mundo.

La persona que venía detrás de Diego Velázquez lo empujó suavemente para que no permaneciera más tiempo junto al cadáver. Diego se salió de la fila y tomó asiento, en espera de que se iniciara la procesión a la tumba. Vio de lejos la cabeza de Mary, inclinada y velada, en la primera fila de los dolientes. No había flores ni coronas en la sinagoga.

Esperó a que todos saliesen detrás del féretro cubierto por una sábana negra y cargado por diez hombres. Los siguió. Un hombre vestido de negro, con sombrero y barba negros, iba barriendo la tierra detrás del féretro con una escoba. Quizá la había adquirido en uno de los supermercados de la cadena de Abby.

Llegaron ante la tumba abierta. El rabino recitó el Kaddisch junto con Mary cubierta de velos y los hijos del matrimonio. Luego Mary retiró la sábana negra y el féretro descendió a la fosa. Se detuvo con un golpe seco primero, en seguida encontró acomodo en el lodo de las intensas lluvias de ese verano. Mary tomó un puñado de tierra y lo arrojó sobre el féretro. Los asistentes la suplieron para cubrirlo con paletadas vigorosas.

Cuando la tierra sofocó por completo la tumba, el rabino carraspeó e inició el elogio de Abby Benjamin. Sólo entonces Mary se levantó los velos oscuros y sus ojos de destellos do-

rados brillaron más que el sol plateado de la tarde sin lluvia.
Dios, al último momento, fue misericordioso con Abby. El cielo no lloró. El Dios de Israel sólo es piadoso cuando es duro.

Mary buscó los ojos de Diego Velázquez.

El hombre y la mujer se miraron largo tiempo, sin escuchar el elogio del rabino.

Mary le sonrió a Diego, se pasó la lengua por los labios pintados pálidamente y entrecerró los ojos color violeta. No se movió, pero su cuerpo seguía siendo el de una pantera negra, lúbrica y ahora perseguidora, hermosa porque se sabe perseguidora y lo demuestra. A pesar del vestido negro abotonado hasta el cuello, Diego pudo imaginar el escote profundo del brassiére y el lubricante entre los senos para que brillara mucho la línea que los separaba.

Le dio la espalda a Mary y salió caminando lentamente del cementerio.

50

Bajó a las nueve de la mañana, cruzó el vestíbulo del Hilton y caminó hasta el islote de pasto y cemento frente al University Club para esperar un taxi. Era la hora más mala. Taxi tras taxi, repletos, pasaron sin detenerse, sin hacer caso del dedo índice levantado de Diego.

Esperó diez minutos y finalmente un taxi amarillo se salió de la fila ordenada de peseros y se metió un poco a la fuerza, pitando. Diego lo detuvo y subió a la parte de atrás. Este taxi no llevaba un solo pasajero. El chofer trató de pescar la mirada de Diego por el retrovisor, le sonrió pero Diego no tenía ganas de hablar con un chofer de taxi.

A la altura del Hotel Reforma detuvo el taxi una muchacha, vestida de blanco, una enfermera. Llevaba en las manos jeringas, tubos de ampolletas envueltas en celofán. Diego se corrió a la izquierda para dejarle el lugar a la derecha. Se sentía agripado y le hubiera gustado pedirle a la muchacha una inyección de penicilina.

Poco antes de llegar al Caballito, frente al restaurante Ambassadeurs, subieron tranquilamente dos monjas. Diego supo que eran monjas por el peinado restirado, el chongo, la ausencia de maquillaje, las ropas negras, las cuentas y los escapularios. Prefirieron subir a la parte delantera, con el chofer. Éste las trató con gran familiaridad, como si las viera todos los días. Hola hermanitas, qué se traen hoy, les dijo.

El taxi estaba detenido por una prolongadísima luz roja. Un hombre fugaz e indescrito trató de subir detrás de las monjas, pero el chofer negó con la mano y arrancó, desafiando la luz roja.

Maniobró para frenar un instante junto al puesto de periódicos de Reforma y Bucareli, evitando la infracción. Se encendió la luz preventiva y en el momento en que el taxi se disponía a arrancar, llegó corriendo un estudiante con los brazos cruzados sobre el pecho, ligero con sus zapatos tennis, a pesar de la cantidad de libros que cargaba; le siguió una muchacha surgida detrás del puesto de periódicos. Subieron atrás y la enfermera tuvo que arrimarse a Diego, pero ni lo miró ni le dirigió la palabra. Diego no le prestó importancia.

El chofer se salió de la fila reglamentaria para los taxis y corrió con cierta velocidad hacia San Juan de Letrán, donde volvió a incorporarse, con dificultad, como frente al University Club, a la cadena de peseros. En la esquina con Juárez, frente a Nieto Regalos, estaba una mujer gorda, con vestido de percal y una canasta al brazo. Hizo seña para que el taxi se detuviera. El chofer frenó porque la luz cambió del amarillo al rojo.

La señora metió la nariz por la ventanilla y pidió que la dejara subir, todos los taxis iban llenos, iba a llegar tarde al mercado, los pollitos se iban a tatemar de calor, sea gente. No señora, contestó el chofer, no ve que voy lleno. Arrancó para meterse en la estrechez de Madero. La mujer de la canasta quedó atrás amenazando con el puño, la voz ahogada por el rumor ascendente del tránsito.

—¿Por qué no la dejó subirse? — dijo Diego rodeado del silencio de los demás pasajeros.

—Perdone, señor —dijo sin perturbarse el chofer —, pero voy lleno y me levantan multa los moderlones. Nomás eso esperan para aprovecharse de uno.

Diego recorrió con su mirada las de la enfermera, el estudiante, la novia con la cabeza de rizos cortos y las dos monjas que se voltearon para verlo. La incomprensión y la frialdad se alternaban en esos ojos distantes, enemigos.

—Deténgase, ¡le digo que se pare! —gritó Diego sin convicción porque todos lo miraban como si nunca lo hubieran visto antes, todos apostaban al olvido, como si hubiese unos minutos de desfase entre él y el resto de la humanidad, como la falta de coordinación entre la imagen y la voz en una pantalla de televisión.

El chofer buscó y encontró la mirada de Diego en el retrovisor. Le guiñó un ojo. Un guiño impúdico, ofensivo, de complicidad jamás pactada, jamás solicitada.

—Está bien —dijo Diego exhausto —, párese. Déjeme bajar aquí.

—Cinco pesos, por favor.

Diego le entregó los billetes arrugados al chofer y bajó junto al Hotel Majestic, casi en la esquina de la Plaza de la Constitución.

Apretó el paso. Cruzó la plaza y presentó la tarjeta al conserje de Palacio, junto al ascensor. Le dijo que subiera al Salón del Perdón, allí era la reunión.

Ya había muchísima gente reunida en la gran sala de brocado y nogal dominada por el cuadro histórico que consagra la nobleza de alma del insurgente Nicolás Bravo. Diego vio de lejos al profesor Leopoldo Bernstein, cegatón, limpiando con un pañuelo la salsa del desayuno de huevos rancheros salpicada sobre los anteojos. Se los puso, vio a Diego y le sonrió amablemente. En un rincón de la sala estaba el Director General con las gafas violeta, sufriendo visiblemente a causa de la luz diurna y los fogonazos de los fotógrafos de prensa y los reflectores de televisión y Mauricio Rossetti junto a él, hablándole al oído, mirando a Diego. Luego hubo un momento de susurro intenso seguido de un silencio impresionante.

El señor Presidente de la República entró al salón. Avanzó entre los invitados, saludando afablemente, seguramente haciendo bromas, apretando ciertos brazos, evitando otros, dando la mano efusivamente a unos, fríamente a otros, reconociendo a éste, ignorando a aquél, iluminado por la luz pareja y cortante de los reflectores, despojado intermitentemente de sombra por los fogonazos fotográficos. Reconociendo. Ignorando.

Se acercaba.

Diego preparó la sonrisa, la mano, el nudo de la corbata. Estornudó. Sacó el pañuelo y se sonó discretamente.

Bernstein lo observó de lejos con una sonrisa irónica.

Rossetti se abrió paso entre la gente para acercarse a Diego.

El Director General hizo un signo con la mano en dirección de la puerta.

El señor Presidente estaba a unos cuantos metros de Diego Velázquez.

EPÍLOGO

Los mapas oficiales lo destacan como un gran rectángulo que se extiende de las plataformas marinas de Chac 1 y Kukulkán 1 en el Golfo de México a los yacimientos de Sitio Grande en las estribaciones de la Sierra de Chiapas y del puerto de Coatzacoalcos a la desembocadura del río Usumacinta.

Los mapas de la memoria describen el arco de una costa de exuberancias solitarias: la primera que vieron los conquistadores españoles. Tabasco, Veracruz, Campeche, un mar color limón, tan verde que a veces parece una llanura, cargado con los olores de su riqueza de pargo, corvina, esmedregal y camarón, enredado de algas que encadenan a las olas mansas que van a desvanecerse frente a las playas de palmeras moribundas: un rojo cementerio vegetal y luego el ascenso lento por las tierras rojas como una cancha de tennis y verdes como un tapete de billar, a lo largo de los ríos perezosos cuajados de jacintos flotantes hacia las brumas de la sierra indígena, asiento del mundo secreto de los tzotziles: Chiapas, una lanza de fuego en una corona de humo.

Es la tierra de la Malinche. Hernán Cortés la recibió de manos de los caciques de Tabasco, junto con cuatro diademas y una lagartija de oro. Fue un regalo más; pero este regalo hablaba. Su nombre indio era Malintzin; la bautizaron los astros porque nació bajo un mal signo, Ce Malinalli, oráculo del infortunio, la revuelta, la riña, la sangre derramada y la impaciencia.

Los padres de la niña maldita, príncipes de su tierra, sintieron miedo y la entregaron secretamente a la tribu de Xi-

*calango. Casualmente, esa misma noche murió otra niña, hija
de esclavos de los padres de Malintzin. Los príncipes dijeron
que la muerta era su hija y la enterraron con los honores de
su rango nobiliario. La niña maldita, como si sus propieta-
rios adivinasen el funesto augurio de su nacimiento, pasó de
pueblo en pueblo, parte de todos los tributos, hasta ser ofrecida al Teúl de piel blanca y barba rubia que los indios confundieron con el Dios bienhechor Quetzalcoatl, la Serpiente
Emplumada que un día huyó del horror de México y prometió regresar otro día, por el mar del oriente, con la felicidad
en sus alas y la venganza en sus escamas.*

*Entonces la voz de la esclava enterrada habló con la len-
gua de la princesa maldita y guió a los conquistadores hasta
la eterna sede, alta y central, del poder en México: la meseta
del Anáhuac y la ciudad de Tenochtitlan, capital de Moctezuma, el Señor de la Gran Voz.*

*Cortés convirtió a Malintzin dos veces: primero al amor;
en seguida al cristianismo. Fue bautizada Marina. El pueblo
la llama Malinche, nombre de la traición, voz que reveló a los
españoles las ocultas debilidades del imperio azteca y permitió a quinientos aventureros ávidos de oro conquistar una nación cinco veces más grande que España. La pequeña voz de
la mujer derrotó a la gran voz del emperador.*

*Pero debajo de la tierra de la Malinche existe una rique-
za superior a todo el oro de Moctezuma. Sellado por tram-
pas geológicas más antiguas que los más viejos imperios, el
tesoro de Chiapas, Veracruz y Tabasco es una promesa en
una botella cerrada; buscarlo es como perseguir a un gato invisible en un laberinto subterráneo. Las pacientes perforado-
ras penetran a dos mil, tres mil, cuatro mil metros de profun-
didad, en el mar, en la selva, en la sierra. El hallazgo de un
pozo fértil compensa el fracaso de mil pozos yermos.*

*Como la hidra el petróleo renace multiplicado de una sola
cabeza cortada. Semen oscuro de una tierra de esperanzas y
traiciones parejas, fecunda los reinos de la Malinche bajo las
voces mudas de los astros y sus presagios nocturnos.*